KB192735

백석의
불시착
1

백석의 북시찰 ①

홍찬선 장편소설

진짜 백석의 재발견

스타북스

"홍 작가 나를 알아보겠소?"

"백석 시인님?"

"그렇소. 나 백석이오."

"백 시인님께서 여길 어떻게? 그리고 한 번도 뵙지 못했는데, 저를 어떻게 아시나요?"

"홍 작가가 쓴 자야에 관한 시를 읽어보았는데… 그 시에 사실과 다른 게 많아 제대로 된 사실을 알려주려고 내가 이렇게 찾아왔소!"

"아, 그러시군요. 바로 잡아야 사실이 무엇인지요?"

"나는 자야라는 여인을 만나, 그렇게 깊은 관계를 맺은 적이 없소!"

"아니 그럼 김영한이 쓴 『내 사랑 백석』이란 책에 나오는 얘기가 거짓말이란 건가요?"

"그렇소. 그건 김영한이란 여인이 상상으로 쓴 소설일 뿐이요. 홍 작가가 그 사실을 밝혀, 잘못된 사실을 바로 잡아주기를 부탁하겠소!"

"제가 어떻게?"

"자야라는 여자가 쓴 『내 사랑 백석』이란 책을 꼼꼼하게 읽으면, 사실이 아니라 꾸며낸 얘기라는 것을 금방 알 수 있을 것이오. 그럼 나는 홍 작가만 믿고 가겠소…"

"아니, 백 시인님! 이렇게 그냥 가시면 어떻게 합니까? 백 시인 니이님!"

꿈이었습니다. 그때부터 백석과 관련된 책과 장소를 찾아다녔습니다. 꿈에서 만난 백석의 억울함을 풀어주기 위해서였습니다. 백석의 삶과 시를 다룬 책을 꼼꼼히 읽었습니다. 백석의 숨결이 스쳐 갔을 곳도 찾아다녔습니다. 그때마다 백석의 혼이 살며시 다가와 그때의 일을 알려준다는 느낌이었습니다.

백석이 살았던 삶의 현장은 크게 일곱 곳이었습니다. 고향 평안 북도 정주定州, 유학 생활을 하던 일본 청산학원대학과 이즈伊豆반도, 귀국 후 조선일보 기자로 일하던 서울, 영생고보 영어 선생을 하던 함흥, 시 100편을 찾아 망명해서 살았던 만주[신경新京(현 장춘長

春), 안동安東(현 단동丹東), 여순…), 광복 후 유배 떠나기 전까지 러시아 문학 번역에 몰두했던 평양, 가장 오랫동안 살다가 1995년 2월15일에 죽은 유배지 삼수가 그곳입니다.

소설 『백석의 불시착』도 백석이 살던 삶의 현장과 그곳에서 한 일을 따라 썼습니다. 조선일보가 있는 태평로와 부모와 함께 살았던 뚝섬, 일제가 사찰정화를 명분으로 내세우며 탄압했던 절의 현장을 취재하기 위해 찾았던 연희동 봉원사, 당시 문학예술인들이 자주 찾았던 소공동의 낙랑파라가 있던 서울시청 앞 프라자호텔 부근 등입니다. 길상사는 『내 사랑 백석』이 김영한의 '창작소설'이었다는 필자의 분석에 따라 제외시켰습니다.

백석이 다녔던 도쿄東京의 청산학원대학과 졸업여행 겸해서 방문했던 이즈반도도 직접 다녀왔습니다. 영생고보 학생들을 데리고 수학여행을 다녀왔던 요녕遼寧성 여순旅順의 203고지와 만주로 망명해서 살았던 신경의 하숙집과 근무했던 만주국 국무원, 그리고 잠시 땅을 빌려 농사를 지었던 백구둔白狗屯 지역도 답사했습니다. 안동세관이 있었던 압록강 부근의 단동丹東역과 단동세관 및 백석이 무수히 오갔던 압록강철교도 직접 밟았습니다.

하지만 함흥과 정주, 평양과 삼수갑산은 갈 수 없었습니다. 소설 『백석의 불시착』을 '20. 조만식과 김일성'으로 아쉽게 끝낸 이유입니다. 백석은 광복 후 평양에서 조만식 선생의 비서로 활동했습니다. 김일성을 찬양해야 살아남는 북한의 현실에서 시 쓰기를 중단하고, 동시와 러시아문학 번역에 집중했습니다. 하지만 그마저도 불가능했습니다. 1958년 초겨울, 공산당의 '붉은편지'를 받고 함경남도(현 양강도) 삼수군에 있는 관평농장으로 추방당했습니다. 붉은편지는 공산당에 협력하지 않는 사람들을 농어산촌으로 쫓아내는 명령서였습니다. 이 부분은 '나중에 제3권으로 쓰겠다'는 약속을 독자 여러분께 드립니다.

장편소설 『백석의 불시착』이 백석의 억울함을 얼마나 풀어주었는지 자신은 없습니다. 다만 최선을 다했다고 말씀드릴 수 있습니다.

『백석의 불시착』은 『월간시인』 창간호(2023년 5월호)부터 제20호(2024년 12월호)까지 20개월 동안 연재한 〈백석의 불시착〉을 수정, 보완한 것입니다. 송준 작가의 『시인백석-백석 탄생 100주년 기념판』과 정철훈 작가의 『백석을 찾아서』를 비롯한 많은 분의 책에서 도움을 받았음을 밝힙니다. 〈백석의 불시착〉을 연재할 때 독자 여러분들께서 뜨거운 사랑을 보내주셨습니다. 소설이 막힐 때마다 영감을 주는 열혈 독자의 도움 덕분에 연재를 마칠 수 있었습니다.

2025년 1월, 백석이 만주로 떠난 지 85년 되는 날에
한티 우거에서
德山 홍찬선

차례

일러두기

1. 소설에서 '백석의 미발표 유고 시'로 소개된 몇 편의 시는 작가의 창작입니다.

2. 소설에서 인용된 백석 시의 출처는 『사슴』에 수록된 시는 『백석 시집 사슴』(소와다리, 2016)에서 인용했으며, 나머지 백석 시는 송준 엮음 『백석시전집』(흰당나귀, 2012)에서 인용했습니다.

3. 소설에 나오는 등장인물 중 이진은 허준, 배신우는 신현중이 모델이며, 다른 등장인물은 실제인물과 가상인물을 소설 전개에 맞게 등장시켰습니다. 실명으로 등장하는 손기정, 노천명, 윤동주, 이상, 백신애 등과 백석의 관계에 관한 서술은 소설적 허구입니다.

프롤로그

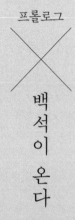

백석이 온다

눈발이 날렸다. 새벽부터 내리기 시작한 눈은 아침부터 함박눈
으로 바뀌었다. 시간이 흐를수록 눈발이 세지며 폭설이 되었다. 나
는 눈이 쌓이기 시작하는 골목길 너머 들과 산을 바라보았다. 1996
년 소한이 지나고 대한을 앞둔 한겨울이었다.

눈으로 하얗게 덮이고 있는 천지는 그대로 흰바람벽이 되었다.
흰바람벽에 지나간 날들이 하나씩 천천히 흘러갔다. 여우난곬족이
살았던 정주의 제석봉 아래 고향집에선 아직 마흔도 안된 젊은 엄
마가, 신춘문예 당선을 알리는 조선일보를 들고 환하게 웃는 나를
활짝 웃으며 바라보고 있다.

내가 청산학원대학 졸업을 앞두고, 함께 이즈伊豆반도를 여행하
며 루 살로메가 돼주기로 약속한 이사벨이 함박웃음을 지으며 손
을 흔든다. 내가 귀국하고 만주로 망명을 떠나면서 소식이 끊겼던

이사벨은, 내가 삼수군 관평리로 정배定配 당한 뒤 한 번 찾아온 적이 있었다. 모스크바 특파원 자격이었다. 이사벨의 얼굴이 흐릿해지며 연이로 바뀌었다.

'아~ 연이!'

나는 그토록 그리워하던 연이를 딱 두 번밖에 보지 못했다. 나의 벗 이진의 결혼피로연에서 처음 만나 사랑에 빠졌고, 연이가 나의 다른 벗 배신우와 도둑결혼한 뒤 집으로 초대해서 또 한 번 본 게 전부였다. 연이는 나의 영원한 사랑이었다. 내가 시를 쓰는 힘이었다. 서울에서 나사랑을 만났고 함흥에서 김순옥과 결혼하려다 실패한 뒤, 문경옥과 결혼하고 이혼했을 때와 이윤희를 만나 결혼해서 지금까지 살아왔지만, 연이는 늘 내 마음을 떠나지 않았다. 문득 만주에서 망명생활 할 때 지은 시 한 구절이 떠올랐다.

이 흰 바람벽에

내 가난한 늙은 어머니가 있다

내 가난한 늙은 어머니가

이렇게 시퍼러둥둥하니 추운 날인데 차디찬 물에 손을 담그고 무이며 배추를 씻고 있다

또 내 사랑하는 사람이 있다

어늬 먼 앞대 조용한 개포가의 나즈막한 집에서

그의 지아비와 마조 앉어 대구국을 끓여놓고 저녁을 먹는다

벌써 어린 것도 생겨서 옆에 끼고 저녁을 먹는다

— 백석, 〈흰 바람벽이 있어〉 부분, 『문장』, 1941.4.

백석의불시착

만주에서 본 흰바람벽에는 이런 글자들도 있었다. "나는 이 세상에서 가난하고 외롭고 높고 쓸쓸하게 살어가도록 태어났다/ 그리고 이 세상을 살어가는데/ 내 가슴은 너무도 많이 뜨거운 것으로 호젓한 사랑으로 슬픔으로 가득찬다", "하늘이 이 세상을 내일 적에 그가 가장 귀해하고 사랑하는 것들을 모두/ 가난하고 외롭고 높고 쓸쓸하니 그리고 언제나 넘치는 사랑과 슬픔 속에 살도록 만드신 것이다/ 초생달과 바구지꽃과 짝새와 당나귀가 그러하듯이/ 그리고 또 「프랑시스·쨈」과 도연명陶淵明과 「라이넬·마리아·릴케」가 그러하듯이"(〈흰 바람벽이 있어〉).

"뭘 보고 그렇게 중얼거리고 있어요? 날씨도 찬데 마루에 나와서."

얼마나 그러고 있었을까. 부엌에서 점심상을 차려 나온 윤희가 걱정스러운 목소리로 물었다.

"아, 아냐. 아무것도 아니야."

나는 도둑질하다 들킨 것처럼 당황해서 말을 삼켰다. 속내를 들킨 것 같아 얼굴이 발갛게 달아올랐다. 며칠 전부터 앓고 있는 감기몸살로 기침까지 쏟아졌다.

"아무것도 아니긴요. 감기몸살로 골골대면서 마루에 나와 넋을 놓고 먼 산을 바라보며 뭔가를 중얼거리던데?"

"들었어?"

"들리진 않았어요."

윤희는 아마 듣고도 듣지 못했다고 했을 것이다. 그녀는 1945년

12월 29일, 평양에서 나와 결혼한 뒤 언제나 내 편이 돼 주었다. 나이가 열세 살 차이가 나서였을까, 불평 한마디 하지 않았다. 내가 조만식 선생의 비서가 되어 김일성 반대 활동할 때도 묵묵히 나를 지원했다. 내가 1958년 초겨울에 '붉은 편지'를 받고 삼수로 쫓겨났을 때도 눈물 한 방울 보이지 않고 어린 자식들을 데리고 왔다. 함께 산 지 벌써 40년이 지났는데, 윤희는 한결같았다. 내가 그녀와 결혼한 것이 세 번째라는 것을 알고도, 아무런 내색을 하지 않았다. 어두운 시대의 불시착 인생이었던 나의 삶은 그녀의 넓고 깊은 품에서 겨우 안정을 찾았다.

"천선희 선생이 온다고 했는데…"

"이 눈을 뚫고요? 오기 힘들겠는데요, 들어가서 점심부터 들고 기다리시지요."

"그래야겠네."

"감기몸살이 오래 가서 걱정이네요.

"곧 괜찮아지겠지…"

나는 윤희를 안심시키는 말을 했지만, 기침은 그렇지 않다고 말하고 있었다. 나도 '이번 감기몸살은 예전과 다르다'는 것을 느꼈다. '일흔다섯 살이 됐으니 이제 때가 된 것'이라는 생각이 들었다.

천선희千善姬 선생을 부른 것은 그것 때문이었다.

"선생님~ 저 선희에요~"

점심을 먹고 누워서 한숨 자고 있는데 밖에서 천선희 선생의 목소리가 들렸다. 삼수읍에서 관평리까지는 10리가 넘었다. 눈까지 수북하게 쌓여 평소보다 훨씬 힘든 길이었을 것이다. 그럼에도 천

선생은 내 마음을 가늠하며, 눈길을 헤치며 왔다. 윤희는 옆집으로 마실 가고 없었다.

"천 선생, 어서 들어와요. 눈길 헤치고 오느라 고생 많았네."

"아닙니다. 선생님. 어서 쾌차하셔야지요~"

"그래야지, 내가 선희 선생에게 부탁할 게 있어서 오라고 했어요."

"선생님, 기침이 심하신데 괜찮으세요?"

"괜찮아~"

"무엇이든 말씀하세요. 선생님 부탁이라면 모두 받들겠습니다."

"고맙네."

천선희는 삼수읍에 있는 삼수중학교 국어선생이다. 삼수에서 태어나 함흥사범대학 국어국문학과를 졸업하고 10년 전에 삼수중학교로 부임했다. 시와 소설을 쓰던 그녀는 내가 관평리 협동농장에서 양치기 일을 하고 있다는 얘기를 듣고 찾아왔다. 시를 가르쳐 달라는 것이었다. 그녀는 가끔 학생들과 함께 오기도 했다. 나는 그녀와 학생들에게 시 짓기를 가르치면서, 그녀의 도움을 받았다. 나는 양치기하면서 틈나는 대로 시를 썼다. 시를 써도 발표할 수 없고, 쓴 시가 발각돼 비판받는 일도 있었지만, 시를 써야 하는 시인의 슬픈 운명에서 벗어날 수 없었다. 땅에 썼다가 지우고, 머리로 썼다가 잊고 하면서 정리된 시를 그녀에게 암송해주었다. 그녀는 내 시를 받아 적어, 보관하기도 하고 그녀 이름으로 문학지에 발표하기도 했다. 천선희는 나에게 천사였고, 그녀 덕분으로 정배지 삼수는 천국이 되었다.

삼수갑산이라고 사람이 살 수 없는 지옥은 아니더라
삼수갑산이 지옥이라는 건 한양물에 길들고 무젖은 사람들이 만
들어 낸 허상,
삼수갑산에도 해가 뜨고 물이 흐르고 새가 노래하고 사람이 살
림을 펴더라

해골의 썩은 물도 달콤한 감로수 되듯
춘래불사춘 오랑캐 땅에도 민들레 피듯
살림은 마음먹기에 달린 것이더라

착한 바람을 품은 천희가
백두산 정기와 압록강 물을 듬뿍 받은 천희가
천사 되어 삼수갑산을 즐거움의 땅으로 만들더라
아픈 사십 년을 거듭남의 바탕으로 바꿔놓더라
　— 백석, 〈삼수의 천사〉 전문, 미발표 유고

"천 선생, 그동안 내가 써서 맡긴 시가 얼마나 되지?"
"글쎄요, 세어보지 않아 정확하지는 않지만, 7,80편 정도는 되는
것 같습니다만."
"천 선생 이름으로 발표한 시는 어쩔 수 없지만, 아직 발표하지
않고 보관하고 있는 시는 모두 태워버렸으면 하는데."
"아니, 선생님! 주옥같은 시를 왜 태워 없애려고 하나요?"
"천 선생도 짐작하겠지만, 내가 살 수 있는 날이 얼마 남지 않은

것 같아.”

“선생님 그렇게 약한 말씀 마시고, 기력을 되찾으셔야지요. 이제 봄도 곧 올 텐데요.”

“아니야, 내 몸은 내가 잘 알아. 감기몸살이야 해마다 앓는 거지만, 이번 감기몸살은 예전과 달라~”

“그래도 선생님. 다른 부탁은 다 들어줄 수 있지만, 선생님 시를 태우라는 것은 도저히 받들지 못하겠습니다.”

“천 선생, 고집부리지 말고 내 마지막 부탁이니 꼭 들어주어야 해!”

“마지막이라니요. 아직 많이 남았습니다. 오래, 오래 사셔서 『사슴』과 『집게네 네 형제』에 이어 시집과 동시집을 내셔야지요.”

“그런 날은 오지 않을 거야.”

“아닙니다. 반드시 옵니다. 겨울이 아무리 길어도 봄은 늘 오잖아요.”

그때 마실 갔던 윤희가 돌아왔다. 윤희도 깜짝 놀라 선희를 거들었다.

“여보, 천 선생님 말이 맞아요. 이 겨울이 지나면 감기몸살도 씻은 듯이 나을 거예요. 진달래 활짝 핀 산으로 소풍 가야지요.”

“그렇게 말해 주니 고맙네.”

나는 힘없는 웃음을 지으며 말했다.

“그럼 저는 이만 돌아가겠습니다. 몸조리 잘 하시고 우수 쯤에 다시 찾아뵙겠습니다.”

“천 선생, 먼 길 와 줘서 고마워. 내 말 허투루 듣지 말고, 잘 돌아가."

그것이 천선희와의 마지막 만남이었다. 나는 스무날 정도 더 앓다가 다시 오는 봄을 맞이하지 못했다. 항일투쟁기와 6.25전쟁과 '붉은편지'에 따른 삼수로의 정배…, 불시착으로 점철된 나는 윤희에게 마지막 말을 남겼다.

"내 시를 모두 불태워 없애주오!"

1

통영

충렬사 계단에 한 소녀가 앉아 있다. 4월이다. 동백이 지고 벚꽃
도 갔다. 수수꽃다리가 진하게 피기 시작했다. 풀씨들도 봄나들이
하고, 싹눈들도 길게 기지개를 켰다. 바야흐로 생명의 활기가 팔딱
거리는 봄이었다. 새벽부터 어서 일어나 봄맞이하라며 게으름뱅이
들의 똥구멍을 걷어찼던 해가 발간 하품을 하고 있다. 이순신 장군
의 위패를 모신 충렬사忠烈祠의 들고나는 계단도 햇살을 닮아 붉게
물들기 시작했다.

　봄맞이 나왔던 소녀였을까. 한 소녀가 사당의 돌계단에 다소곳
이 앉아 있다. 계단 아래 길 건너에 있는 해 우물과 달 우물을 바라
보고 있는 듯, 눈 하나에 우물이 하나씩 반짝인다. 왼쪽 눈엔 해日
우물, 오른쪽 눈엔 달月우물이다. 시간이 흐르며 초점이 하나로 모
아지면서, 두 우물은 하나의 밝은 우물이 된다. 명정明井이다. 저녁

노을이 잔잔한 우물을 붉게 물들인다. 하늘도 발갛고 우물도 발갛고 소녀의 눈과 얼굴도 발갛다.

'아름다운 봄날이 또 이렇게 지나가는구나.'

볼연지를 바른 듯 발개진 소녀의 입에서 한숨을 담은 혼잣말이 흐른다. 기다리던 사람이 오늘도 오지 않아서일까. 발갛던 소녀의 얼굴에 어둠이 내린다. 침묵이 무게를 더해가고 있다. 바로 그때였다. 소녀가 귀를 쫑긋 세웠다. 문득 뱁새들이 왁자지껄 지저귀는 소리가 들렸다. 뱁새는 붉은머리오목눈이라고도 불리는 텃새다. 서른에서 쉰 마리씩 무리를 지어 씨씨씨씨라고 울면서 재빨리 날아다니는 새다.

"씨씨씨씨, 백석이 오늘 여기에 온다는데."

"백석? 백석이 누고?"

"〈나와 나타샤와 흰 당나귀〉라는 시를 쓴 유명한 시인이잖아."

"그래?"

"근데 백석이 왜 갑자기 여기에 오는데?"

"왜겠어? 사랑하던 연이를 만나러 오는 거지."

"연이? 연이는 또 누고?"

"이런 무식한 놈 봤나, 너처럼 무식한 애를 두고 '눈 뜬 장님'이라고 하는 거다!"

"뭔 소리고?"

"눈앞에 있는 연이를 두고, 연이가 누구냐고 물으니까 말이다."

"맞다, 내는 '눈 뜬 장님'이다!"

"아 참, 내가 깜빡했다 아이가~ 백석이 지금쯤 미륵산에 착륙해

서 판데목으로 올 시간인데, 퍼뜩 가서 연이가 예 있다고 알려줘야
긋다!"

"…"

한참 지저귀던 뱁새들이 판데목 쪽으로 떼 지어 날아갔다. 소녀
는 깜짝 놀라 주위를 살펴본다. 뉘엿뉘엿 넘어가는 발간 햇살만 게
으르게 하품할 뿐, 사람은 아무도 없다. 방금 들은 말은 뱁새들의
지저귐인 듯했다.

'그거, 참 이상하네, 내가 뱁새 소리를 다 듣다니. 내가 귀신에라
도 홀렸나.'

갸우뚱하는 소녀의 머리가 출렁거렸다. 소녀의 머리는 까맣다.
어두운 밤처럼 시커먼 것이 아니라, 옻처럼 예쁘게 빛나는 까망이
다. 파랑새를 잡는 꿈을 간직한 듯 아련한 검정이다. 그녀의 눈은
크다. 주먹 크기의 왕방울이 달린 것처럼 보인다. 그렇다고 멋대가
리 없이 크기만 한 게 아니다. 큰 눈이 반짝반짝 빛난다. 이 세상 그
어떤 어둠도 사르고 밝게 만드는 힘을 갖고 있다. 그 눈빛은 맑고
깊은 눈동자에서 나온다. 두 눈동자는 머릿결을 닮아 까맣다. 보는
사람이 첫눈에 반할 수밖에 없는 치명적 힘을 가졌다.

그녀의 코는 높다. 그저 무턱대고 높은 게 아니다. 까만 머리와
맑고 깊게 빛나는 눈동자와 딱 어울릴 정도로만 높다. 그녀의 입은
다소곳하다. 다가서기가 무서울 정도로 굳게 닫은 것도 아니고, 말
을 가리지 않고 헤프게 수다 떨 정도로 살랑대지도 않는다. 양 끝이
조금 올라가 예쁜 미소를 만들어내는 입이다. 그 미소는 높은 코와
빛나는 눈동자와 까만 머리카락과 황금률을 이루며, 보는 이들의

눈과 입을 크게 만든다.

뱁새들의 대화를 듣고 의아해하던 소녀가 문득 고개를 든다. 하늬바람이 불어오는 쪽 하늘에서 반짝거리기 시작하는 개밥바라기별을 바라본다. 일하러 들에 갔던 주인이 해가 저물어 집으로 돌아와 저녁밥 주기를 기다릴 때 반짝거리는 별이라서 개밥바라기별이라는 이름이 붙었다. 소녀의 아버지는 그 별을 샛별이라고 불렀다. 샛별을 바라보는 소녀의 눈동자는 그리움으로 가득 차 있다. 바람이 눈썹을 가볍게 간질이며 오른쪽에서 왼쪽으로, 왼쪽에서 오른쪽으로 오고 간다.

'벌써 봄도 한창이구나. 봄바람에 내 가슴도 이렇게 벌렁거리고.'

갑자기 쏟아지는 한숨에 그녀의 혼잣말이 끊겼다. 당황하던 소녀는 이내 마음을 정한 듯, 조용히 일어났다. 이순신 장군을 모신 사당을 천천히 둘러본 뒤 계단을 내려왔다. 그녀의 발길은 집으로 향했다.

소녀의 집은 명정동 396번지다. 쟁반시계가 보름달처럼 걸려있는, 넓은 기와집이다. 소녀는 이 집에서 아버지의 사랑을 듬뿍 받으며 자랐다. 봉건의 잔재를 일찍 벗어던지고 신문물을 받아들인 아버지는 경제 능력도 뛰어났다. 그녀는 어렸을 때 이렇다 할 어려움을 겪지 않고 큰 기와집에서 살 수 있었다. 모두 아버지 덕분이었다.

하지만 호사다마였다. 운명의 장난은 소녀를 비껴가지 않았다. 가슴을 앓던 아버지는 일찍 하늘소풍을 떠났다. 그가 열 살도 되지 않았을 때였다. 아버지가 돌아가셨을 때 동네 사람들은 쉬쉬하면서 소녀의 집을 멀리했다. 동네 사람들이 왜 그랬는지를, 그녀가 알게 된 것은 나중의 일이었다. 아버지는 전염성이 강한 폐결핵을 앓다가 돌아가신 것이었다. 아버지가 돌아가신 뒤, 그녀는 아름다운 홀어머니와 둘이서 이 큰 기와집에서 살았다.

아버지가 떠난 뒤 그는 그늘진 풀처럼 살았다. 그의 삶을 보여주는 듯, 그의 목은 한 떨기 수선화처럼 은은하게 파였다. 슬픈 사슴처럼 길쭉하지도 않았고, 토끼처럼 있는 듯 없는 듯하지도 않았다. 은은하게 파인 목은 호리낭창한 키와 그림처럼 잘 어울렸다. 아버지가 더 살았더라면 소녀는 모란처럼 찬란한 봄을 피웠을 것이다.

아버지를 생각하며 걷던 그녀는 문득 신석정 시인의 시〈수선화〉를 나직이 읊었다.〈수선화〉는 신석정 시인이 그녀를 떠올리며 지은 시였다. 신 시인은 그녀를 직접 만난 적이 없었다. 그래도 신 시인은 그녀를 직접 앞에 앉혀 놓고 그린 그림처럼 생생하게 묘사했다. 시인의 상상력은 참으로 감탄할 만했다.

수선화는
어린 연잎처럼 오므라진 흰 수반水盤에 있다.

수선화는
암탉 모양하고 흰 수반이 안고 있다.

수선화는
솜병아리 주둥이 같이 연약한 움이 자라난다.

수선화는
아직 햇볕과 은하수를 구경한 적이 없다.

수선화는
돌과 물에서 자라도 그렇게 냉정한 식물이 아니다.

수선화는
그러기에 파-란 혀끝으로 봄을 할트려고 애쓴다.
― 신석정, 〈수선화〉 전문, 조선일보 1936년 1월29일자.

〈수선화〉를 읊는 동안 그녀의 가슴이 조금 오르내렸다. 복숭아를 엎어놓은 듯 볼록한 가슴에 아버지의 그리움이 차올랐다. 아버지의 얼굴이 잘 떠오르지 않았다. 너무 일찍 떠나, 가슴에 품고 살 만한 추억을 그다지 남기지 않은 탓이었다. 소녀는 어느덧 집에 다다랐다. 문을 열고 들어갈 생각은 없었다. 잠깐 머뭇거리다가 집을 지나쳐 비탈길을 올랐다. 이렇게 좋은 봄 초저녁에 하릴없이 집에 들어가는 게 아무래도 억울했을 것이다. 집안은 불도 없이 조용했다. 그는 느릿느릿 언덕 위 정자로 발길을 옮겼다.

'그곳에 가면 그 사람을 만날 수 있을까…'

소녀는 아까 충렬사 계단에서 들었던 뱁새들의 지저귐을 떠올렸다.

'오늘 백석 시인이 여기에 온다고?'

소녀의 양 볼이 어스름 속에서 발갛게 물들었다.

바로 그 시간, 나는 미륵산에 착륙했다. 길은 멀었다. 양강도 삼수에서 경남 통영까지의 길은 멀고도 멀었다. 삼수는 백두산 아래, 압록강 첫 물줄기가 샘솟는 곳이다. 워낙 산이 깊은 오지奧地라서 죄지은 사람들을 귀양보내는 고장이었다. 아직도 삼수갑산은 산골 중의 산골, 오지 중의 오지라는 뜻으로 쓰일 정도다. 반면 통영은 대한의 남쪽 끝 바닷가다. 북쪽 끝 삼수에서 남쪽 끝 통영까지는 삼천리도 넘었다.

거리가 머니 말이 달랐다. '삼수갑산 가보셨음둥?' '사람이 외로웁습매!' '산천초목도 서러웁습매!'라고 하던 말이, 느닷없이 '요가 어뎅교?' '이기 다 니끼가?' '점마한테 까대기 치볼까…'라고 바뀌었다. 말이 다르니 문화도 달랐다. 삼수는 우락부락한 자연과 더불어 사느라 무당을 좋아했다. 사냥을 위해 활쏘기와 말타기는 기본이었다. 하지만 통영은 갓을 만들고 문학을 꽃피웠다. 동짓달에도 눈이 오지 않을 정도로 따뜻하고 해산물이 풍부한 덕분이었다.

삼수 사람과 통영 사람이 얼굴을 맞댈 기회는 거의 없었다. 물리적 거리 때문만은 아니었다. 36년 동안 일제의 식민지배를 받다가 광복된 뒤 이념이란 괴물에 시달린 탓이다. 남과 북이 허리가 잘린 채 분단되어 삼수와 통영이 더욱 멀어졌다. 사람이 오고 갈 수 있는 길이 끊겼다. 삼수에서 통영으로 가는 길은 없었다. 딱 하나의 길만 있었다. 죽음이었다. 죽어서 자유로워진 영혼은 어디든 갈 수 있었다. 죽은 이에게 사람이 만든 철조망은 더는 장벽이 아니었다.

나는 죽음을 기다렸다. 살아서는 갈 수 없는 곳, 갈 수 없어 만날 수 없는 사람. 만날 수 없어 가슴에서만 존재했던 사람. 가슴에서만 살아 있는 바로 그 사람, 연이를 만나기 위해서 나는 죽어야 했다.

나는 오늘, 통영을 향해 날았다. 빛은 바람보다 빨랐다. 특별히 이륙 준비를 할 필요도 없었다. 그저 내가 가고 싶은 시간과 장소만 정하면 끝이었다. 숨을 깊이 들이마시고 마음을 가다듬었다. 빛의 세계에선 필요 없는 일이지만, 습관이란 때와 곳을 가리지 않고 불쑥불쑥 튀어나왔다. 조금씩 숨을 내쉬고 가슴을 달래며 도착지를 통영 미륵산이라 찍었다. 무거운 업보를 잔뜩 지고 있던 몸뚱이를 삼수에 남겨놓고, 사뿐히 날아올랐다. 업보를 내려놓은 덕분이었을까. 나는 권두운 위의 손오공보다 훨씬 더 빨리 날았다. 삼수에서 통영은 이웃집처럼 가까웠다. 눈 한 번 느긋하게 깜빡이자, 벌써 미륵산이 보였다.

미륵산은 남해의 해안방어를 위한 첨병이었다. 해발 458m인 정상에 오르면 아름다운 한려수도를 한눈에 내려볼 수 있다. 맑은 날에는 대마도對馬島라고 창지개명創地改名 당한 쌍말섬도 보인다. 왜구가 기승을 부리던 고려말에 미륵산 꼭대기에 봉화대를 만들었다. 거제도의 가리산에서 피어오른 봉화를 받아, 통영시 우산 봉수로 이어주었다. 나는 눈을 들어 이순신 장군이 임진왜란 때 한산도 대첩을 거둔 바다와 한산도를 바라보았다. 그날의 생사가 갈렸던 전투와 하늘을 찌를듯한 승리의 함성이 들렸다.

"어서 서둘러서 모래톱을 파내라!"

개펄을 빨리 파서 물길을 내라는 왜군 지휘관의 목청이 터졌다. 그러나 물길은 좀처럼 생기지 않았다. 삽도 없이 막대기와 맨손이었다. 개펄의 반항을 이겨내기가 쉽지 않았다. 판데목 양쪽에서는 화살이 비 오듯 쏟아졌다. 할 수 있는 건 오직 죽음뿐이었다. 어차피 죽을 목숨, 먼저 죽는 게 편했을지 몰랐다.

"한 놈도 살려 보내지 마라!"

조선 수군의 함성은 염라대왕의 명령이었다.

나는 그날의 전투상황을 상상하며, 미륵산을 천천히 내려왔다. 아름다운 저녁노을을 온몸과 마음에 새긴 사람들이 케이블카를 타고 하산하고 있었다. 나는 그들과 미소로 헤어지고 판데목으로 갔다. 판데목은 통영반도와 미륵섬 사이에 있는 조그만 물길이다. 이곳은 원래 땅에서 바다로 뻗어 나간 모래톱이었다. 흙과 모래가 오랫동안 바닷물에 휩쓸려 쌓이면서 물길을 가로막았던 곳이었다. 그런데 왜군이 이곳을 파서 물길을 다시 냈다.

한산도 앞바다에서 이순신의 학익진鶴翼陣에 걸려 대패한 왜선 일부가 이곳으로 도망쳤다. 왜군들은 퇴로가 막히자 모래톱을 파냈다. 가까스로 물길을 만들어 도망쳤다. 판데목이란 이름은 그래서 생겼다. '목처럼 생긴 곳을 판 데'라는 뜻이다. 그때 왜군이 수없이 죽어 '송장목'이라고도 부르기도 했다. 일제는 대한제국을 불법적으로 강탈한 뒤, 판데목 바다 밑에 터널을 만들었다. 이순신에게 당한 패배를 복수하겠다는 얄팍한 술수였다.

통영에서 나고 자란 소설가 박경리는 〈판데목 갯벌〉이라는 시를 쓴 적이 있다. 그녀는 판데목 갯벌에서 바지락을 캐며 어린 시절을 보냈다. 판데목에서 "세상은 진작부터 외롭고 쓸쓸하였다"는 사실을 일찍 깨달았다.

피리 부는 것 같은 샛바람 소리

들으며

바지락 파다가

저무는 서천 바라보던

판데목 갯벌

아이들 다 돌아가고

빈 도시락 달각거리는

책보 허리에 매고

뛰던 방천길

세상은 진작부터

외롭고 쓸쓸하였다

— 박경리, 〈판데목 갯벌〉 전문.

　판데목 갯벌은 이제 찾아볼 수 없었다. 너비 55m, 수심 3m, 길이 1420m로 잘 정비된 운하로 바뀌었다. 여수와 부산을 잇는 여객선과 고기잡이배가 바쁘게 오가는 남해항로의 요지로 탈바꿈했다. 바닷물이 제방과 만나는 곳에 따개비가 잔뜩 붙어있었다. 이곳이 갯벌이었음을 알려주는 유일한 실마리였다. 낚싯대를 드리우고 도다리와 노래미를 노리는 늙은 낚시꾼이 가끔 시간여행자가 되었다. 판데목을 내려보는 언덕배기에 자리한 착량묘鑿梁廟는 소품이다. 착량은 모래톱을 뚫어 물길을 냈다는 판데목의 한자식 표현이고, 묘는 사당이다. 이순신 장군이 노량해전에서 전사한 뒤, 그를 기리기 위해 만들어진 사당이다.

내가 통영에 다시 와서 미륵산과 판데목을 맨 먼저 찾은 것은 이유가 있다. 80여 년 전, 통영을 네댓 번 왔을 때 판데목이 매우 인상적이었다. 연이를 만나러 왔지만, 만나지 못해 아쉬움이 컸을 때였다. 이순신 장군이 연이를 만나지 못한 아쉬움을 달래주었다. 앞으로 살아갈 길도 보여주었다. 평생 시인으로 살며 우리의 얼을 깨우는 시를 쓰는 일이었다.

나는 평안북도 정주에서 태어났다. 하지만 시의 고향은 통영이었다. 나는 1930년 조선일보 신춘문예에 단편소설이 당선돼 등단했다. 그 덕분에 조선일보 방응모 사장의 '계초 장학생'으로 선발돼 일본의 청산학원대학 영어사범과에서 유학할 수 있었다. 귀국한 뒤에는 조선일보 기자를 했다. 만약 통영에 와서 이순신을 만나지 않았다면, 나는 시인이 아니라 소설가로 살았을 것이다. 통영에서 이순신을 만나는 순간, 기자를 하면서 잊었던 청산학원의 이사벨이 떠올랐다. 이사벨에게 루 살루메가 되어달라고 떼를 썼고, 대한독립을 위해 시를 쓰겠다고 다짐했던 일이 생생하게 떠올랐다.

연이는 나를 이순신에게 이끌었다. 이순신은 이사벨을 상기시켜주었다. 이사벨은 나를 시인으로 거듭나게 해주었다. 통영에서 본격적으로 시를 쓰기로 다짐했다. 〈정주성〉이란 데뷔 시를 쓴 것도 통영을 방문한 직후였다.

내가 연이를 처음 본 것은 서울 낙원동의 계림여관에서였다. 1935년 7월 가랑비가 내리던 날 밤이었다. 나의 벗, 이진의 축하연이 그날 열렸다. 이진은 두 달 전에 결혼했다. 이진의 동무, 배신우가 고향인 통영 출신 여학생 3명을 축하연에 데리고 나왔다. 그 가운데 한 명이 연이였다.

조선의 수도였던 한양은, 당시 일제에 의해 창지개명 당해 경성
京城으로 불렸다. 연이의 이름은 여재영이였다. 여재영은 그때 경성
에서 이화고녀(이화고등여자보통학교)를 다니던 학생이였다.

나는 재영을 본 순간, 첫눈에 반했다. 얼굴이 화끈거리고 가슴이
뛰었다. 혀가 얼어붙었다. 나는 수줍음을 많이 타는 내향적 성격이
었다. 평소에도 말을 잘하지 못하는, 정주 촌놈이 사랑에 빠졌으니
알만했다. 사교성이 풍부한 배신우가 북 치고 장구 치고 다 했다.
나는 말 한마디도 제대로 꺼내지 못했다. 꿰다놓은 보릿자루처럼
자리만 지키다 헤어졌다. 비극은 그 자리에서 이미 싹 텄을지 몰
랐다.

나는 바로 그날부터 사랑의 열병에 빠졌다. 배신우를 졸라 통영
에 함께 왔다. 하지만 연이와 길이 엇갈려 만나지 못했다. 취재를 핑
계로 출장을 끊어 혼자 찾아왔을 때도 재영은 없었다. 연이를 만나
지 못하고 돌아가는 쓸쓸한 마음을 시 〈통영-남행시초2〉로 썼다.

통영장 낫대들었다

갓 한 닢 쓰고 건시 한 접 사고 홍공단 단기 한 감 끈코 술 한 병
바더들고

화륜선 만저보려 선창 갓다

오다 가수내 들어가는 주막 압헤

문둥이 품바타령 듯다가

열닐헤 달이 올라서

나룻배 타고 판데목 지나간다 간다

― 백석, 〈통영―남행시초2〉 전문, 조선일보 1936. 3. 6.

한낮에 통영장터에 갔다. 재영에게 선물할 홍공단 단기 한 감을
끊었다. 그의 외사촌 나필재와 함께 마실 술도 한 병 샀다. 통영에
올 때마다 친절하게 대접해 준 보답이었다. 명정에 갔다. 하지만 그
녀는 집에 없었다. 하는 수 없이 장터로 돌아왔다. 주막 앞에서 문
둥이가 품바타령을 하고 있었다. 천형天刑을 받은 고통을 품바타령
에 실었다. 초봄의 짧은 해는 어느덧 서산을 넘어갔다. 보름을 갓
지난 열이레 둥근달이 두둥실 떠 올랐다.

나는 더 기다릴 수 없어 판데목으로 갔다. 다음 행선지로 가는
나룻배를 타기 위해서였다. 불원천리를 달려왔는데, 사랑하는 연
이를 만나지 못하고 가는 발길이 떨어지지 않았다. "판데목 지나간
다 간다"는 혼잣말이 저절로 나왔다. 판데목에서 내 가슴에 희망이
부풀어 올랐다. 왜군을 혼내준 이순신 장군의 기상에서 날이 갈수
록 미쳐가는 일제의 수탈정치를 이겨낼 길을 찾았다.

'그래! 시를 쓰자. 우리는 지금 일제의 지배를 받고 있다. 눈앞의
현실이 아무리 힘들더라도 꿈을 버리지 않으면 이겨낼 수 있다. 차
츰 잊히는 이순신의 얼을 우리 겨레에게 알려주자. 서울로 돌아가

면 본격적으로 시를 쓰자…'

그때를 생각하며 이순신 장군을 모신 충렬사로 향했다. 그때였다. 출출이 한 떼가 날아들었다. 출출이들이 지저귀는 소리가 들렸다. 출출이는 뱁새의 평안도 이름이다. 부비새 또는 비비새라고도 불렸다.

"백석 시인님, 왜 이렇게 꾸물거리는둥?"

"너희들이 어떻게 나를 아는둥?"

"〈나와 나타샤와 힌 당나귀〉에서 우리를 호출했음둥?"

"아, 그랬었지."

"그건 나중에 얘기하고, 어서 서두름메. 명정에서 연이 아가씨가 기다리고 있음메!"

"연이라고?"

"그렇습메. 아까부터 기다리고 있습메."

"그렇구나! 어서 가자, 알려줘서 고맙구나."

나는 명정으로 걸음을 재촉했다. 마음이 급하니 오히려 발길이 꼬였다. 마음을 가라앉혔다. 침착하게 걸음을 옮겼다. 이윽고 저만치에 충렬사가 보였다. 사람이 계단에서 일어서고 있었다. 그 사람은 오거리에서 왼쪽으로 길을 잡았다. 조금 빨리 걸어 가까이 가니 여자였다.

그녀의 모습을 따라 골목을 걸었다. 걷다 보니 시간이 비대칭적으로 흘렀음을 느꼈다. 공간은 시간보다 보수적이었다. 옛사람들은 이제 모두 저세상으로 갔다. 하지만 그 사람들이 살던 곳은 거의 옛날 그대로였다. 사람이 사는 집은 오래돼서 허물고 다시 지었다. 하지만 길과 골목은 바뀌지 않았다. 80여 년 만에 찾아왔는데도 조금도 헷갈리지 않았다. 묻지도 않고 길을 찾을 수 있었다.

그녀는 성벽까지 간 뒤 오른쪽으로 계속 올라갔다. 나는 더욱 걸음을 재촉했다. 마음은 하나였다. 아무리 시간이 흐르고, 이리저리 바람 불 듯 오갔어도, 마음이 머무른 곳은 한곳이었다. 사랑이 하나이듯, 마음은 하나, 일심一心이었다. 일심이 자연인데도 마음은 하나로 되지 못했다. 시대의 아픔 때문이었다. 일제강점의 멍에, 봉건 질서의 굴레, 이데올로기의 폭력…. 멍에와 굴레와 폭력이 쌓이고 쌓여 나를 짓눌렀다. 다소곳한 연이도 옥죄었을 것이었다.

생각에 생각이 꼬리에 꼬리를 물었다. 발걸음이 어느새 나를 서쪽 성벽의 가장 높은 곳으로 데려다 놓았다. 그곳엔 서포루西舖樓가 멋지게 서 있었다. 서포루는 통영성 서쪽을 방어하는 지휘대인 서장대가 있던 곳이다. 통영성은 여황산艅艎山 정상에 북포루를 두었다. 여황산은 통영의 진산으로 세병관 뒤에 있다. 동쪽 마루금에는 동포루를 두었다. 남쪽은 바다를 마주한 항구다. 아름다운 항구를 가진 통영은 천연 요새였다. 이순신 장군이 수군통제영을 둔 이유였다.

서포루 주위는 잔디밭이 넓게 가꾸어져 있었다. 그녀가 서포루 오른쪽에서 서 있었다. 다소곳이 서서 개밥바라기별을 바라보았다. 반짝반짝 빛난다고 해서 샛별이라고도 하는 금성金星이다. 하늘에 있는 별을 모두 세고, 그렇게 센 별을 모두 따서 품 안에 안으려는 듯했다. 내가 가까이 다가서는 것을 알아채지 못했다. 나는 다가

가며 말을 걸었다.

"연이 오랜만이군!"

연이는 아무런 반응이 없었다. '연이'라는 이름을 가진, 다른 사람을 부르는 것으로 여긴 모양이었다. 나는 조금 더 다가가며 다시 말했다.

"연이, 오랜만이야! 그동안 잘 지냈어?"

내 목소리가 떨렸다. 그제야 연이가 돌아보며 의아한 표정을 지으며 대답했다.

"누구신가요? 저는 연이가 아닌데요…"

"아, 그렇군. 당신 이름은 재영이지, 여재영!"

"저를 아시나요?"

"알다 뿐이겠소. 계림여관에서 처음 본 바로 그때부터 한순간도 당신을 잊은 적이 없었소. 연이는 내가 그대에게 붙인 나만의 애칭이라오…"

"계, 계림여관에서, 저를 만났었다고요?"

"그렇소. 너무 오래된 일이라 기억이 나지 않는 모양인데, 서울의 낙원동에 있는 분위기 좋은 여관이오."

"낙원동의 계림여관은 생각이 납니다. 하지만 제가 왜 계림여관에서 당신을 만났었지요?"

"잘 생각해 보시오. 당신의 남편 배신우의 여동생, 배순영과 나의 가장 가까운 벗, 이진이 결혼했소. 그 결혼을 축하하는 자리가 계림여관에서 열렸었소…"

"아, 이제 생각해보니 그런 일이 있었네요. 그런데 오늘 어떻게 여기를…"

"이순신 장군을 다시 뵙고, 연이 집도 멀리서나 보고 가려고 왔소. 오다 보니 충렬사 계단을 내려와 명정 네거리에서 이쪽으로 가는 당신을 보았소."

"그러셨군요…"

"오매불망하던 당신을 이렇게 눈앞에서 보니 참으로 기쁘오."

"남의 사람이 된 지 오래인데, 이제 만난들 무슨 소용이 있겠어요?"

"그렇지 않소. 나는 살아 있을 때는 물론, 죽어서도 당신을 잊은 적이 한순간도 없었소."

"'죽 어 서 도'라고요? 그럼 당신은 지금 죽은 사람이라는 뜻인가요?"

"그렇소. 그건 연이 당신도 마찬가지요."

"아니, 나도 죽은 것이라고요?"

"맞소. 믿기 힘들겠지만 사실이요. 우리는 살아 있는 동안은 만날 수 없는 벽에 갇혀 있었소. 이렇게 죽어서야, 비로소 만날 수 있도록 벽이 허물어진 것이오."

"그렇다면 차라리 만나지 않은 것이 더 좋았겠네요. 살아서 만나야 의미가 있는 거지, 죽어서 만나는 게 무슨 가치가 있겠어요?"

"그렇지 않소. 나의 몸은 비록 죽었어도, 연이에 대한 나의 사랑은 영원하오."

"말도 안돼요. 이해할 수도 없고 의미도 없는 일이에요."

"살아 있을 때는 하지 못했던 것, 이제는 자유롭게 할 수 있소."

"자유, 자유가 무슨 소용이겠어요? 이미 죽은 마당에 말이에요."

"아무런 장벽 없이 하고 싶은 일을 마음껏 할 수 있소."

"이리 봐도 벽, 저리 봐도 벽, 앞을 봐도 뒤로 돌아봐도 온통 벽인데 어떻게 자유를 누리겠어요?"

"벽은 육체가 있을 때만 벽일 뿐이오. 육체를 떠난 정신은 벽에 가로막히지 않고, 벽을 넘어갈 수도 있고, 뚫고 지나갈 수도 있소."

"그래도 육체 없는 정신은 아무런 의미가 없는 것이잖아요?"

"연이가 아직 죽음에 적응이 되지 않아 그런 것이오. 서두르지 말고 천천히 죽음에 익숙해지면 내 말을 이해하게 될 것이오."

"과연 그렇게 될까요?"

"그렇소. 살아 있을 때뿐만 아니라 죽음의 세계에서도 내가 연이를 앞섰으니 내 말을 믿어주면 좋겠소."

"…"

"그럼 연이도 내 말을 따르는 것으로 생각하겠소."

"…"

나는 오늘 통영에서 연이를 만났다. 연이를 다시 만나는 것은 오래전에 정해진 일이었다. 나는 20대 젊은이였을 때 통영에 자주 왔다. 연이를 만나기 위한 것만은 아니었다. 일제의 총칼에 숨쉬기조차 힘든 나날, 이순신 장군의 얼이 살아 있는 통영은 깊은숨을 쉴 수 있는 열린 공간이었다. 통영은 기꺼이 나의 탈출구가 되어 주었다. 그때 쓴 두 번째 〈통영〉이 내 마음을 잘 보여준다.

구마산舊馬山의 선창에선 조아하는 사람이 울며 날이는 배에 올

라서 오는 물길이 반날

　갓나는 고당은 갓갓기도 하다

　바람맛도 짭짤한 물맛도 짭짤한

　전북에 해삼에 도미 가재미의 생선이 조코

　파래에 아개미에 호루기의 젓갈이 조코

　새벽녘의 거리엔 쾅쾅 북이 울고

　밤새ㅅ것 바다에선 뿡뿡 배가 울고

　자다가도 일어나 바다로 가고 십흔 곳이다

　집집이 아이만 한 피도 안 간 대구를 말리는 곳

　황화장사 령감이 일본말도 잘도 하는 곳

　처녀들은 모두 어장주漁場主한테 시집을 가고 십허하는 곳

　산 넘어로 가는 길 돌각담에 갸웃하는 처녀는 금錦이라든 이 갓
고

　내가 들은 마산 객주집의 어린딸은 란蘭이라는 이 갓고

　란이라는 이는 명정明井골에 산다든데

　명정골은 산을 넘어 종백柊栢나무 푸르른 감로甘露가튼 물이 솟는

명정샘이 있는 마을인데

샘터엔 오구작작 물을 긷는 처녀며 새악시들 가운데 내가 조아
하는 그이가 잇을 것만 갓고

내가 조아하는 그이는 푸른가지 붉게붉게 종백꼿 피는 철엔 타
관시집을 갈 것만 가튼데

긴토시 끼고 큰머리 언고 오불고불 넘엣거리로 가는 여인은 평
안도서 오신 듯한데 종백꼿 피는 철이 그 언제요

녯 장수 모신 날근 사당의 돌층계에 주저안저서 나는 이 저녁 울
듯 울 듯 한산도閑山島 바다에 뱃사공이 되어가며

녕 나즌 집 담 나즌 집 마당만 노픈 집에서 열나흘 달을 업고 손
방아만 찟는 내 사람을 생각한다
 — 백석, 〈통영〉 전문, 조선일보, 1936. 1. 23.

통영은 해산물이 풍부한 곳이다. 전복 해삼 도미 가자미 같은 생
선에 파래 아개미 오루기 같은 젓갈이 좋았다. 아이처럼 큰 대구를
말리고 아가미로는 젓을 담았다. 풍부한 해산물을 싣고 돌아오는
배들이 새벽녘부터 북적댔다. 고기 잡으러 떠나는 배들도 밤늦게
까지 북적거렸다.

통영은 그렇게 활기찬 도시였다. 자다가도 벌떡 일어나 바다로
가고 싶은 곳이었다. 그런 통영에 연이가 살고 있었다. 나에게는 더
욱 와서 살고 싶었다. 단물이 솟는 명정샘도 있었다. 명정골의 연이
를 만나 동백꽃 피는 이른 봄에 결혼하고 싶었다. 하지만 나는 숫기

가 없었다. 연이를 직접 만나 얘기한 적이 없었다. 연이 집에 가서 홀어머니를 뵙고 사위가 되고 싶다는 말씀도 드리지 못했다. 그저 '옛 장수 모신 낡은 사당'의 돌층계에 주저앉아서 한산도 앞을 지나가는 뱃사공이 될 뿐이었다.

그때는 일제강점기라서 이순신이란 말조차 꺼낼 수도 없었다. 아픈 마음을 지그시 누르며 어쩔 수 없이 '옛 장수'라고 썼다. '한산도 바다'를 제대로 부를 수 있는 것에 만족해야 했다. 그러면서 지붕 낮고 담도 낮은 데 마당만 높은 집에서 보름달을 바라보며 손방아만 찧고 있을 연이를 생각했다. 뒤늦은 짝사랑이었다. 오늘부터 짝사랑이 참사랑으로 바뀔 것이었다.

.

2

진주성

남강이 울고 있었다. 이른 봄 첫해를 맞이한 남강이 촉석루 의암
義巖 앞에서 흐느끼며 흘렀다. 윤슬이 눈물로 흐르며, 반짝반짝 빛
으로 나를 후려쳤다. 나는 고개를 들 수가 없었다. 지난밤 등아각에
서의 일이 악몽처럼 떠올랐다.

　"너는 오늘부터 연이다!"

　배신우의 은근한 권유로 찾아든 등아각登雅閣이었다.

　"여기서 진주가 가깝네. 김시민 장군과 의기義妓 논개를 만나보
고 가는 것도 좋지 않겠나?"

　통영에서 연이를 만나지 못한 것이 자신의 잘못으로 여겼는지,
배신우는 내 눈치를 보며 은근하게 권했다. 내가 말이 없자 '별생각
이 없는 것'으로 여겼는지 한마디 덧붙였다.

　"진주성과 남강, 그리고 촉석루를 보는 즐거움도 클 것이네!"

"역사가 깊은 진주에 가보는 것도 좋겠네. 좋은 의견 내 줘서 고마우이!"

그렇게 자의 반, 타의 반으로 진주에 왔다. 진주성은 성벽이 무너진 채로 방치돼 있었다. 성안은 물론 성 밖 바로 밑에까지 민가가 세워졌다. 성 모습이 제대로 남아있지 못했다. 촉석루도 곳곳이 상처로 가득했다. 뭇 사람들이 아무런 제재 없이 오르내렸다. 김시민 장군이 군민 일체로 왜적을 무찌르던 위용을 찾아보기 힘들었다.

하지만 논개가 적장賊將을 끌어안고 순국한 의암은 그대로였다. 의암 앞에 세운 의암사적비는 찾을 수 없었다. 논개의 충절을 기리기 위해 세운 의기사도 크게 훼손됐다. 흉칙한 일제는 어찌할 수 없는 자연은 그대로 두었을 뿐, 사람이 할 수 있는 것에는 모두 흉수兇手를 댔다. 가슴이 답답했다. 일제의 만행은 일상의 폭력으로 자리 잡은 지 오래였다.

'내 이놈들을.'

나도 모르게 두 주먹을 불끈 쥐었다. 하지만 그것뿐, 할 수 있는 게 거의 없었다. 옆에서 배신우가 갑자기 내 생각을 파고들었다. 너무 오랫동안 아무런 말도 없이 멍한 눈빛으로 거닐고 있는 나를 발견한 것이었다.

"우리 기분도 울적한데, 어디 좋은 데 가서 기분 좀 푸는 게 어떨까…"

배신우는 분위기를 파악하는데 귀신이었다. 착 가라앉은 내 기분을 살피면서 조심스럽게 운을 뗐다.

"그러게, 오늘 같은 날은 횟술이라도 흠뻑 마셔야겠네…"

평상시 같으면 "웬 술?"이냐며 핀잔을 줬을 텐데, 오늘은 술로라도 울화통을 달래야 했다. 그렇게 해서 들른 곳이 등아각이었다. 등아각은 진주성 북문에서 걸어서 7분쯤 떨어진 곳에 있었다.

"오늘 서울에서 귀한 분께서 오셨네. 모시는 데 한 치의 잘못도 있어서는 안되네!"

배신우는 등아각에 들어서면서 여사장에게 다짐부터 했다.

"여부가 있겠습니까? 어찌 처음 오신 분처럼 이렇게 딱딱하실까…"

통영이 고향인 배신우는 가끔 이곳에 들르는 눈치였다. 여사장은 눈웃음을 살살 흘리며 배신우를 방으로 안내했다. 오랜 직업에서 다져온 눈칫밥인 듯, 슬쩍슬쩍 나를 쳐다봤다. 어떤 기생을 들이고, 음식은 어떻게 준비해야 할지를 가늠하는 것이리라.

"향이라고 하옵니다~"

"진이옵니다, 많이 사랑해주시옵소서~"

여사장의 신호를 받고 들어온 기생 둘이 공손하게 큰절을 했다. 향이는 분홍 치마에 노랑 저고리를 입었다. 진이는 초록 치마에 분홍 저고리 차림이었다. 예로부터 살기 좋은 고장인 데다, 의기 논개의 전설이 살아있는 진주에 걸맞게 예법을 제대로 차렸다. 하지만 나는 그들에게 눈길을 거의 주지 않았다. 잔뜩 화난 표정으로 말없이 바라보았다. 여사장이 내 눈치를 슬금슬금 살피며 향이를 내 옆에 앉혔다. 진이는 배신우와 안면이 있는 듯했다.

"한 잔 쭈~욱 들이켜시고 저에게도 한 잔 따라주셔용~"

'이건 아닌데…' 하며 서먹서먹하게 앉아 있는 분위기를 누그러뜨리려고, 향이가 코맹맹이 소리를 한다.

"그래, 마시자꾸나."

나는 기다렸다는 듯이 술잔을 비웠다. 술이 없으면 오늘 진주성에서 보고 느낀 먹먹함을 삭이지 못할 것 같았다.

'시름을 술로 없앨 수는 없을 것이다. 그렇다고 한 잔 술도 없다면 먹먹한 가슴을 어찌 달래겠는가…'

한 잔이 두 잔 되고 석 잔 녁 잔으로 늘었다.

"아이, 왜 이렇게 화난 사람처럼 술을 들이부으셔요. 향이가 마음에 안 드시나~"

취기에 향이의 코맹맹이 소리가 어렴풋이 들렸다.

"향이, 향이라고?"

"네, 향이옵니다~"

눈을 들어보니 앞에 연이가 있었다. 깜짝 놀라 두 눈을 비비고 다시 봐도 연이가 틀림없었다.

"연이, 자네가 여기 웬일인가?"

"연이라고요? 저는 향이예용~"

"시끄럽다. 너는 오늘부터 연이다! 이 세상에서 예쁜 사람은 모두 연이란 말이다!"

나는 절규하듯 고함치며 '연이'를 와락 껴안았다. 입술은 서둘러 입술을 찾았다. 손은 어느새 '연이'의 가슴에 가 있었다.

"백석, 자네 취했나? 갑자기 왜 이러나?"

배신우가 떨리는 목소리를 했으나, 이미 나의 귀에 들어오지 않았다. 가슴에 있던 손은 본능의 법칙에 따라 치마 속을 더듬었다.

"에그머니나~, 서방님 지금 여기서 이러시면 아니되옵니당."

'연이'가 놀라며 앙탈을 부렸다. 하지만 시늉일 뿐이었다. 그럴수록 나의 팔에는 힘이 들어갔다. 혀도 혀의 법칙에 따라 바쁘게 돌아갔다.

"안되겠네. 우리가 자리를 비켜주도록 하세!"

배신우가 진이에게 눈짓하며 함께 일어섰다. 일하는 사람들이 술상을 치우느라 부산스러웠다. 그러는 사이에도 나의 혀와 손은 멈추지 않았다. 스물넷, 한참 나이였다. 한 번 붙은 불은 제대로 타올라야 꺼지는 법이었다. 배신우는 그걸 알고 있었을 것이다. 그래서 음모를 폈을까…

나는 이미 한 마리 꿀벌이었다. 본능에 따라 꿀샘을 찾았다. 처음 맛보는 황홀한 꿀샘이었다. 꿀은 맛볼수록 펑펑 솟았다. 꿀만 흐르는 게 아니었다.

"서방니이임, 저 죽어요~"

자지러지는 교성이 더욱 맛을 돋웠다. 꿀 침을 더욱 세게 꽂았다. 펑펑 솟는 꿀에, 거의 익사할 지경이었다. 그래도 멈출 수가 없었다. 본능은 무서운 것이었다. 벌침의 자극을 받은 꿀샘은 더욱 끓어올랐다. 꿀샘이 벌침을 세게 잡았다. 더는 버틸 수 없었다. 물극필반物極必反, 모든 것은 끝까지 가면 반드시 처음으로 되돌아온다. 꿀샘의 공격으로 벌침이 한꺼번에 폭발했다.

"연이야!"

나도 모르게 큰소리로 연이를 부르며 부르르 떨었다.

"서방니임!"

'진주의 연이'도 거친 신음으로 장단을 맞췄다.

"우리 서방님, 나를 연이로 착각하셨나, 왜 그렇게 거칠었어요? 그래도 오랜만에 체증을 푸니 상쾌하네요. 앞으로 내 서방님으로 모셔야겠어요. 그래도 되겠지용?"

한바탕 격전을 치른 나는 그 소리를 비몽사몽 간에 들었다. 취기와 노곤함으로 쏟아지는 잠을 이겨내지 못했다. 나는 이내 깊은 잠에 빠져들었다.

'짝짝짝짝, 까르르르…, 게으름뱅이 백석은 아직도 자나? 어젯밤에 힘 좀 썼나 보제?'

'쩍쩍 째째쩍…, 누가 아니라나? 해가 똥구멍을 찌르는 줄도 모르고 아직 한밤중인 줄 아네.'

문밖의 시끄러운 소리에 나는 눈을 번쩍 뜨려고 했다. 하지만 마음뿐이었다. 눈꺼풀이 달라붙어 떠지지 않았다. 민어의 부레로 만든 접착제로 붙여놓은 듯했다. 목은 사흘 동안 물을 한 모금도 마시지 않은 것처럼 탔다. 머리는 망치로 두드리는 것보다 더 아팠다. 몸을 일으키려고 하니 빙글빙글 돌았다. 금세라도 뒤집힌 속에서 치고 올 기세였다. 어쩔 수 없이 그대로 누워 머리를 굴렸다.

'여기가 어딘가? 내가 왜 이러고 있지?'

한참이 지나자 어젯밤 일이 천천히 생생하게 돌아갔다. 벌떡 일어났다. 옆에는 낯선 여자가 잠들어 있었다. 벌거벗은 채였다.

'이럴 수는 없는 일이다.'

나는 박차고 일어났다. 옆의 여자는 정신 놓은 채 자고 있었다. 사근사근 고른 숨소리가 났다. 어젯밤 잠자리가 매우 만족스러웠던 모습이었다. 나는 벌떡 일어났다. 뱃속에 든 것이 금방이라도 쏟아질 듯 울렁거렸다. 나는 속을 달래며 문을 박차고 남강으로 내달렸다. 남강이 흐느끼고 있었다. 반짝이는 윤슬은 채찍이 되어 나를 휘갈겼다. 그대로 남강으로 뛰어들어야 했다. 논개와 김시민 장군, 그리고 이순신 장군에게 고개를 들 수 없었다. 울렁이는 속을 안고 의암을 향해 몸을 던졌다.

"백석, 괜찮나?"

언제 왔을까. 배신우가 내 몸을 두 팔로 꽉 껴안았다. 배신우는 병도 주고 약도 주었다. 나를 쾌락의 밤에 빠뜨리더니, 죽지도 못하게 막아섰다. 그렇게 쉽사리 늪에서 벗어나게 할 수는 없다고 여기는 듯했다.

나는 진주에서의 하룻밤이 늘 괴로웠다. 연이를 생각할 때마다 '진주의 연이'가 끼어들었다. 부끄러웠다. 배신우도 슬슬 나를 피했다. 연이에게 버림받고, 벗도 잃을 처지에 놓였다. 하루하루가 지옥이었다. 아무것도 하지 못하고 지나는 날들이 쌓여갔다. 기자의 일을 꾸역꾸역 기계적으로 해낼 뿐이었다. 다람쥐 쳇바퀴가 따로 없었다. 돌파구가 절실했다.

'그래! 시를 쓰자.'

문득 '판데목의 다짐'이 떠올랐다. '평생 시인으로 살며 우리의 얼을 깨우는 시를 쓰겠다'는 다짐이었다. 이순신 장군이 판데목에서 보여준 그 길이었다. 울화통을 달래기 위해 들이부은 술김이라고는 해도, 욕정을 이기지 못한 채 이순신 장군에게 약속한 다짐을 잊을 수는 없었다. 그동안 해야 할 일을 하지 못하고 허송세월했다는 생각에 머리를 쥐어뜯었다.

'무엇부터 쓸까.'

시를 쓰자고 다짐하니 무엇부터 쓸지가 고민이었다.

'정면돌파가 정답이다. 피한다고 피할 수 없는 게 삶이다. 정면으로 맞닥뜨려 이겨내야 다음이 있다!'

진주에서 있었던 일을 쓰기로 작정했다. 하지만 처음 쓰는 시가 제대로 써질 리 없었다. 시 쓰기로 마음 다잡는 데 석 달, 시 다운 시를 완성하는 데 또 석 달이 걸렸다. 어렵게 쓴 시를 들고 신문사 선배를 찾아갔다.

"선배, 제가 여러 달 고민하면서 시 한 편을 써 봤는데요, 좀 읽어봐 주시겠어요?"

"그래? 백 기자가 시 쓴다는 얘기는 처음 듣네. 그래도 우리 신문사 최고의 글쟁이인 백석이 쓴 시인데, 볼 것도 없이 훌륭하겠지! 두고 가게나. 내가 찬찬히 읽어보고 얘기해 줌세."

나는 숨을 크게 내쉬었다. 두근거리는 가슴을 가까스로 진정하며 보여줬는데 반응이 좋았다. 내 손을 떠난 시가 스스로의 생명력으로 독자들에게 어떻게 다가가는지가 새로운 과제였다.

산턱 원두막은 뷔엿나 불비치 외롭다
헌겁 심지에 아즈까리 기름의
쪼는 소리가 들리는 듯하다

잠자리 조을든 문허진 성터

반디불이 난다 파란 혼들 갓다

어데서 말 잇는 듯이 크다란 산새 한 머리가

어두운 골작이로 난다

헐리다 남은 성문이

한울빗 가티 훤 하다

날이 밝으면 또 메기수염의 늙은이가

청배를 팔러 올 것이다

　　　 ─ 백석, 〈정주성〉 전문, 조선일보, 1935. 8.31.

"백석, 축하하네! 드디어 시인의 관문을 넘었군!"

이진이 기름 냄새 폴폴 나는 신문을 들고 뛰어오며 소리쳤다.

"야, 백석! 나는 자네가 '진주의 고통'을 문학작품으로 승화할 것으로 믿고 있었네!"

배신우도 신문을 흔들며 거들었다.

내가 처음으로 발표한 시 〈정주성〉에 대한 반응이 뜨거웠다. 가까운 벗 이진과 배신우는 물론, 문인들도 칭찬이 자자했다. 정주 출신 이석훈 수필가는 "내가 애송하는 시─나의 고향의 귀여운 젊은 시인 백석의 〈정주성〉을 잠깐 빌어보자"는 글귀를 담아 정주에 관한 멋진 수필을 쓸 정도였다.

하지만 나에겐 말하지 못하는 아쉬움이 있었다. 내가 쓴 처녀작 〈정주성〉이 정주성을 묘사한 것으로만 받아들여졌기 때문이었다.

제목이 정주성이니 정주성에 대한 시라고 해석하는 건 당연한 일이었다. 하지만 시 〈정주성〉에는 정주성이라는 시어가 나오지 않는다. 제목만 정주성일 뿐이다. 정주성을 〈진주성〉이라고 읽어보라. 어느 시어 하나, 어느 행 한 줄, 어느 연 한 개 어색하지 않다. 사실 나는 진주성을 쓰고 제목을 정주성이라고 붙인 것뿐이었다. 두 번째 〈통영〉 시에서 이순신을 '녯 장군'이라고 쓴 것처럼, 일제의 검열을 피하려고 '정주성'이라는 제목을 달았다.

2연의 "잠자리 조을든 무너진 성터/ 반딧불이 난다 파란 혼들 갓다"는 2차 진주성 전투에서 장렬하게 전사한 사람들의 혼이 반딧불처럼 반짝이는 모습을 그린 것이다. 3연의 "날이 밝으면 또 메기수염의 늙은이가/ 청배를 팔러 올 것이다"는 구절도 마찬가지다. 일제강점의 어둠이 걷히고 광복의 새날이 오면, 항일독립투쟁을 하던 분들이 돌아와 젊은이들에게 독립국가 국민으로서 살아갈 꿈을 얘기할 것이라는 뜻이다.

그런데도 '정주성'이라는 제목에만 주목해서 해석하는 사람들만 있었다. '무너진 성터에 반딧불이 파란 혼처럼 난다'는 구절을 홍경래 난과 연결해 해석하는 것이 대표적이었다. 내가 존경하는 김소월 시인이 쓴 시 〈물마름〉과 비교해 분석하는 평론도 많았다. 김소월은 고향이 정주이고, 정주는 1812년에 일어났던 홍경래난의 마지막 항전지였다. 그런 해석이 나오는 것은 당연했다. 〈물마름〉을 읽어보면 확실히 홍경래난을 소재로 쓴 시라는 것을 알 수 있다.

주으린 새무리는 마른 나무의

해지는 가지에서 재갈이던 때
온종일 흐르던 물 그도 곤困하여
놀지는 골짜기에 목이 메던 때

그 누가 알았으랴 한쪽 구름도
걸려서 흐느끼는 외로운 영嶺을
숨차게 올라서는 여윈 길손이
달고 쓴 맛이라면 다 겪은 줄을

그곳이 어디드냐 남이장군이
말 먹여 물 찌었던 푸른 강물이
지금에 다시 흘러 뚝을 넘치는
천백리 두만강이 예서 백십리

무산茂山의 큰 고개가 예가 아니냐
누구나 예로부터 의義를 위하여
싸우다 못 이기면 몸을 숨겨서
한때의 못난이가 되는 법이라

그 누가 생각하랴 삼백년래에
참아 받지 다 못할 한과 모욕을
못 이겨 칼을 잡고 일어섰다가
인력의 다함에서 쓰러진 줄을

부러진 대쪽으로 활을 메우고
녹슬은 호미쇠로 칼을 별러서
도독된 삼천리에 북을 울리며
정의의 기旗를 들던 그 사람이여

그 누가 기억하랴 다복동에서
피물든 옷을 입고 외치던 일을
정주성 하룻밤의 지는 달빛에
애그친 그 가슴이 숯기된 줄을

물위의 뜬 마름에 아침 이슬을
불붙는 산마루에 피었던 꽃을
지금에 우러르며 나는 우노라
이루며 못이룸에 박薄한 이름을
— 김소월, 〈물마름〉 전문.

나는 〈정주성〉을 1935년 8월 31일에 발표했다. 고향 선배인 김소
월 시인이 갑자기 돌아가신 지 8개월이 지나서였다. 나는 김소월
의 오산학교 후배다. 그의 스승이던 시인 김억을 취재해서 소월을
추모하는 글을 쓰기도 했다. 그러니 〈정주성〉을, 〈물마름〉과 함께
정주성에서 죽은 홍경래를 노래한 것으로 여기는 것은 어쩌면 당
연한 일이다. 물론 그렇게 해석하는 사람들 덕분으로 일제의 검열
에서 벗어날 수 있었다. 이제 광복된 지도 세 세대나 흐르고 있다.

〈정주성〉을 정주성으로만 읽지 말고, '진주성'으로 올바르게 읽어
줄 때가 됐다. 마음 열리고 눈 밝은 사람을 기다린다.

　　시 〈정주성〉으로 나는 시인이 됐다. '판데목의 다짐'에서 겨우
한 발 내디뎠다. 하지만 시 한 편으로 시인으로 인정받는 것은 아니
다. 제비 한 마리가 봄을 알리지 못하고, 낙엽 한 장이 가을이 왔음
을 증명하지도 못한다. 게다가 나는 '진주의 연이'에서 여전히 허
우적대고 있었다.
　　"내일 첫차로 경성에 감. 마중 요망!"
　　시 〈정주성〉을 발표한 흥분이 채 가시기도 전에 조선일보 편집
국으로 전보 한 장이 날아왔다. '진주의 연이'가 보낸 것이었다.
〈정주성〉을 발표하고 후속 시를 준비하느라, 바빠서 잊고 지내던
'진주의 연이'였다. 전보를 받자마자 등아각에서의 하룻밤이 떠올
랐다. 얼굴이 후끈 달아올라 주위를 둘러봤다. 다행히 눈여겨보는
사람은 아무도 없었다.
　　'이럴 수가 있나? 다 잊은 일, 다시 만날 사람이 아니라고 여겼는
데, 순식간에 달아오르는 몸은 또 무엇이란 말인가?'
　　본능의 힘은 끈질겼다. 잊었던 일이 전보 한 장으로 되살아났다.
바로 어젯밤에 있었던 일처럼 생생했다. 일이 손에서 춤을 추었다.
머리가 텅 비고, 눈동자도 초점을 잃은 것처럼 느껴졌다. 마치 옹녀
를 보고 얼빠진 변강쇠처럼 안절부절이었다. 똥 마려운 강아지 꼴
이라고나 할까. 어떻게 하루가 지나갔는지 몰랐다.
　　"백석 시인님! 오랜만이어요."

"…"

"어머나, 서방님, 그동안 많이 야위었네~ 향이를 못 봐서 상사 병이라도 나셨나 봐, 호호호…"

"근데, 무슨 일로 이렇게 갑자기 상경한 것이오?"

나는 '진주의 연이'가 쓸데없는 소리를 그만두도록 퉁명스럽게 물었다. 마음속과 다르게 나간 말투에 진심을 들켰을까.

"그야, 우리 서방님 독수공방에 복사꽃을 피우려고 왔지용, 호호 호!"

'진주의 연이'는 거침이 없었다. 경성은 처음일 텐데도 전혀 위축되지 않는 모습이었다. 오히려 자기 남편을 만나는 듯한 분위기를 연출했다. 마치 서울에서 오래 살던 사람이 진주에 며칠 다니러 갔다가 돌아온 듯했다.

나는 '진주의 연이'의 간드러지는 코맹맹이 소리에 화끈 달아올랐다. 애써 억누르던 본능이 어서 해방시켜 달라고 발버둥쳤다. 그냥 이대로 있다가는 무슨 일이 일어날지 몰랐다.

"어디, 머무를 곳은 정, 정했소?"

"정하긴요, 경성에 오면 서방님이 다 알아서 할 테니 몸만 올라오라고 해 놓구선."

낭패였다. 말투로 봐선 무작정 상경인 듯했다. 일단 사람들이 북적대는 경성역을 벗어나야 했다.

"그럼, 아침밥이나 먹으면서 앞으로 무엇을 할지 얘기해봅시다."

그렇게 '진주의 연이'와의 불장난이 서울에서 시작됐다. 기자 일이 엉망진창이 되었다. 시를 쓰는 일은 아예 개점휴업이었다. 이진과 배신우와의 만남도 뜸해졌다. 퇴근하면 쪼로록 '진주의 연이'가 일하는 요리집으로 달려갔다. 그는 그새 종로의 '유정각'에 일자리를 잡았다. 진탕 먹고 마시고 그를 끌어안았다. 꿀벌이 되어 밤늦게까지 꿀샘을 빨다가 늦잠을 잤다. 부리나케 일어나 헐레벌떡 신문사로 달려갔다. 마주치는 사람들이 눈을 피하며 끌끌 혀를 찼다. 이진과 배신우가 참지 못하고 고언苦言을 쏟아냈다.

"이보게 백석, 그러다 몸 망가지겠네. 연이는 어떻게 하려고 그러는가?"

"욕정은 짧고 사랑은 길다네. 더 긴 건 시인데, 이렇게 욕정에 빠져서야, 자네답지 않네!"

하지만 본능의 노예가 된 나에게는 우이독경이었다. 참된 벗의 좋은 말 열 마디는, 본능을 자극하는 단 한마디에 꼬리를 내리고 줄행랑쳤다.

"어이 백석! 역사에 남는 시를 쓰기 원하는가? 그럼 연애를 하게. 몸과 마음을 쏙 빼놓는 그런 연애 말이야. 정신 차리지 못하는 육체의 탐닉에 시의 길이 있다네"

시간이 쏜살같이 흘렀다. 사람을 흐느적거리게 했던 무더위가 어느새 기분 좋은 하늬바람으로 바뀌었다. 정신이 번쩍 들었다. 스물넷의 청춘을 꿀샘에 빠져 익사시킬 수는 없는 일이었다. 그때 문득 그분이 나타났다. 구세주가 따로 없었다.

"백석! 나도 한때 본능의 노예가 되었던 적이 있네. 그건 어쩌면 청춘의 특권이라고도 할 수 있지. 그러니 스스로 너무 학대할 필요는 없네. 다만 내가 보기에 백석은 이미 충분히 본능을 탐닉한 것 같으니, 이제 슬슬 싫증 날 꿀샘에서 빠져나오는 게 어떻겠나?"

그분의 말은 하늘에서 들려온 구원의 목소리였다. 그 밧줄을 놓치지 않으려고 꽉 잡았다.

"저도 그러고 싶습니다. 그런데 쉽지가 않습니다. 제가 하루빨리 '진주의 연이' 늪에서 벗어날 수 있도록 도와주십시오."

"좋네. 내가 도와주겠네. 자네의 시 〈정주성〉을 보고 이 땅에 진정한 시인이 등장했음을 직감했다네. 그리곤 자네를 지켜봤지. 꿀샘에 빠진 꿀벌이 되어 허우적대는 자네의 모습을 보면서 잠깐 안타까웠네. 그러나 어쩌겠나? 다 때가 있는 것을…"

"정말, 송구합니다. 이 나라 백성들은 일제의 강점으로 신음하고 있는데, 이순신 장군 앞에서 약속한 '판데목의 다짐'도 까맣게 잊고, 본능의 노예로 살면서 금 같은 시간을 허비했네요. 할 수만 있다면 지금 당장 돌려놓겠습니다!"

나는 정말 참회하는 마음으로 말까지 더듬었다. 그분은 내 어깨를 가볍게 두드리며, 따뜻하게 말했다.

"늦었다고 생각할 때가 가장 빠른 것이네. 이제부터라도 '판데목의 다짐'을 본격적으로 실천하도록 하게!"

"알겠습니다. 이렇게 다시 시작할 힘과 용기를 주셔서 대단히 고맙습니다."

"아직, 고맙다는 인사를 받기 이르네. 자네! 앞으로 한 두 달 안에 확실한 것을 보여주게. 그러면 내가 지금까지 이 땅에서 나온 시집 가운데 가장 멋진 시집을 만들 수 있도록, 적극적으로 도와줌세."

"시집, 시집이라고요? 아직 〈정주성〉이란 시 한 편밖에 쓰지 못
했는데요…"

"그러니까 하는 말이네. 나는 자네의 시 쓰는 힘, 시력詩力을 믿
네!"

그건 꿈이었는지 몰랐다. 아니다. 꿈이라면 그분과 나눈 대화가
그렇게 생생할 수 없었다. 나는 멀쩡한 상태에서 그분을 만났다. 그
분을 만난 뒤 내 생활은 뿌리부터 바뀌었다.

'진주의 연이'는 '김유신의 천관녀'가 되었다.

김유신이 다시는 천관녀를 만나지 않겠다고 다짐했다. 그 뒤 술
에 취한 채 애마를 탔더니, 애마가 그를 천관녀의 집으로 데려갔
다. 정신이 바짝 든 김유신은 죄 없는 애마의 목을 단칼에 내리쳤
다. 나도 김유신을 본받아 술을 단칼에 끊었다. "술을 마시지 않으
면 시가 써지지 않는다"거나, "술 끊고 1년 넘게 사는 놈을 보지 못
했다"거나, "신이 술을 좋아하지 않았다면 어찌 예천醴泉이 있겠느
냐?"는 따위의 말은 귓전으로 흘려버렸다.

그리고 시를 찾아 나섰다. 방구석에서 머리를 쥐어뜯는 대신 발
품을 팔았다. 발길이 닿는 곳마다 그분이 뿌려놓은 시의 씨앗이 널
려 있었다. 미친 듯이 주워 담았다. 시 3편을 『조광』 1935년 11월호
에 발표했다.

아카시아들이 언제 흰 두레방석을 깔았나
어디로부터 물큰 개비린내가 온다"
― 백석, 〈비〉 전문, 『조광』, 1935. 11.

호박닢에 싸오는 붕어곰은 언제나 맛있었다
부엌에는 빩앟게 질들은 팔八모알상이 그 상 웋엔
새파란 싸리를 그린 눈알만한 잔盞이 뵈였다

아들아이는 범이라고 장고기를 잘 잡는 앞니가
뻐들어진 나와 동갑이었다

울파주 밖에는 장군들을 따러와서 엄지의 젖을 빠는
망아지도 있었다
　　—백석, 〈주막〉 전문, 『조광』, 1935. 11.

갈부던 같은 약수터의 산거리
여인숙이 다래나무 지팽이와 같이 많다

(중략)

아비가 앓른가부다
다래 먹고 앓른가부다
아래ㅅ마을에서는 애기무당이 작두를 타며 굿을 하는 때가 많
다"
　　— 백석, 〈산지山地〉 부분, 『조광』, 1935. 11, 제1연과 끝연.

"백석! 아주 잘 하고 있네. 역시 내 눈이 정확함을 다시 한번 더

확인했네. 이런 모습을 계속 보여주게나!"

『조광』에 시 3편을 발표하고 며칠 뒤, 그분이 오셔서 격려 말씀을 해주셨다.

"감사합니다. 모두 선생님 덕분입니다. 더욱 열심히 쓰겠습니다!"

나는 신이 났다. 벗 이진도 〈비〉를 보고 "절창"이라고 엄지손가락을 치켜세웠다. 진중한 그는 인사치레가 아니라는 것을 증명했다. 며칠 뒤 〈기적汽笛〉이란 시로 축하해 주었다.

　　사지를 벌리고 누었으니 몹시 흙냄새가 온다

　　그 사취死臭는 이상이도 향그러운 냄새다

　　어듸서 나는 기적汽笛소리가

　　하늘에다 저런 구멍을 뚫고 가는고

　　저 구멍에 보이는 것이 내 고향인가 부다

　　ㅡ 허준, 〈기적〉 전문, 『조광』, 1936. 1.

나는 여기서 멈추지 않았다. 『조광』 1935년 12월호에 시 〈여우난곬족〉 〈통영〉 〈힌밤〉을 발표했다. 이어 『조광』 1936년 1월호에도 시 〈고야〉를 선보였다. 〈통영〉은 그립고 그리운 연이를 찾아 통영에 내려갔다가, 연이를 만나지 못하고 쓴 시였다.

　　녯날엔 통제사가 있었다는 낡은 항구의 처녀들에겐 녯날이 가지

　　않은 천희千姬라는 이름이 많다

　　　미역오리같이 말라서 굴껍지처럼 말없이 사랑하다 죽는다는

이 천희의 하나를 나는 어느 객주집의 생선가시가 있는 마루방
에서 만났다
저문 유월의 바다가에선 조개도 울을 저녁 소라방등이 붉으레한
뜰에 김냄새나는 실비가 날였다
— 백석, 〈통영〉 전문, 『조광』, 1935. 12.

통영. 얼마나 사무치는 이름이었던가. 내가 평생 사랑했던 연이
가 살던 곳. 그토록 바라던 독립을 남모르게 숨죽여 흐느끼던 곳.
광복된 나라에서 연이와 함께 아들딸 낳고 오손도손 살기를 꿈꿨
던 곳. 정주 말과 통영 말과 서울 말을 섞어 가슴 울리는 시를 쓰고
싶었던 곳…. 연이에 대한 그리움을 〈통영〉에 듬뿍 담았다. 그리움
이 시어로 터지자 그리움을 다스릴 수 있었다. 그리움을 다스리자
자신감이 더욱 커졌다.

"백석! 자네 이제 시집을 내도 되겠네…"
『조광』에 석 달 연속으로 시를 7편이나 발표한 뒤, 그분이 불쑥
나를 찾아왔다. 기분이 좋은 듯 말도 상기되어 있었다.
"시집이요? 지금까지 발표한 시가 겨우 8편입니다. 아직 시집으
로 묶기엔 턱없이 부족합니다."
"아니네, 이제 때가 되었네! 자네가 발표한 시는 아직 적은 게 사
실이네. 하지만 써놓고 아직 발표하지 않은 시도 많지 않은가?"
"그렇긴 합니다만…"
나는 말꼬리를 흐렸다. 써놓은 시 편수도 많지 않은 데다, 무엇보

다도 시집을 출간할 돈이 없었다. 그렇다고 그분에게 돈 얘기를 꺼낼 수는 없었다. 그분은 그런 내 사정을 다 안다는 듯 말을 이었다.

"백석! 용기를 내게. 우선 시집으로 묶을 시를 정리해보게!"

나는 그분의 격려를 받고 결단을 내렸다. 시를 습작하는 노트를 꺼냈다. 통영을 다녀온 뒤 5개월 동안 쓴 시를 다시 들여다봤다. 부족한 부분은 퇴고하고, 이미 발표한 시들도 마음에 들지 않으면 과감하게 수정했다. 열흘 정도 작업해서 데뷔 시 〈정주성〉을 비롯해 33편을 추렸다. 조금 적은 듯했지만, 충분하다고 여겼다. 16년 전, 만세를 불렀을 때 독립선언서에 서명한 민족대표가 33명이었다는 데 생각이 미쳤다. 33편을 한데 묶은 시고詩稿를 갖고 그분을 찾아 뵈었다.

"선생님 말씀을 듣고 용기를 내서 그동안 쓴 시 33편을 모아서 가져왔습니다."

"벌써? 생각한 것보다 빠른데~"

그분은 말은 그렇게 하면서도, 기다리고 있었다는 듯 시 원고를 가로채듯 받아 읽기 시작했다. 가끔 고개를 끄덕이기도 하고, 때로는 감흥에 젖어 흥얼거리기도 하면서 독시讀詩삼매경에 빠졌다. 이윽고 고개를 들며 말했다.

"백석, 자네의 시 33편을 모두 읽었네. 읽을수록 나도 모르게 깊어가는 맛에 푹 빠져 자네가 옆에 있다는 사실을 깜빡 잊었다네!"

"이렇게 칭찬해주시니, 몸 둘 바를 모르겠습니다."

"과찬이 아니네. 앞으로 자네 시집을 읽는 사람들은 모두 극찬을 아끼지 않을 것이네. 자네 시집은 분명히 성공할 걸세!"

"더욱 감사합니다. 그런데…"

"자네 걱정이 무엇인지 아네. 하지만 그건 걱정하지 않아도 되네. 내가 모두 지원할 것이네!"

"정말 감사합니다."

"감사는 나중에 하고, 내가 자네에게 특별히 부탁하고 싶은 게 있네."

"말씀하십시오. 무엇이든지 받들어 따르겠습니다."

"자네 시집을 여느 시집처럼 만들지 말고, 이 나라에서 가장 좋은 최고로 만들라는 부탁이네!"

"이 나라에서 최고의 시집이라고요?"

"그렇네. 이 나라 최고의 시집으로 만들게. 가끔은 형식이 내용을 좌우할 때가 있네. 자네 시가 모두 훌륭한 것이 사실이네. 하지만 이 땅에서 하나밖에 없는 최고의 시집은, 자네의 시를 더욱 돋보이도록 만들 것이네."

"선생님의 기대를 저버리지 않도록 최고로 만들어보겠습니다. 그런데, 시집 제목을 무엇이라고 하면 좋을까요?"

"마음에 두고 있는 제목이 있는가?"

"사람들의 이목을 확 끌어당길 제목이 잘 생각나지 않습니다."

"그렇다면…"

3

사
슴

"백석 시인님, 나사랑입니다."

조선일보에 시 〈정주성〉을 발표하고 달포쯤 지난 뒤 메신저 보이가 쪽지를 들고 왔다. 메신저 보이는 전화나 편지 외에 인편으로 직접 의사를 전달하는 심부름꾼이다.

"지금 낙랑파라에서 시인 몇 명이 시 합평을 하고 있습니다. 기다리고 있으니 왕림해주시면 감사하겠습니다. 나사랑!"

'나사랑? 나사랑이 누구지?'

의아해하고 있는 사이, 한 사람의 얼굴이 어렴풋이 떠올랐다. 카페 낙랑파라에서 〈정주성〉 데뷔 축하 모임 할 때 인사한 여인이었다. 시인이 됐다는 흥분으로 참석자와 오고 간 말을 모두 기억할 수는 없었는데, 쪽지를 보자 그 여인이 가물가물 되살아났다. 동경에가서 미술을 배우고 왔는데 최근에는 시를 쓴다고 한 것으로 기억났다.

"백석 시인님의 〈정주성〉을 너무 좋아합니다. 앞으로도 좋은 시를 많이 써주시기를 부탁드립니다. 저도 백석 시인님의 시작詩作 활동에 도움이 되도록 힘쓰겠습니다."

나사랑의 밝은 웃음이 인상적이었다. 그때 나는 나사랑의 말을 인사치레로 여겨 건성으로 들었다.

'나사랑이 나를 왜 보자고 했을까?'

나는 혼잣말을 하며 외출준비를 했다.

"취재가 있어 나갔다 오겠습니다."

태평로에서 낙랑파라가 있는 소공동 입구까지 천천히 걸었다. 이슬비가, 옷이 젖지 않을 정도로 흩날리고 있었다. 물기를 살짝 머금은 산들바람이 귓불을 스쳤다. 휘파람이 저절로 나왔다. 사람을 만나는 것은 언제나 즐거운 일이었다. 내가 가보지 못한 길을 간 사람의 경험을 나눠, 내 삶이 풍부해지기 때문이었다. 수십 년의 풍랑을 겪고 온 사람들은 한 사람, 한 사람이 커다란 도서관이었다. 그 도서관에서 나에게 살이 되고 뼈가 되는 것을 찾아, 내 것으로 만드는 것은 늘 기쁨이었다. 나사랑은 혼자였다.

"백석 시인님, 나오시게 하려고, 시인 몇 명이 합평한다고 했어요."

나사랑은 밝게 웃으며 변명했다. 나는 대꾸하지 않고 발길을 돌리려 했다.

"백석 씨에게 시를 배우고 싶어서 만나자고 했어요."

내 호칭이 '백석 시인님'에서 '백석 씨'로 바뀌었다.

"저는 이제 갓 등단한 풋내기입니다. 누구를 가르칠 수 있는 처지가 아닙니다."

"잠자리조을든 문허진 성터/ 반디불이난다 파란혼魂들 같다."

나사랑이 갑자기 내 시 〈정주성〉을 암송했다.

"…"

나는 두 눈을 크게 떴다. 불의의 일격을 받은 것처럼 휘청거렸다.

"날이 밝으면 또 메기수염의 늙은이가 청배를 팔러올 것이다."

나사랑은 〈정주성〉의 마지막까지 암송했다. 이렇게까지 내 시를 좋아하는 데 그냥 돌아서는 것은 예의가 아니었다. 암송이 끝나는 것에 맞춰 자리에 앉았다.

"그렇지 않아요. 백석 씨는 충분히 자격이 있어요. 저는 백석 씨에게 시를 본격적으로 배워 시인다운 시인이 되고 싶어요. 도와주세요. 꼭 도와주실 것으로 믿어요."

나사랑의 말은 끌림이 있었다. 똑바로 바라보는 맑은 눈동자가, 그녀의 말이 진심이라고 말하고 있었다. 화장을 거의 하지 않았고 옷차림이 수수한데도, 은은한 매화향처럼 풍기는 품격을 느끼게 했다. 지적이면서도 소박한 모습이 마음으로 다가왔다.

"이렇게 사정하시니 참으로 난처합니다. 아시다시피 저는 이제 갓 등단한 햇병아리 시인에 불과해서요."

"등단한 지 얼마 되지 않았다고 모두 햇병아리인 것은 아닙니다. 백석 씨의 〈정주성〉은 이미 시인의 모든 것을 다 갖추고 있습니다. 사양하지 마시고 저의 청을 받아주시기를, 다시 한번 더 부탁드립니다."

"저는 아직 시가 무엇인지, 시를 어떻게 써야 하는지를 잘 모릅니다. 게다가 저는 시에 대해 남을 가르친 적도 없어요. 나사랑 씨의 간곡한 부탁을 받아들이기도, 외면하기도 쉽지 않네요."

나는 완곡히 거절이라고 말했다. 하지만 나사랑은 분명한 수락으로 받아들였다.

"감사합니다. 백석 씨가 수락해주실 것으로 믿고 있었습니다."

"…"

"저를 제자로 받아주셔서 정말 고맙습니다."

나사랑이 이렇게 기정사실화 하는데, 이제 와서 안 된다고 할 수는 없는 노릇이었다.

"제대로 가르칠 수 있을지 모르는데…, 감사는 나사랑 씨가 '시인다운 시인'이 됐을 때 받도록 하겠습니다."

나는 그녀가 말한 '시인다운 시인'을 또박또박 발음하며 말했다.

"아닙니다. 백석 씨가 받아주신 것만으로도 저는 이미 시인다운 시인이 된 것처럼 기쁩니다. 우리 이렇게 스승과 제자가 된 기념으로 축하주 한 잔 어떨까요?"

"저야 영광이지만, 초면에 실례가 되지 않을까요?"

"초면이라니요? 우리는 이미 만난 적이 있잖아요?"

"그래도 그때는 다른 사람들도 많고 해서 말도 제대로 나누지 못했으니 오늘이 초면인 셈인데."

"그러지 마시고, 우리 2층으로 올라가요."

"2층이요?"

백석의 불시착

"네, 술 한 잔 마시면서 시 공부할 수 있는, 조용한 공간이 2층에 있거든요."

밖에선 이슬비가 제법 굵은 비로 바뀌었는지, 새로 들어오는 손님들이 든 우산에서 물방울이 뚝뚝 떨어졌다. 2층에는 '실락원'이란 간판이 걸려있었다. 들어가니 홀은 없고 모든 방에 문이 달려 있었다. 누가 손님으로 오는지 한눈에 모두 볼 수 있으며, 손님들의 대화로 북적거리는 낙랑파라와 전혀 다른 분위기였다. 방은 다른 사람들과 분리돼 남들의 시선에서 자유로운 밀실이었다. 밀실은 낮은 테이블을 사이에 두고 편하게 앉을 수 있는 소파가 놓여 있었다. 술과 안주를 주문한 뒤에 다시 부를 때까지 종업원이 오지 않았다. 방안에서 무슨 일이든 할 수 있게 된 구조였다.

"백석 씨, 그대의 〈정주성〉을 읽고 나는 사랑에 빠졌어요."

밀실이 주는 비밀스러움 덕분이었을까. 방에 들어서자마자 나사랑의 태도가 더 적극적으로 바뀌었다. 나사랑은 거침이 없었다. 자리에 앉자마자 마음을 털어놓더니, 내 두 손을 덥석 잡았다. 손은 뜨거웠다. 타는 가슴을 전하고 있었다.

"저의 시를 사랑해주셔서 대단히 감사합니다."

"아니, 시뿐만 아니라 백석 씨에게도 사랑에 빠졌다고요."

"…"

나는 순간 당황했다. 〈정주성〉을 술술 욀 정도로 시를 사랑하고, 시를 배우겠다고 해서 조용한 곳으로 옮긴 것이었다. 시를 공부하려면 북적대는 낙랑파라 보다, 조용한 곳이 어울릴 것으로 생각했기 때문이었다. 그런데 조용한 자리가 밀실인데다, 옮기자마자 상황이 예상과 다르게 돌아갔다.

"백석 씨, 우리들의 만남을 위해 건배해요! 마침 포항에 있는 미츠와 포도농장에서 만든 레드 와인이 있어, 백석 씨를 위해 특별히 주문했어요."

나사랑은 처음부터 이런 상황까지 예상한 것이었다. '미츠와 와인'은 매우 귀한 술이었다. 일본인 미츠와 젠베에三輪善兵衛가 포항에서 생산하는 고급 와인이었다. 그는 1차 세계대전으로 인한 물자 통제로 조선에서 와인 수입이 어려워지자, 포항에 포도농장을 만들고 '미츠와와인'을 생산했다. 당시 포도밭은 200만㎡(약 61만7000평)으로 동양 최대였다. 일제는 나중에 미국과의 태평양전쟁을 일으킨 뒤 이 포도밭을 밀고 비행장을 건설했다.

'땡그랑…'

와인은 오감을 마셔야 맛을 제대로 느낄 수 있다고 했다. 먼저 눈으로 발간 핏빛의 열정을 감상하고, 코로 상큼한 향기를 느낀 다음, 잔을 부딪쳐 귀를 즐겁게 한다. 이어 한 모금 입에 넣고 혀를 굴려 가며 맛을 음미한 다음, 천천히 마시면서 식도와 위를 만족시킨다.

'땡그랑…'

잔과 잔이 가볍게 마주치며 은은하게 퍼지는 소리가 신호였다. 눈빛과 눈빛이 하나가 되고 시계의 초침도 멈췄다. 오감을 휩싸고 도는 와인 향이 두 사람을 하나로 감쌌다. 입술과 입술이 부딪치고 혀와 혀가 엉켰다. 숨이 거칠어졌다. 침이 퐁퐁 솟았다. 침의 농도가 짙어졌다.

'째깍 째깍 째깍'

멈췄던 초침이 다시 소리를 냈다. 나사랑은 살며시 웃음을 지었다. 나는 목이 탔다. 몸에 있던 물이 모두 침으로 나온 뒤의 나른한 목마름이었다. 잔에 와인을 가득 따랐다. 급하게 몇 모금 들이키고 입에 반쯤 머금었다. 나사랑이 입술을 살짝 벌렸다.

입술이 포개지고 와인은 입에서 입으로 흘렀다. 너무 많지도 않고, 너무 적지도 않게 조금씩 조금씩 흘렀다. 입술이 더욱 붙었다. 한 방울도 흘리지 않았다. 터널이 된 입과 입 사이를 혀가 바쁘게 오갔다. 달뜬 신음이 콧소리로 나왔다. 감은 눈이 소리 없는 말을 했다. 밀실에는 베토벤의 〈월광소나타〉가 잔잔하게 흐르고 있었다.

'보고 싶었어요. 저를 시로 만들어 줘요.'

'시로요?'

'네, 나를 당신의 시로 지어 주세요.'

'그대는 이미 나의 시가 되었소!'

'오! 백석 씨~'

끊어질 듯 끊어질 듯 이어지던 와인입맞춤이 달콤하게 끝났다.

"자기, 너무 멋져요."

"사랑 씨가 더 예쁩니다."

나사랑의 내 호칭이 어느덧 자기가 되었다. 나사랑에 대한 나의 호칭도 '사랑 씨'로 바뀌었다. '한라산 올라갈 땐 누나 동생 하더니 한라산 내려올 땐 여보 당신 하더라'는 유행가의 한 토막 같았다.

"자기야, 좋은 시 많이 써요. 시만 쓰면 좋은 일이 많이 생길 거예요."

"시인은 당연히 시를 쓰지요. 자기를 시로 만들어야 하기도 하고…"

진한 와인 입맞춤을 한 나도 어느덧 나사랑을 자기라고 불렀다. 평소엔 쓰지 않는 자기라는 말이 아무런 스스럼없이 나왔다.

"자기도 이제부터 시를 본격적으로 써봐."

"나는 아직 준비가 덜 됐고요, 내가 자기를 위해 할 수 있는 일이 있으니까, 열심히 시 써요. 알았죠?"

"시인은 시를 쓰는 게 당연해. 그래도 자기가 쓰라고 하니까 더욱 열심히 써야겠네."

나사랑의 말이 매우 고마웠다. 시인이 다른 것 걱정 없이 시만 쓸 수 있다면 더할 나위 없이 좋은 일이다. 비록 나사랑이 '말 선물'을 한 것일지라도 그것 자체가 가슴에 박혔다. 하지만 그 말은 얼마 되지 않아 현실이 되었다.

나사랑과 아름다운 와인 입맞춤을 하고 나흘 뒤, 나는 돈의문 밖으로 취재를 나갔다. 돈의문敦義門은 한양 도성의 4개 대문 가운데 서쪽에 있는 문으로, 서대문의 본디 이름이다. 조선총독부가 발표한 정화령淨化令의 영향에 대한 기사를 쓰기 위해서였다. 일제는 사이비 여승들이 절에서 술과 웃음을 파는 것을 금지함으로써 풍기 문란을 바로잡자는 명분을 내세웠다. 하지만 실제 목적은 항일투쟁의 근거지가 되는 사찰을 탄압하기 위한 것이었다. 그때 안산鞍山 자락의 절에서 만난 비구니들은 정화령으로 먹고살기가 더욱 어려워졌다고 하소연했다.

"글쎄 우리 집에도 그렇게 손님이 많이 오시더니 이 가을에는 영 손님이 없어요. 여자들이 무얼 먹고 삽니까? 손님들이 오시면 음식해 팔아서나 용처 쓰고 지냈는데, 그러기에 다들 그러지요. 못할 일이라고요…"

사는 게 쉽지 않은 세월이었다. 나는 무거워진 마음을 달래기 위해 봉원사奉元寺로 발길을 옮겼다. 신라 말기에 도선국사가 세운 이 절은 1884년에 일어난 갑신정변을 도모했고, 한글학회가 만들어진 곳으로 유명했다. 절 입구의 연못 옆에는 하늘 향해 똑바로 크지 못하고 세 갈래로 나뉘어 옆으로 기는 오백 살 넘은 느티나무가 인상적이었다.

대웅전 앞으로 가니, 여승이 합장하며 고개를 숙였다. 어디서 본 듯한 얼굴이었다. 어렸을 때 정주성 근처에서 보았을까, 오산학교 다닐 때 소풍 갔던 절에서 만났을까, 통영이나 진주에 갔을 때 잠시 들른 암자에서 옷깃이 스쳤을까. 여승도 내 얼굴이 낯설지만은 않은지 멈칫, 멈칫하다가 합장을 하고 머리를 다소곳이 숙이고 천천히 지나갔다. 인연은 그렇게 스치듯 만났다 헤어지는 것일까. 스쳐 지나가는 여승의 모습에 정화령에 한숨 짓던 비구니의 하소연이 겹쳤다. 그 위에 문득 나사랑의 얼굴이 겹쳤다. 시가 자연스럽게 흘렀다.

여승은 합장하고 절을 했다
가지취의 내음새가 났다
쓸쓸한 낯이 옛날같이 늙었다

나는 불경처럼 설어워졌다

평안도의 어늬 산깊은 금덤판
나는 파리한 여인에게서 옥수수를 샀다
여인은 나어린 딸아이를 따리며 가을밤같이 차게 울었다

섭벌같이 나아간 지아비 기다려 십년이 갔다
지아비는 돌아오지 않고
어린 딸은 도라지꽃이 좋아 돌무덤으로 갔다

산꿩도 설게 울은 슳븐날이 있었다
산절의 마당귀에 여인의 머리오리가 눈물방울과 같이 떨어진 날
이 있었다
　　― 백석, 〈여승〉 전문, 『사슴』, 1936. 1.

　먹고살기 힘든 사람들이 한방의 꿈을 안고 금광으로 몰려갔다.
금광개발은 일제의 교묘한 대한의 착취정책이었다. 조선총독부는
'회사령'을 1911년 1월1일부터 시행했다. 대한 사람들이 회사를 설
립하려고 하면 갖가지 이유로 허용하지 않았다. 대한의 민족자본
이 육성되는 것을 막기 위한 것이었다. 그런데 금광개발은 적극적
으로 장려했다. 금광개발에 따르는 위험을 대한사람들에게 돌리
고, 일제는 성공한 금광의 과실을 따 먹기 위한 꼼수였다.
　이래도 죽고, 저래도 죽게 된 대한사람들은 그런 꼼수에 쉽게 빠

져들었다. 최창학과 방응모 등이 금광개발로 큰 부자가 됐다는 소문을 듣고 금광개발에 뛰어들었다. 일제의 수탈로 경제적 어려움에 빠진 대한사람들의 유일한 탈출구로 여겨졌다. 하지만 금광개발은 복권과 같은 사기극이었다. 복권을 산 사람 가운데 극소수는 당첨돼 부자가 된다. 하지만 대부분은 파산한다. 복권 당첨금이 판매금액의 절반도 되지 않기 때문이다. 온 재산은 물론 빚까지 얻어 금광개발에 나선 수많은 사람이 패가망신했다.

〈여승〉도 그런 현실을 고발한 시였다. 아무리 용써도 살길이 막막했던 지아비는 한몫 잡아 오겠다며 금광으로 떠났다. 하지만 나무 섶에 집을 틀고 늘 나다니는 벌처럼, 한 번 간 지아비는 10년이 지나도 올 기미가 보이지 않았다. 지어미는 할 수 없이 어린 딸을 업고 광산으로 찾아갔다. 입에 풀칠이라고 하기 위해 옥수수 장사를 했지만, 배고픈 철부지 딸은 늘 칭얼댔다. 억척같이 버티던 아내도 더 참을 수 없자 죄 없는 딸을 때리며 함께 울음을 터트렸다. 지아비는 결국 돌아 오지 않고, 딸은 영양실조로 죽어 돌무덤이 됐다. 돌 틈을 비집고 어린 딸이 좋아하던 도라지꽃이 하얗게 피었다. 여인은 머리를 깎았다. 머리카락이 떨어질 때 눈물방울이 함께 흐느꼈다. 꿩도 그 마음을 알아 같이 울어주었다.

"진이, 신우! 내가 시집을 내기로 했네."

1935년 12월 15일, 나는 벗, 이진과 배신우를 카페 '낙랑파라'로 불러냈다. 일요일이어서 출근하지 않았기 때문에, 편하게 차를 마시면서 첫 시집에 대해 의견을 나누기 위해서였다. 우리는 하루도

빠짐없이 붙어 다녀서 '광화문 삼총사'로 불렸다. 첫 시집을 내는 중요한 일을 두 벗과 상의하는 건 당연했다. 어떤 면에서는 의무이기도 했다.

"이것이 첫 시집으로 출간할 시고詩稿라네."

나는 자리에 앉자마자 시집 원고를 조심스럽게 꺼냈다.

"오! 축하하네."

"석이가 시집을 낼 것이라고는 생각했지만, 이렇게 빠를 줄은 예상하지 못했네."

이진과 배신우는 겉으로 놀라는 표정이지만, 이미 짐작했다는 듯 들뜬 말로 받았다.

"축하해줘서 고맙네."

"그래, 몇 편이나 실을 예정인가?"

"그동안 쓴 시를 추려보니 33편이더군."

"33편이라~ 참으로 깊은 뜻이 담긴 숫자군."

"그건 그렇고 시집 제목은 무엇이라고 정했나?"

"아직 확정하지는 못했네. 그래서 오늘 자네들을 보자고 한 것이네. 좋은 시집 제목을 좀 추천해주게."

"아직 시를 제대로 읽지 못한 우리가 무슨 좋은 아이디어가 있겠나? 그러지 말고 자네가 생각하고 있는 것이 있을 테니, 그것을 먼저 말해보게나."

나는 잠시 머뭇거렸다. 몇 날 며칠을 고민하면서 '사슴'이라고 잠정적으로 결정했다. 그분의 의견을 많이 반영한 결과다. 그런데 뭔가 2% 부족하다는 느낌이 들었다. 두 벗의 생각을 들어보고 확정하자는 생각으로, 의견을 구하는 것이다. 나는 조금 뜸을 들이다 입을 열었다.

"사슴이 어떨까 하는 생각을 하고 있네."

"사슴, 사슴이라~, 좋기는 한데 뭔가 약하다는 느낌이 드는데."

모든 일에 적극적인 신우가 반사적으로, 좀 부족하다는 의견을 냈다.

나를 잘 이해해주는 진은, 신우를 말리며 운을 뗐다.

"석이가 사슴이라고 생각한 까닭이 있을 테니, 먼저 석의 얘기를 들어보는 게 좋지 않겠나?"

"그렇기는 하네. 당사자의 생각이 가장 중요하니까."

"사슴은 우리 겨레를 잘 나타내는 동물이네. 물론 배달겨레의 상징은 범이지! 하지만, 일제가 범이라는 말을 쓰지 못하게 하고 호랑이란 말을 쓰게 하고 있지 않나? 게다가 범을 모조리 잡아 멸종시켰다는 사실은 자네들도 잘 알고 있을 것이네."

호랑이는 범(호虎)과 이리(랑狼)를 함께 부르는 복합명사이며, 범을 이리로 격하시킨 아주 나쁜 말이다. 그런데도 우리말을 없애려는 교묘한 일제의 정책에 빠진 대한사람들은, 범이란 우리말을 잊은 채 호랑虎狼이가 우리말인 줄 착각하고 있다. 세종대왕이 창제하고 그 원리와 사용법 등을 자세하게 설명해 놓은 『훈민정음訓民正音』에도 "호虎를 범이라 한다(범위호虎, 범위호)"라고 명확히 써놓고 있는데도 말이다.

"그렇지, 이 나쁜 일제 놈들!"

"배달민족을 잡아먹지 못해 범까지 호랑이로 격하시켜 멸종시키

다니, 천벌을 받을 놈들이지!"

"그렇네, 그런 사정이 있어 범을 쓸 수는 없고, 사슴은 겁이 많은 동물의 대명사로 알려져 있네. 평소에 매우 순해서 그렇게 받아들이게 된 것이라네. 하지만 위험에 닥쳤을 때는 매우 사납다네. 시속 80km까지 달릴 수 있어 범이나 이리 등에게 잘 잡히지 않고, 잡혔을 때도 죽기 전까지 살아나기 위해 사납게 저항한다네. 특히 뒷다리로 서서 앞다리로 차는 힘이 매우 강해서, 앞다리 차기에 걸리면 웬만한 장정들도 한 방에 나가떨어질 정도라네. 수놈의 두 뿔은 아주 유효한 방어무기가 되지. 우리 겨레도 평상시에는 매우 온순하지만, 국난이 닥쳤을 때는 힘을 합해 은근과 끈기로 저항하지 않나? 사슴은 바로 우리 겨레를 잘 나타내는 동물이라고 할 수 있네."

"그렇고 보니 사슴이 우리 겨레와 많이 비슷한 걸."

나는 둘의 반응을 보고 사슴으로 정할 뜻을 거의 굳혔다. 이제 결정적 요소를 밝힐 차례다.

"게다가 사슴은 예로부터 신성한 동물로 여겨져 왔네. 맑은 눈망울을 가진 순수한 영혼으로 겉모습도 아름답기 때문이지. 거북이 두루미 소나무와 함께 십장생+長生에 포함될 정도였네. 게다가 배달겨레에게 사슴은 임금을 상징하고도 있지."

"사슴이 임금을 상징한다고?"

진과 신우가 처음 듣는 말인 듯, 놀라서 되물었다. '임금'이라는 말에 습관적으로 주위도 둘러보았다. 곳곳에 뻗쳐 있는 감시망이 있는지 살펴본 것이다. 그야말로 낮말은 일제 끄나풀이 듣고 밤말은 일제 앞잡이가 듣는 시대였다. 나는 담담하게 말을 이었다.

"그렇다네. 신라 때 금관은 사슴뿔을 형상화한 것이네. 그리고 자네들 당연히 『삼국사기』는 읽어봤겠지?"

"읽기는 읽었지만…"

둘은 나의 의도를 가늠할 수 없다는 듯 말끝을 흐렸다.

"백제 온조왕과 동성왕 본기本紀에 '날개 달린 사슴, 즉 신록神鹿을 사냥했다'는 기록이 나오네. 사슴은 사람을 돕는 착하고 의로운 동물이라는 것이지."

"사슴에 그런 뜻이 있다면 총독부 놈들의 검열에 걸리지 않겠나?"

신중한 진이 조심스럽게 말을 꺼냈다.

"그런 측면이 없지 않지만, 33편의 시에 〈사슴〉이란 시가 없으니 큰 문제는 없을 것이네. 게다가 일본인들은 사슴을 잘 모르거든."

"백석의 설명을 듣고 보니 사슴이란 제목이 아주 제격이구만!"

"맞네. 범이라고 쓸 수 없는 상황에서 사슴은 우리 겨레와 백석 시집을 은유적으로 표현할 수 있는 가장 좋은 제목이라고 할 수 있네."

"자네들이 생각을 함께 해주니 확신을 얻었네. 그럼 사슴으로 정하겠네!"

"아니 백석, 자네 미쳤나?"

다혈질인 배신우가 직접화법을 날렸다.

"그래 석이! 시집 가격은 신중하게 결정해야 하네."

영원한 내 편인 이진도 신중하지만 반대하고 나섰다. 첫 시집의

정가를 2원으로 하고, 100부 한정으로 출간하겠다는 내 말에 대한
두 벗의 일치된 반응이었다.

'강한 반대를 보니 그분의 생각이 맞는 것 같은데.'

나는 빙그레 웃었다. 그 모습을 본 두 벗은 더 펄펄 뛰었다.

"자네보다 10년이나 선배인 정지용 시인의 시집도 1원 20전이
었네. 더구나 100권 한정판으로 하는 건 너무 심하네. 〈정주성〉과
〈비〉 같은 시로 주목을 받았지만, 자네는 아직도 신인이란 말이네,
신인!"

"자네 가정형편이야 우리도 잘 알고, 월급이라고 해봐도 뻔한데,
그렇게 큰 비용을 어떻게 감당하려고 그러나?"

"너무 걱정하지들 말게나. 나도 다 생각하는 게 있어서, 고가 한
정판으로 내려는 것이니까."

"그러니까 답답하네, 마치 시집을 한 번만 내고 말 것처럼 하니
말일세."

"그래 석이, 아직 시간이 남았으니 더 숙고해보게나!"

"내가 시집을 출간하고 폭삭 망해도 자네들에게 손 벌리지 않을
테니, 걱정일랑 조선총독부 돌기둥에 꽉 매어두게나."

나는 그렇게 말하면서도 두 벗에게 미안했다. "비용은 아무 걱정
하지 말고, 조선은 물론 일본에서도 깜짝 놀랄만한 최고급 시집을
내라"는 그분의 말을 사실대로 얘기할 수 없기 때문이었다. 그분은
"출간 비용을 내가 냈다는 사실을 죽을 때까지 비밀로 하라!"고 단
호하게 말했다. 사실이 알려지면 그분의 신상에 좋지 않은 영향이
있을 것이 분명했다. 그런 위험을 무릅쓰고 나를 돕는데, 벗들의

우정을 이유로 비밀을 털어놓을 수는 없었다. 그렇다고 아무런 귀띔 없이 넘기는 것도 예의가 아니었다. 어느 정도 운은 떼 놓아야 했다.

"시집 『사슴』이 출간되고 나면 자네들도 고개를 끄덕일 걸세. 모든 지면을 우리 전통의 한지로 꾸며, 조선에서 제일 멋진 시집을 만들 것이니까."

둘은 마지못해 고개를 끄덕였다. 그들은 내가 감당해야 할 비용과 문단의 비판을 우려했다. 하지만 자신 있다는 내 말을 받아들였다. 아니 받아들였다기보다는 더 말해 봐야 소용이 없다는 것을 깨달았을지 몰랐다. 그만큼 내 눈은 빛났고, 내 말은 믿음으로 뚜렷했다.

"그럼 사슴이 나온 뒤에 출판기념회를 하도록 하세!"

이진과 배신우, 두 벗과 헤어진 나는 『사슴』 출간에 온 힘을 기울였다. 출판사를 정하고, 교정을 보고, 내지 편집과 표지 디자인을 하느라 보름이 하루처럼 지나갔다. 1936년 1월 20일. 『사슴』이 드디어 나왔다.

『사슴』은 출간되자마자 장안의 화제가 되었다. 이진과 배신우가 걱정하던 2원이 오히려 관심을 끌었다. 몇 달 전에 나온 『정지용시집』이 1원 20전, 1년 뒤의 오장환 시집 『성벽』은 1원, 3년 뒤에 출간된 신석정 시인의 시집 『촛불』이 1원 20전이었다. 내로라하는 시인들 시집보다 1.7~2배나 비쌌다. 『신인문학』은 "80쪽에 2원은 조선 초유의 고가판"이라고 썼다. 쌀 한 가마 값이 13원, 양복 한 벌에 30~40원 하던 것과 비교할 때, 이글은 과장이 아니었다.

100권 한정으로 출간한 것도 이색적이었다. 마치 꼭 볼 사람만 사서 보라고 하는 것 같았다. 보기에 따라선 도도하고 잘난 척하는 것으로 여겨질 만도 했다. 그런 덕분인지 시집이 출간되고 아흐레 뒤, 태서관에서 열린 출판기념회도 성황을 이뤘다. 김기림 평론가는 "일류의 풍모를 잃지 아니한 한 권의 시집을, 제가 실로 한 개의 포탄을 던지는 것처럼 백석 시인이 새해 첫머리에 시詩 폭탄을 시단에 던졌다"고 썼다.

"백석 시인이십니까?"
『사슴』 출간과 출판기념회 등으로 정신없이 보내던 1936년 2월 9일이었다. 일요일이어서 통의동 하숙집에서 쉬고 있는데, 메신저 보이가 반듯하게 접힌 쪽지를 내게 전해주었다.
"오늘 오후에『사슴』 출판기념회를 조촐하게 할 예정이니 우리 집으로 오게!"
그분의 익숙한 글씨가 또박또박 박혀 있었다. 나는『사슴』이 출간되자마자 그분을 찾아뵙고 시집을 헌정했다. "시집이 나온 뒤 여러 가지로 바쁠 테니, 조금 한가해지면 내가 부르겠네!"라는 말을 듣고 헤어졌는데, 오늘 연락이 온 것이었다. 그분 댁은 북촌의 중앙고등보통학교 부근에 있었다. 만해 한용운이 3.1운동 직전인 1918년에 창간한 잡지, 『유심惟心』을 발행하던 동네다. 그 아래에는 내 첫사랑, 연이의 하숙집이 있었다.
'한일수韓一壽'
쪽지를 받고 도착한 북촌의 그분 한옥에 걸린 문패였다. 내가 전에 받은 명함엔 한일수韓日髓라고 적혀 있었다. 나는 『사슴』 출간을 전후해 한일수 선생을 여러 번 만났다. 하지만 직접 댁으로 부른 것은 오늘이 처음이었다. 신분이 드러나는 것을 꺼려, 『사슴』의 출판기념회를 밖에서 하는 것보다 집에서 하는 게 낫다고 판단한 듯했다.

초인종을 누르자 문이 열렸다. 한옥은 바깥에서 보는 것보다 훨씬 넓었다. 건물은 마당을 'ㅁ자'로 빙 둘러 있었다. 가운데는 정원으로 가꾼 큰 마당이 있고, 가운데가 대청마루고 왼쪽이 안방, 마당 건너편이 사랑채였다.

"선생님 그동안 강녕하셨는지요? "

대청마루로 들어서며 인사를 건네던 나는 깜짝 놀랐다. 나사랑이 한일수 선생 옆에 서서 나긋나긋한 미소를 짓고 있었기 때문이었다. 동공이 커지고 가슴이 벌떡거렸다.

'사랑 씨가 왜, 여기에?'

"어서 오게, 백 시인, 『사슴』 출간을 다시 한번 더 축하하네!"

한일수 선생이 다정스럽게 악수를 청했다. 내가 당황하는 것을 눈치채지 못한 듯했다. 나는 긴장을 풀면서 두 손으로 맞잡았다.

"축하해 주셔서 대단히 감사드립니다. 선생님 덕분에 『사슴』의 출판기념회까지 잘 마쳤습니다."

"내가 뭐 도와준 것도 없는데, 암튼 출판기념회까지 잘 마쳤으니 축하할 일이네."

한일수는 말을 하며, 문득 생각난 듯 나사랑을 가리켰다.

"내 여동생일세. 아마 만난 적은 없을 것 같은데, 동경에서 그림을 공부했네. 요즘은 무슨 바람이 불었는지 시를 쓰겠다고 부산떨고 있네. 백 시인, 자네가 시를 좀 가르쳐 주면 어떻겠나?"

'여동생인데 왜 한사랑이 아니고 나사랑이지? 화가 겸 시인이라서 나사랑을 예명으로 쓰나?'

"내 여동생은 필명으로 나사랑을 쓴다네."

한일수 선생은 내 머릿속을 들여본 것처럼, 씨익 웃으며 말했다.

"처음 뵙겠습니다. 한사랑, 아니 나사랑입니다. 백석 시인님! 잘 지도해주시기를 부탁드립니다. 아, 시인님이 아니라 스승님으로 불러야 하나?"

나사랑은 아무렇지도 않게 너스레를 떨었다. 그렇게 진한 와인입맞춤을 나눴는데, 처음 보는 듯 자연스럽게 행동했다. 집에선 한사랑, '실락원'과 바깥에선 나사랑으로 행동하는 게 익숙한 듯했다.

"백석입니다. 성심껏 노력하겠습니다."

"내 여동생도 동경에서 유학했으니, 자네와 동경 생활에 대해 할 말이 많겠구만. 식사가 마련될 때까지 차 한 잔 마시면서 얘기를 나누도록 하지!"

"나사랑, 아니 한사랑 씨는 어느 학교를 다니셨나요?"

"동경여자미술전문학교에서 유화를 조금 배웠습니다. 나혜석 화가가 다닌 학굡니다."

"좋은 학교 나오셨네요. 대한의 화단에서 큰 이름 날리시길 기원합니다."

"이름을 날리기는요, 요즘 그림은 거의 손도 대지 못하고 있는 걸요."

"내 여동생이 자네 시집 『사슴』에 푹 빠져서, 시를 쓰겠다고 난리 법석이라네. 오늘 자네를 초청한 것도 동생의 채근에 따른 것이지."

"아이 오빠도 참. 그런 얘기까지 하면 내가 민망하잖아~"

"괜찮다. 나와 백 시인과는 감출 얘기 없이 속을 터놓고 지내는 사이거든. 안 그렇나? 백 시인!"

"맞습니다. 그래도 동경에 유학까지 다녀온 사람이 그림에 손을 놓고 있다니, 제가 큰 책임을 느낍니다."

"그러니까 시인님, 아니 스승님께서 시를 잘 가르쳐주셔야 합니다~"

나사랑은 한일수 선생이 눈치채지 못하게 눈을 찡긋했다. 그리곤 문득 이사벨 얘기를 꺼냈다.

"스승님! 사실은 내가 일본에서 유학할 때 이사벨이란 분을 알게 됐어요."

나사랑의 입에서 이사벨이란 이름이 나오자, 이즈伊豆반도에서 첫날밤을 보낸 이사벨의 얼굴이 생생하게 떠올랐다.

4

이
사
벨

이사벨의 얼굴이 붉게 빛났다. 이즈伊豆(이두)반도의 가장 남쪽, 시모다下田(하전)공원 너머를 발갛게 물들인 석양에 이사벨의 온몸도 붉게 전염되었다. 가키사키柿崎(시기)해변의 백사장 모래는 따뜻했다. 겨울인데도 낮 동안 머금었던 따뜻한 햇볕을 뱉어냈다. 세상은 온통 발갛다. 서쪽 하늘도 발갛고, 가키사키도 발갛고, 이사벨의 얼굴도 발갛다. 내 얼굴과 가슴도 더불어 발개졌다.

"노을 참 고웁다~"

"그러게요. 시모다의 노을은 마술사네요!"

"웬 마술사?"

"예쁜 이사벨 선배의 얼굴을 더욱 아름답게 만들어주니까요…"

"아니, 햐쿠白상도 이런 말을 할 줄 아나?"

"왜요? 제가 무뚝뚝한 나무토막인 줄로만 아셨나요?"

바다가 마술을 부리고 있었다. 황홀한 석양과 합작으로 빚어내는 설렘이었다. 여자 앞에만 서면 주눅 들었던 나도 깜짝 놀랐다. 살랑살랑 불어오는 갯바람과 잔잔한 물결이 세레나데처럼 속삭였다. 갑옷처럼 무거운 도덕이 살포시 벗겨졌다. 아는 사람이 없는 익명성도 자유로움을 부채질했다.

"햐쿠 상의 말 한 마디, 단어 하나가 모두 시네~"

이사벨이 말을 하면서 살며시 눈을 감았다. 얼굴은 나를 향하고 있었다. 바닷바람이 불어오고 물결이 추임새를 넣었다. 그녀의 약간 두툼하고 발그스름한 입술이, 노을을 받아 더욱 붉어졌다. 청산학원青山學院 교정에서 볼 때보다 더욱 고혹적이었다. 눈을 감은 채 오물오물 움직이는 입술이 나를 유혹하는 듯했다.

'그래, 이사벨은 지금 나를 기다리는 거야…'

나는 고개를 숙여 내 입술을 이사벨 입술에 살며시 포갰다. 이사벨은 놀라지 않고 자연스럽게 입술을 열었다. 이사벨의 입은 달콤했다. 잘 익은 복숭아보다 더 달았다. 여왕벌만 먹는다는 로열젤리 맛 같았다. 온종일 시달렸던 기선汽船의 피곤이 싹 달아나는 느낌이었다.

이사벨 보봐르는 내가 다니던 청산학원대학의 일문학과 박사과정 학생이었다. 나보다는 두 살 많았다. 일본에 진출한 프랑스 기업, '라 프랑La Fran' 사장의 외동딸이었다. 아버지가 6년 전, 동양 진출의 거점을 삼기 위해 일본에 지사를 설립했을 때 부모와 함께 일본에 왔다. 청산학원 일문학과에 입학해 시와 소설을 배우고 썼다. 서양과 동양의 문학을 비교하는 내용으로 박사학위 논문을 준비하고 있었다.

"왜 이렇게 급해요? 유쿠리, 천천히."

이사벨이 뒤엉킨 혀 때문에 정확하지 않은 코맹맹이 말을 했다. 나는 스물두 살이었지만, 그때까지 여자 경험이 없었다. 어쩔 수 없이 미경험자의 조급증이 드러났나 보다. 나는 움찔하며, 혀를 이사벨에게 맡겼다. 프랑스 여인이어서일까, 이사벨은 프렌치키스의 달인이었다. 혀의 미뢰味蕾 마다 꿀샘이 달린 듯했다. 때로는 봄바람처럼 부드럽게, 때로는 한여름 천둥처럼 강렬하게, 때로는 발갛게 익은 홍시처럼 달콤하게…, 이사벨의 혀가 움직일 때마다 나의 넋을 빼놓았다. 혀 하나로 돌부처라도 부르르 떨게 할 정도였다. 이사벨의 혀 움직임에 따라 나는 꿈을 꾸었다. 그 순간 시간은 멈췄다.

"햐쿠 상, 떨고 있네~, 추운가?"

"아, 아닙니다."

너무 긴장한 탓이었다. 태어나서 처음으로 경험하는 진한 키스에 나도 모르게 몸이 떨렸다. 이사벨은 다 안다는 듯 빙그레 미소지으며, 나의 어깨를 가볍게 안았다.

"해가 지고 구름도 몰려오니 제법 쌀쌀해졌네, 이제 숙소로 돌아갈까?"

"네."

나는 작은 목소리로 대답했다. 이사벨의 배려가 고마웠다. 손깍지를 끼고 해변을 걸었다. 민박집으로 돌아오니 매우 부산했다. 새벽에 떠났던 고기잡이배가 돌아와, 한산하던 해변이 배와 사람으로 북적댔다. 어부들은 잡아 온 물고기를 내리느라 힘을 썼고, 안주인과 아이들은 내려진 물고기를 받아 정리했다. 조그만 물고기는 말리려고 대나무에 꿰었고, 큰 물고기는 회를 뜨기 위해 수족관에 넣었다. 하늘에서 비가 조금씩 뿌리고 있었다. 펄펄 뛰는 물고기처럼 사람의 삶도 살아 움직였다. 그 모습을 보면서 즉흥시를 흥얼거렸다.

　　저녁밥때 비가들어서
　바다엔 배와 사람이 흥성하다

　　참대창에 바다보다푸른고기가 꿰우며 섬돌에곱조개가붙는집의
　복도에서는 배창에 고기떨어지는 소리가들렸다

　　이즉하니 물기에 누굿이젖은 왕구새자리에서 저녁상을 받은 가
　슴앓는사람은 참치회를먹지못하고 눈물겨웠다

　　어득한 기슭의행길에 얼굴이햇슥한처녀가 새벽달같이
　　아 아즈내인데 병인病人은 미역냄새나는덧문을닫고 버러지같이
　눕었다
　　─ 백석, 〈시기柿崎의 바다〉 전문, 『사슴』, 1936. 1. 20.

"우와 햐쿠 상! 스바라시이, 대단해! 고깃배가 돌아온 해변 모습을 순식간에 이렇게 멋지게 읊다니. 브라보, 정말 대단해!"
　이사벨이 박수치며 환호성을 질렀다. 마침 저녁이 준비되었다.

"자, 햐쿠 상의 즉석시 〈시기의 바다〉를 위하여 축배를 들어요!"

"감사합니다. 이사벨 선배에게 저의 시에 대한 평을 부탁드립니다."

"시평은 저녁 먹고 해변을 걸으면서 하는 게 어떨까? 금강산도 식후경이니까."

이사벨은 어느덧 조선의 속담까지 알고 있었다.

"프랑시스 잠과 라이너 마리아 릴케를 읽어보세요…"

1933년 9월, 4학년 2학기가 시작되고 얼마 되지 않았을 때였다. 처서가 지나고 백로가 코앞인데도 가을이라고 하기에는 늦더위가 심술을 부렸다. 나는 청산학원 안의 교회 앞 그늘에 앉아 더위를 식히고 있었다. 조금 전에 끝난 언어학 강의 노트를 보며 복습하고 있는데, 불쑥 말이 끼어들었다. 고개를 들어보니 모르는 여성이 미소 짓고 있었다. 노랑머리에 파란 눈동자였다. 손에는 잠의 시집 『어린 시절의 추억』과 릴케의 시집 『오르페우스에게 부치는 소네트』가 들려있었다. 나는 당황하며 주위를 둘러봤다. 아무도 없었다.

'누구지? 전에 본 적이 없는데…'

"저, 저 말입니까?"

"그래요. 나는 이사벨이라고 해요. 일문학과 박사과정에서 공부하고 있어요."

"아, 예! 처 처음 뵙, 뵙겠습니다. 백, 백기행白夔行입니다."

나는 당황해서 본명을 댔다.

"나는 이미 햐쿠白상을 알고 있어요."

"저를 아신다고요? 저는 처음인 것 같은데요."

"아, 이렇게 인사한 것은 처음이지요. 하지만 햐쿠 상은 아오야 마가쿠인에서 가장 멋쟁이 학생으로, 공부도 잘해서 유명인사라서, 나는 이미 알고 있지요."

"보잘것없는 유학생을 높이 평가해주셔서 감사드립니다."

"시간 괜찮으면 함께 얘기 좀 할까요?"

나는 마다할 이유가 없었다. 졸업반 마지막 학기를 맞아 그다지 바쁠 것도 없었다. 날씨가 너무 더워, 언어학 강의 노트를 읽고 있어도 글자가 눈에 잘 들어오지도 않았다. 누군가와 즐거운 대화를 나누면 좋겠다는 생각이 들었지만, 평소에 벗들과 어울리지 않는 성격 탓에 갑자기 말 상대를 구하는 것도 불가능했다. 함께 얘기할 사람이 있다면, 그것도 아름다운 여성이 먼저 말을 걸어왔다. 감히 청하지는 못해도 바라던 것, 불감청고소원不敢請固所願이었다. 다만 서양 여성이, 그것도 박사과정 선배가 말을 하자고 하는 것에 잠깐 적잖은 당혹감을 느꼈을 뿐이었다.

"저는 괜찮습니다."

"햐쿠 상이 영어사범과를 다니면서 문학에 관심이 많다는 얘기를 들었어요. 나도 시와 소설을 쓰고 있어요. 햐쿠 상과 문학 얘기를 하고 싶어 이렇게 실례를 했네요."

"아닙니다. 저도 유학 오기 전에 소설을 쓴 적이 있는 문학도입니다. 선배님께 좋은 가르침을 받을 수 있어 영광입니다. 이리로 앉으십시오."

이사벨이 들고 있던 책을 책상에 놓으며 자리를 잡았다.

"프랑시스 잠? 라이너 마리아 릴케?"

나는 이사벨이 내려놓은 시집을 보며 물었다. 처음 들어보는 이름들이었기 때문이었다.

"프랑스와 독일을 대표하는 시인들이에요."

"시인이요?"

"읽으면 문학 공부에 도움이 될 거에요."

내 질문은 짧았고, 이사벨의 대답은 길었다. 당시까지 나는 소설과 귀국 후에 영어 선생이 될 것에만 관심이 쏠려 있어, 시는 건성이었다. 나는 1929년 3월에 정주의 오산고보를 졸업한 뒤 집에 머물면서 소설을 썼다. 집안의 경제 상황이 대학에 갈 형편이 되지 않아, 소설을 써서 조선일보 신춘문예에 응모했다. 다행히 1930년 신춘문예에 단편소설 〈그 모母와 아들〉이 당선됐다. 이 덕분에 방응모 조선일보 사장의 '계초장학생'으로 뽑혀 청산학원 영어사범과로 유학 올 수 있었다. 졸업한 뒤 대한으로 돌아가 영어 선생을 하면서 본격적으로 소설을 쓸 생각이었다.

"아, 저는 소설에 관심이 있어서요, 아직 시에 대해선 그다지 공부하지 않았는데요."

"소설을 쓰더라도 시를 배우면 좋아요. 잠은 소설도 많이 썼고요."

나는 그날부터 잠과 릴케를 읽기 시작했다. 이사벨의 말을 믿었다기보다는, 이사벨에 대해 관심이 더 컸기 때문이었다. 유학 생활을 하는 동안 나의 교우 관계는 극히 제한적이었다. 청산학원에는 대한大韓의 유학생이 거의 없었다. 부잣집 자제만 다닌다는 말이 나올 정도로 학비가 비싼 데다, 성적도 우수해야 했기 때문이었다.

'그래 이사벨과 사귀면서 유럽에 대한 안목을 넓히는 것도 좋은 일이야. 이사벨을 통해 내가 선입견으로 갖고 있을 수 있는 일제에 대한 이해도 깊게 할 수 있을 테고…'

나는 이사벨에게 이즈여행에 동행해 줄 것을 부탁했다.

"선배님! 〈이즈의 무희〉라는 소설 아시지요?"

"이즈의 무희요? "가와바타 야스나리가 쓴 소설 〈이즈의 무희〉 말인가요?"

"맞습니다. 제가 3월에 졸업하면 곧 대한으로 돌아가야 합니다. 그 전에 이즈반도를 꼭 가고 싶은데, 이사벨이 꼭 동행해주시기를 부탁드립니다."

"이즈반도에 꼭 가야 할 이유가 있는가요?"

"그건 이즈반도에 가서 말씀드리겠습니다."

1934년 1월21일 일요일 아침, 나는 이사벨과 함께 도쿄항에서 이즈伊豆반도로 가는 기선에 올랐다. 바다는 고요했다. 겨울의 막바지인 대한大寒인데도 그다지 춥지 않았다. 가볍게 부는 바람은 봄을 재촉하는 듯 따사로움을 느낄 정도였다. 자연은 심란한 내 마음을 아랑곳하지 않고, 그저 자기가 정한 대로 시간을 흘려보내고 있었다.

잔잔한 바다는 나를 생각의 바다에 빠지게 했다. 오른쪽으로 아타미熱海(열해)온천과 이즈반도의 아름다운 모습을 보면서 고향 정주를 떠올렸다. 이제 두 달 남짓이면 귀국한다. 4년 동안 일본 유학 생활을 마치고 대한에서 내 꿈을 펼치게 된다. 학교 다닐 때는 그다지 걱정이 없었다. 이제 졸업과 귀국을 앞두니 그동안 묻어뒀던 고민이 한꺼번에 떠오르고 있었다.

"무슨 생각을 그렇게 골똘히 하고 있어요?"

이사벨이 걱정스러운 표정을 하며 어렵게 말을 걸었다. 나는 기선에 오른 뒤 벙어리가 된 것처럼 아무 말도 하지 않았다. "루 살로메가 돼 달라"는 부탁을 받고, 쉽지 않은 이즈행을 한 이사벨로서는 당황스러울 수 있었다. 하지만 이사벨은 생각이 깊었다. 말 없는 나를 이해한다는 듯 지긋이 바라보고만 있었다. 이사벨이 손을 들어 시모다下田(하전)항이라고 쓰인 간판을 가리켰다. 배가 벌써 이즈반도의 맨 남쪽 시모다항에 닿은 것이다.

"죄송합니다. 배에서 이즈반도 모습을 바라보면서 문득 저의 고향 정주가 생각나서 선배와 함께 있다는 사실을 깜빡했습니다."

"괜찮아요. 나도 덕분에 아름다운 경치를 실컷 감상했네요. 사실 나도 이즈반도와 시모다항은 처음이라, 경치 구경하느라 정신이 빠졌었어요."

"그렇게 말씀해주시기 감사합니다. 일단 가키사키柿崎해변으로 가서 숙소를 정하도록 하시지요."

"그래요. 그쪽으로 가면 아름다운 노을과 일몰을 볼 수 있겠네요!"

이사벨의 말을 들으며, 나는 문득 릴케의 시 〈인생〉이 문득 떠올라 속으로 낭송해 보았다.

인생을 꼭 이해할 필요는 없다

인생은 축제와 같은 것

길을 걷는 아이가 바람이 불 때마다

꽃잎들의 선물을 받아들이듯

하루하루를 일어나는 그대로 맞이하라

아이는 꽃잎을 모아

간직하는 일에는 관심이 없다

머리카락에 행복하게 머문 꽃잎들을

가볍게 털어 버리고

아름다운 젊은 시절을 향해

새로운 꽃잎을 달라 두 손을 내민다

— 릴케, 〈인생〉 전문.

"아니 밥 먹으면서 무엇을 그렇게 골똘히 생각해?"

"아, 죄송합니다. 선배와 함께 운치 있는 저녁상을 대하니, 문득 선배와 처음 만났을 때가 떠올라서요."

"오! 그래?, 아름다운 추억이 반찬이 돼서 오늘 저녁은 더욱 맛 있겠는데…"

"그렇습니다. 정말 행복합니다. 이제 해변을 걸어볼까요? 마침 조금 내리던 비도 그쳤네요."

"그럴까? 저녁을 맛나게 먹었으니, 시평 하기도 좋겠네."

해변은 평화로웠다. 섣달 보름을 향해 달려가는 반달이 바다를 은은히 비추었다. 바다는 그 빛을 우리에게 정답게 되돌려주었다. 솔솔바람이 나직나직한 물결 소리를 반주로 삼았다. 조금 전까지 발갛게 반짝거렸던 윤슬은 이제 반달을 머금어 많은 물고기가 헤엄치는 것처럼 빛나고 있었다.

"'저녁상을 받은 가슴 앓는 사람은 참치회를 먹지 못하고 눈물겨웠다.' 이 구절이 참 가슴에 와 닿았어. 가슴 앓는 사람, 기행이 참치회를 먹지 못할 정도로 가슴을 앓고 있는지를 몰랐거든."

"역시 청산학원 박사과정 학생은 다르네요. 제가 시에서 노래하고 싶은 대목을 정확하게 집어내시고, 내가 어떤 생각을 하며 유학 생활을 하고 있는지도 단박에 꿰뚫어 주시네요."

"그런데 현실이 아프고 힘들더라도, '덧문을 닫고 버러지같이 눕지' 않는 게 좋겠어. 너무 수동적이고 비관적이잖아."

"어떻게 그러지 않겠어요. 선배는 식민지배를 받는 나라의 유학생이 겪는 아픔을 제대로 이해할 수 없을 겁니다."

"물론 내가 직접 처해 있지 않으니 100% 이해할 수는 없을 거야. 그래도 우리는 젊으니까. 아프다고, 힘들다고 한탄만 하고 있을 게 아니라, 그런 현실 속에서도 꿈과 희망을 찾아야 하겠지."

"저도 머리로는 그래야 한다고 생각합니다. 노력도 하고요. 하지만 하루하루 겪는 현실은 막막합니다. 선배! 제가 선배에게 '루 살로메'가 되어 달라고 부탁드린 것, 기억하시나요?"

"물론 기억하지. 그런데, 갑자기 그건 왜?"

"대학 졸업식 때 성적이 가장 좋은 학생이 대표가 돼 답사答辭하는 것이 청산학원의 전통이자 불문율인 것도 아시지요?"

"잘 알지. 그래서 두 달 뒤 졸업식에서 기행譏行이 답사를 하게 돼 있는 거 아닌가?"

"제가 가장 우수한 성적을 얻은 것은 사실입니다. 저는 일본 학생들에게 뒤떨어지지 않기 위해 이를 악물고 공부했거든요. 하지만 식민지에서 온 유학생에게 학생대표로서 답사하게 할 수는 없다는 게 일제의 방침입니다. 학교 당국이 그것을 받아들였고요."

"그래? 어떻게 그런 어처구니없는 일이 벌어지지?"

"저도 울화통이 터졌습니다. 하지만 현실이 현실인 것을 어떻게 바꾸겠습니까? 그래서 선배한테 루 살로메가 되어 달라고 부탁드린 겁니다."

"나도 무슨 곡절이 있다고 생각해서 선뜻 기행의 청을 받아들였는데, 그렇게 가슴 아픈 일이 있는 것까지는 몰랐네."

"아시다시피 루 살로메는 라이너 마리아 릴케의 '뮤즈'였습니다. 선배께서 저의 뮤즈로서 루 살로메가 되어 주시면 대한사람이 겪고 있는 삶을, 대한의 말과 글로 시를 쓰겠습니다. 많이 도와주시기를 부탁드립니다."

"기꺼이 기행의 루 살로메가 되어 줄게, 내가 그런 자격과 능력이 있는지 모르겠지만…"

"지난 몇 달 동안 선배가 추천해준 잠과 릴케의 시를 많이 읽었습니다. 시를 읽으면서 나는, 가와바타 야스나리川端康成가 쓴 단편소설 〈이즈의 무희〉의 배경인 이즈반도에 와서, 일제의 '문화적 폭력'이 어떻게 행해질 수 있는지 찾아보려고 했습니다."

"…"

내 말은 거의 절규로 바뀌었다. 이사벨은 잠자코 듣기만 했다. 섣부른 대꾸보다는 그저 들어주는 게 낫다는 사실을 알기 때문이었다.

"저를 처음 만났을 때, 잠과 릴케의 시를 읽어보라고 하셨잖아요. 그 이유를 듣고 싶습니다."

"그때도 말했듯이 잠과 릴케를 공부하면 기행의 창작활동에 도움이 될 것이라고 생각했을 뿐, 별다른 의미부여는 없었던 것으로 기억하는데."

"아니에요. 아니라고요. 그날 이후 나는 잠과 릴케의 작품을 거의 다 읽었습니다. 그래도 선배의 뜻을 알 수 없었어요. 그래서 루 살로메를 부탁했던 거고요."

"…"

"'다른 저 가지와 한 번도 같은 적이 없는 한 줄기 가지로/ (…)/ 모두가 나처럼 외로운 나라에서// 계시啓示는 고독한 자에게만 내리는 것'이라는 릴케의 시 〈다른 저 가지와 한 번도〉를 읽으면서 참으로 외로웠습니다."

이사벨은 말없이 내 어깨를 살포시 안았다.

"'이제 집 없는 자는 더 이상 집을 짓지 않습니다/ 혼자인 사람은 또 그렇게 오래 홀로 남아서/ 잠 못 이루고 책을 읽거나, 긴 편지를 쓸 것입니다'라고 읊은 릴케의 〈가을날〉을 보면서 절망했습니다. 집이 없는 사람이라면, 이제부터라도 집을 지어야 할 것 아닙니까?"

내 목소리가 떨리면서 이사벨의 팔에는 힘이 들어갔다.

"'농부가 아무리 힘써 보살핀다 해도/ 씨앗이 여름의 성숙에 이르기 위해서는/ 그의 힘만으로는 되지 않는다. 대지의 '은혜가 내려야만' 한다'는 릴케의 〈오르페우스에게 바치는 소네트 XII〉를 보면서 신을 원망했습니다.'"

나는 절규하면서 이사벨의 가슴을 파고들었다. 이사벨은 품을 내주며 따뜻하게 등을 두드려 주었다.

"'우리는 언제나 피조물의 세계를 마주하고 있으면서도,/ 다만 거기에 드리워진 자유로운 세계의 반영을 볼 뿐이다/ 우리의 그림자로 가려진 어둑한 반영을, 혹은 한 마리 짐승이,/ 말 없는 짐승이, 고개를 들어 조용히 우리를 꿰뚫어 보고 있는지도 모른다/ 운명이란 그런 것이다. 마주 서 있는 것,/ 오직 그것일 뿐이다, 언제나 마주 보고 있는 것'이라는 릴케의 〈두이노의 비가〉를 보면서, 나 하나 겨우 추스를 수 있었을 뿐이었습니다.'"

나의 절규는 울음으로 바뀌어 있었다.

"선배! 루 살로메가 돼 주세요. 저는 릴케가 되겠습니다."

"그래, 그래. 내가 기꺼이 기행의 루 살로메가 되어 줄게."

이사벨이 내 등을 쓰다듬으며 말했다. 말은 어느새 반말로 바뀌었다. 나는 한참 동안 이사벨의 품에서 흐느꼈다. 달님도 애처로운 듯 구름 뒤로 살짝 숨었다. 시간이 꽤 흐른 뒤 이사벨이 조용히 입을 열었다.

"우리 이제 돌아가자. 오늘 새벽부터 움직이느라 좀 피곤하네."

숙소엔 잠자리가 준비돼 있었다. 둘이 함께하는 잠자리였다. 내가 주인을 부르려 했다. 이사벨이 내 손을 지긋이 잡으며, 고개를 가로저었다. '부르지 말라'고 눈동자로 말했다. 나는 눈으로 '알았다'고 대답한 뒤 주인에게 술상을 부탁했다. 싱숭생숭한 마음을 술로 달래고 싶었다. 한 잔의 술 없이는 잠들 수 없을 듯한 기분이었다. 사케, 구보다久保田와 참치회가 먹음직스럽게 나왔다.

"선배! 선뜻 루 살로메를 받아들여서 감사합니다."

"감사는 내가 해야지. 멋진 기행과 함께 이렇게 아름다운 가키사키해변에서 구보다를 마실 수 있으니 말이야."

"우리 건배해요."

"그러자. 아름다운 이즈반도의 밤을 위하여!"

"이사벨과 기행의 멋진 만남을 위하여!"

술은 혀를 맛있게 감쌌다. 저녁노을을 보며 맛본 이사벨의 입술이 떠오르자 더욱 달콤했다. 가슴이 뛰기 시작했다. 외로움이 위로를 갈구하고 있었다. 이성에 대한 외로움과 향수鄕愁의 외로움, 원천은 달랐으나 갈구하는 것은 하나였다. 육체의 위로! 피 끓는 20대 청춘남녀였다. 술은 합환주로 제격이었다. 눈이 마주치자 약속이나 한 듯 입술을 포갰다. 진한 키스를 하면서 둘은 서로의 옷을 벗겼다. 그러나 서두르지 않았다. 섣달의 밤은 길고도 길었다.

겉으로 보는 것과 가리개 없이 직접 보는 것은 달랐다. 평상시에도 제법 봉긋하다는 느낌을 주던 젖가슴은 환상이었다. 잘 익은 멜론에 까만 오디가 올라앉은 듯했다. 이스랏인 듯 발갛기도 하고, 은행알처럼 통통하고, 개암처럼 탐스러웠다. 한 손에 하나씩 아담하게 잡혔다.

"아~"

손가락으로 오디를 건드리자 달뜬 소리가 나직하게 흘렀다. 혀로 이스랏을 두드리고, 이빨로 은행알을 잘근거렸다.

"아으~"

숨이 거칠어지기 시작했다. 놀란 것은 가슴만이 아니었다. 백옥보다 더 고운 속살에 눈이 부셨다. 불을 껐는데도 방안이 훤했다. 그믐날 밤에 보름달이 뜬 모습이었다. 혀가 젖가슴 아래로 내려갔다. 손은 젖가슴의 맛을 즐겼다. 거친 숨을 내쉬며 바라보니 노란 숲속에 옹달샘이 있었다. 다른 사람의 발길이 닿지 않도록 은밀하게 숨어 있는 옹달샘! 옹달샘에 이슬방울이 부끄러운 듯 송골송골 맺혔다.

"이사벨! 정말 아름다워요."

"아이, 그렇게 빤히 바라보고만 있으면 부끄럽잖아…"

"오, 루 살로메! 어떻게 해야 하는지?"

나는 오늘이 첫날밤이었다. 음양의 조화를 이루는 길을 아직 배우지 않았다. 아닌 척하다 면박 받는 것보다 사실을 털어놓는 게 낫다고 여겼다. 무슨 일이든 정직이 최선의 정책이니까.

"괜찮아, 지금처럼 천천히 자연스럽게 하면 돼."

"알았어요. 나는 오늘 당신의 옹달샘에 풍덩 빠져 밤새 헤엄칠 거에요!"

나는 이사벨이 이끄는 대로 움직였다. 배우지 않아도 음양의 이치는 조금도 어긋나지 않게 흘렀다. 창밖에는 반달이 보초를 섰고, 우리는 완전히 하나가 되었다. 내 첫 경험의 관문은 황홀하게 넘어

가고 있었다.

"선배 너무 고마워요. 오늘의 이 느낌을 평생 간직하겠어요."

"그래 나도 오늘 밤 기행의 몸짓을 가슴 속 깊이 간직할게."

기교는 부차적인 것, 함께 한다는 느낌이 소중했다. 나와 이사벨은 최선을 다했다. 따뜻한 이즈반도에서 맞이하는 대한大寒의 밤을 눅눅한 땀으로 적셨다. 혀와 혀, 몸과 몸, 마음과 마음이 하나가 되는 거센 파도가 몇 차례 일었다. 둘은 마지막 남은 힘까지 쏟아부은 뒤 달콤한 꿈나라로 빠져들었다.

"기행, 기행!"

이사벨이 놀란 눈으로 나를 깨웠다.

'무슨 일이야?'

나는 눈으로 물었다. 이사벨의 파란 눈동자에도 질문이 가득했다.

"악몽을 꿨나 봐. 헛소리를 막 하던데."

"무슨 잠꼬대를 했는데요?"

"나야 무슨 뜻인지 모르지. 고양이를 부르기도 하고, 안된다고 소리치기도 하고."

그 말을 듣자 방금 꾸었던 꿈이 생생하게 눈앞에 펼쳐졌다. 해돋이를 보려고 네스가타야마寢姿山(침자산)를 오르는데 고양이 한 마리가 이사벨을 쫓아왔다. 이사벨이 귀엽다며 쓰다듬으려고 했다. 그때 나는 깜짝 놀라 뒤로 넘어질 뻔했다. 고양이 눈이 한쪽은 파랗고 다른 한쪽은 초록색이었다. 릴케가 쉰한 살이던 1926년 9월 11일에 방문했던 리엥쿠르의 산책길에서 고양이를 만났다. 그 고양이의 눈이 파란색과 초록색이었다. 이를 본 농부가 '짝짝이 눈을 가진 고양이는 올해 안에 죽는 것을 뜻한다'고 했다. 릴케는 그해를 넘기지 못하고 12월 29일, 백혈병으로 사망했다. 나는 이사벨에게 꿈 얘기를 할 수 없었다.

"별다른 꿈은 아니었어요. 내가 아직도 어려서 키가 더 크려나 봐요. 어렸을 때 엄마가 꿈에 깜짝 놀랄 때마다 키가 쑥쑥 크는 거라고 얘기했었거든요."

"거짓말쟁이, 잘도 둘러대네."

"꼬끼오 꼬오! 코케콕코~"

마침 그때 수탉이 울었다. 가키사키해변에서의 아침이 밝아오는 것이었다. 고향 정주와 마찬가지였다. 수탉의 기상나팔 소리를 들으며 나는 둘러댔다.

"이사벨! 이제 네스가타야마에 올라 해돋이 보러 갈까요?"

이사벨이 벌떡 일어나며 말했다.

"네스가타야마에선 후지산도 볼 수 있다던데."

나와 이사벨은 서둘러 산으로 갔다. 교쿠센지玉泉寺(옥천사) 뒤로 난 등산로를 따라 발걸음을 빠르게 옮겼다. 정상에 오르자 기다렸다는 듯 햇살이 퍼지기 시작했다.

"이사벨! 나는 바람처럼 물결처럼 살 수 있을까요?"

"무슨 뜻이야?"

"나는 도쿄에 돌아가면 졸업식을 마치는 대로 귀국해야 해요. 조국에 돌아가면 더욱 심해진 차별에 맞서서 살아야 하는데, 바람처럼 물결처럼 살 수 있을지 걱정이 돼서요."

"내가 전에 동양고전을 읽다가 '물은 구덩이를 다 채운 뒤에 흘러 바다에 간다'는 구절을 봤는데…"

"『맹자』에 나오는 '영과이후진 방호사해盈科而後進 放乎四海'라는 말이네요."

"나는 그 말을 '일이 닥치기 전에는 걱정하지 말라'는 뜻으로 새겨. 기행은 심성이 착하고 심지도 굳어 잘 헤쳐 나아갈 거야. 그러니까 지금부터 걱정하고 주눅들 필요가 없어"

"격려해줘서 고마워요."

나는 이사벨을 껴안으며 입술을 포갰다. 네스가타야마 동쪽 아래 가키사키해변 너머로 햇귀가 쏟아지고 있었다. 아침 햇살이 화살처럼 우리를 쏘고 지나갔다. 서북쪽 후지산까지 단숨에 달렸다. 눈 덮인 후지산富士山(부사산)이 햇살을 받아 반짝거렸다. 맑은 날 운이 좋으면 볼 수 있다는 후지산. 반짝이는 후지산을 보았으니 우리의 앞날은 행운으로 가득 찰 것이었다.

햇살 아래 드러나는 가키사키해변은 그림처럼 아름다웠다. 두 다리를 활짝 벌리고 편하게 앉은 여인의 모습이었다. 여인은 발바닥을 마주 보게 하며 두 다리 끝을 약간 오므렸다. 발바닥 사이로 물길이 터져 바닷물이 드나들도록 하기 위해서였다. 두 다리의 장딴지 부근까지는 산이고, 허벅지쯤부터 모래밭이 펼쳐졌다. 모래밭을 따라 집들이 옹기종기 들어섰다. 금세라도 시가 돋아날 듯한 마을이 이어졌다.

가키사키해변은 엄마의 자궁이었다. 집들은 자궁에서 곱게 자라는 아기였다. 거친 파도에서 아이를 보호하기 위한 방파제도 있었다. 두 발 사이에 이누바시리犬走(견주)섬과 물수리섬을 놓았다. 이 두 섬 사이가 바로 미국의 페리제독이 흑선黑船을 몰고 와 닻을 내린 곳이다. 가키사키해변 건너편의 시모다항으로 들어오는 흑선을 처음 발견한 초소가 네스가타야마에 있었다.

이제 돌아갈 때가 됐다. 아쉬움을 가슴에 안고 민박집으로 향했다. 돌아오는 길에 금귤이 노랗게 인사했다. 대한大韓에서는 볼 수 없는 귀한 금귤이었다. 금귤을 사서 이사벨과 함께 까먹었다. 은은한 향기가 이사벨의 향기와 겹쳐 가슴으로 달려들었다. 이렇게 좋은 일을 그냥 보낼 수는 없었다. 가키사키를 떠나는 기념으로 시를 지었다.

넷적본의 휘장마차에
어느메 촌중의 새새악시와도 함께 타고
머ㄴ 바다가의 거리로 간다는데
금귤이 눌 한 마을마을을 지나가며
싱싱한 금귤을 먹는 것은 얼마나 즐거운 일인가
— 백석, 〈이두국주가도伊豆國湊街道〉 전문, 『시와소설』, 1936.3.

"금귤을 먹으니 기행의 기분이 확 풀리는 모양이야? 기행이 활짝 웃으니 나도 행복해지네."

"이사벨과 함께 하는 추억이 하나 더 늘었네요."

나는 빙긋이 웃으며 속으로 말했다.

'식민지 지식인의 고뇌를 달래주세요. 문학으로 조국의 독립에 힘쓰겠습니다. 당신이 기꺼이 루 살로메가 돼 준 덕분에, 나는 내가 가야 할 길을 찾았습니다. 정말 고맙습니다. 이즈 여행이 끝나면 나는 대한으로 돌아갑니다. 만남은 헤어짐의 시작이고 헤어짐은 다시 만남을 기약하지요. 대한이 자유독립국가가 되는 날, 우리는 반드시 다시 만날 것입니다. 이사벨! 사랑해요…'

이사벨이 나의 소리 없는 말을 들었다는 듯, 입을 열었다.

"삶은 도전이야. 산다는 것은 벽을 넘는 일이니, 먼저 겁먹을 필요는 없어! 일어날 일은 일어나게 마련이니까, 준비했다가 해결하면 되고. 나는 기행이 멋진 시인과 소설가로 대한의 앞날을 밝게 만들 것이라고 믿어."

우리는 가벼운 마음으로 나룻배에 올랐다. 시모다항의 접안시설이 작아 항구에서 기선까지를 나룻배로 연결하고 있었다. 기선에 오르면서 이사벨이 나의 귀에 대고 나직이 속삭였다.

"내 일본어 이름은 하나야! 기행, 사랑해. 쥬뗌므."

5

모
닥
불

"자네, 넋을 잃은 채 무엇을 그리 생각하나? 내 동생의 미모를 보고 첫눈에 반했나 보군…"

"아! 아, 죄송합니다. 제가 뭔가를 좀 생각하느라, 실례가 많았습니다."

한사랑과 나사랑이 '한나'로 겹치면서, 하나로 불리던 이사벨의 추억에 잠기느라 깜빡 정신을 놓은 모양이었다. 한일수 선생의 말에, 나는 정신을 가다듬으려 머리를 흔들었다.

'이사벨은 이즈반도를 떠나는 기선에 오르면서 자기의 일본 이름은 하나라고 했는데…'

한일수 선생의 지적을 받고서도 나는 한동안 얼떨떨했다.

"자아, 이럴 게 아니라 사랑채에 가서 축배를 들도록 하세."

나와 나사랑의 관계에 대해 아무것도 모르는 한일수는 어색해진 분위기를 풀어주려는 듯, 출판기념회를 재촉했다. 사랑채는 넓은 마당이 있는 한옥 건너편이었다. 안채와는 복도로 연결돼 있었다. 사랑채에 가니 음식이 잔뜩 마련돼 있었다. 축하주는 안동소주였다.

"백 시인!『사슴』은 첫발을 뗀 것에 불과하네. 앞으로도 더욱 시작詩作에 힘써, 대.한.을 대표하는 시인으로 우뚝 서기를 기원하네. 첫 잔은 축하주이니 쭈~욱 비우게."

한일수 선생은 대한을 강조하려는 듯, 한자씩 끊어 힘주며 말했다. 일제는 대한제국을 강제로 병합한 뒤 제일 먼저 대한이라는 말을 쓰지 못하게 하는 법을 만들었다. 대한이란 용어를 그대로 두면, 대한제국에 대한 그리움이 되살아날 것을 우려했기 때문이었다. 대한제국 때 일제의 불법적인 침략에 맞서 싸운 의병에 대해 가장 많이, 자세하게 보도했던 대한매일신보大韓每日申報를 없애고, 이름을 매일신보로 바꾼 뒤 조선총독부 기관지로 만든 게 대표적 사례였다. 한일수 선생이 대.한.을 강조한 것은 '대한'을 없애고 '조선'만 쓰도록 한 일제의 만행에 대한 저항의 뜻이 담겨 있었다.

"스승님,『사슴』을 발판으로 승승장구 하세요."

나사랑도 밝은 소리로 축사를 넣었다. 나는 술을 입에 털어 넣었다. 식도로 흐르는 45도 안동소주가 뜨거웠다. 몸이 저절로 움찔거렸다.『사슴』을 준비하느라 석 달 남짓 술을 거의 끊었던데다. 높은 도수의 술과 코를 찌르는 누룩 냄새가 익숙하지 않았기 때문이었다. 늦잠 자느라 밥을 제대로 먹지 못한 위도 크게 요동쳤다. 맛있는 밥을 기대했다가 처음 겪는 안동소주의 쏘는 맛에 깜짝 놀란 듯했다. 나사랑의 갑작스러운 등장으로 벌렁거렸던 가슴도 함께 몸서리쳤다.

"감사합니다. 그동안 도와주신 은혜를 갚기 위해 더욱 열심히 쓰겠습니다."

"암, 그래야지. 그래야 하고 말고. 요즘 듣자 하니 자네 『사슴』이 장안의 화제라고 하던데. 먼저 태서관에서 열린 출판기념회부터 얘기해보게."

"평소에 저를 아껴주는 안석주 함대훈 홍기문 이원조 이진 김해균 배신우 등 11명이 발기인으로 참여했습니다. 다른 문인들 30여 명도 참석해 축하해 주었고요. 조선일보는 문화면에 '백석 씨 시집 출판기념회 성황'이라고 보도했습니다."

"나도 출판기념회 기사는 잘 보았네. 첫 시집을 낸 신인의 출판기념회에 대한을 대표하는 시인과 평론가들이 다수 참석한 것에 무척 뿌듯했다네. 시인들이 『사슴』을 어떻게 평가했는지를 좀 들려주게. 그게 궁금하다네."

"…"

"제가 출판기념회에 갔었는데요, 김기림 평론가는 "일류의 풍모를 잃지 아니한 한 권의 시집을, 실로 한 개의 포탄을 던지는 것처럼 백석 시인이 새해 첫머리에 시詩 폭탄을 시단에 던졌다"고 했습니다."

내가 대답을 준비하느라 머뭇거리는 사이에, 나사랑이 재빠르게 말했다.

"한 개의 시詩 폭탄이라, 정말 멋진 말이군. 자네의 『사슴』을 정확하게 표현했네."

"시 폭탄이라니요? 너무 과찬이어서 송구할 따름입니다."

"아니네, 두고 보게. 김기림의 표현대로 자네는 대한의 시단에 폭탄을 던져 새로운 시 역사를 만들 것이네."

"기대를 저버리지 않도록 더욱 힘쓰겠습니다."

"암, 암. 그래야지. 그래야 하고 말고, 그건 그렇고…"

'꿀꺽'

나는 긴장해서 침을 삼켰다. 한일수 선생이 말꼬리를 낮추며 천천히 말할 때는 뭔가 새로운 얘기를 꺼낼 때가 많아서였다.

"자네, 『사슴』에 수록된 33편 가운데 어느 시를 대표시로 생각하나?"

한일수 선생이 짐짓 엄숙한 표정으로 물었다. 전혀 예상하지 못한 물음이었다. 나는 순간 당황했다. 33편 모두 심혈을 기울여서, 어느 것을 대표시라고 생각해 본 적이 없었다.

"대표시를 생각해 본 적이 없습니다. 선생님께서는 어떤 시를 마음에 두시는지요?"

나는 대답 대신 질문을 던졌다. 〈정주성〉〈비〉 등에 대해 비평가들의 호평이 나오긴 했다. 대신 나는 〈모닥불〉과 〈여승女僧〉 등에 조금은 더 마음을 두고 있었다. 하지만 섣부른 대답을 하기보다 질문으로 대답함으로써, 한일수 선생이 자신의 의중을 자연스럽게 내보일 수 있다고 여겼다.

"나는 〈모닥불〉이 자네의 시 정신을 가장 잘 보여준다고 생각하네."

나는 그분의 말을 듣고 깜짝 놀랐다. 내 생각을 정확히 알고 계셨기 때문이었다.

새끼오리도 헌신짝도 소똥도 갓신창도 개니빠디도 너울쪽도 집검불도 가락닢도 머리카락도 헝겊조각도 막대꼬치도 기와장도 닭의 짗도 개털억도 타는 모닥불

재당도 초시도 문장(門長)늙은이도 더부살이아이도 새사위도 갓사둔도 나그네도 주인도 할아버지도 손자도 붓장사도 땜쟁이도 큰개도 강아지도 모두 모닥불을 쪼인다

모닥불은 어려서 우리 할아버지가 어미아비 없는 서러운 아이로 불상하니도 몽둥발이가 된 슳븐 력사가 있다

— 백석, 〈모닥불〉 전문, 『사슴』, 1936. 1.

"저도 〈모닥불〉을 생각하고 있었습니다. 혹시 〈모닥불〉의 어떤 점이 마음을 끄셨는지요?"

"모닥불을 피우는 재료는 모두 우리 주변에서 흔히 볼 수 있는 것들이네. 흔히 쓰이는 짚 검불과 가랑잎과 닭 깃과 개털과 소똥 같은 것이지. 그런데 모닥불에 흔히 잘 넣지 않는 개 이빨과 기왓장과 헌신짝과 널쪽 등도 넣었다는 사실이 내 눈을 끌었다네. 일상생활을 구성하고 있는 하잘것없는 것들을 포함 시킨 것은 다 이유가 있다고 여겼네."

역시 한일수 선생이었다. 모닥불에 잘 넣지 않는 것까지, 내가 왜 포함 시켰는지 정확히 지적했다.

"모닥불을 피우고 불을 쬐며 따뜻하게 몸을 녹이는 사람도 독특 했네. 집안 어르신과 더부살이 아이, 나그네와 주인, 새 사위와 갓 사돈은 말할 것도 없고 개와 강아지까지 거론한 것도 분명 이유가 있었을 걸세."

"맞습니다. 저는 남녀노소와 부귀빈천은 물론 동물까지도 아우 르는 공동체를 생각하면서 〈모닥불〉을 썼습니다. 불쏘시개를 열네 개, 불 쬐는 사람도 열넷으로 맞춘 것은 그런 이유에서입니다. 『주 역周易』열네 번째 괘인 화천대유火天大有에서 사람들이 골고루 잘 사는 대동大同 사회를 그린 것을 나타냈습니다. 비록 지금은 일본제 국주의에 나라를 강탈당해 숨도 제대로 쉬지 못한 채 억압받으며 살고 있지만, 참고 견디며 싸워 이겨서 함께 잘 사는 나라를 만들어 가자는 뜻이었습니다."

"역시 내가 짐작한 대로야. 이래서 내가 백석을 대한의 대표적 시인으로 보는 것이지."

"저는 모닥불이 갖는 슬픈 역사를 갖고 있다는 것을 알려주려고 도 했습니다. 우리 할아버지가 어미 아비 없는 서러운 아이로 크는 현실의 아픔과, 가진 것을 모두 빼앗긴 채 몸뚱이만 남아있는 현실 을 똑바로 보고 새로운 날을 준비하자는 다짐을 보여준 것입니다. 나의 이런 의도를 알아주는 사람이 없어 안타까웠는데, 선생님께 서 말씀해주시니 감개가 무량합니다."

"우리말을 제대로 할 수도 없는 시절에, 보통사람들이 이해하기 어려운 상징을 숨겨놓았으니 당연한 일이지. 그래도 자네의 이런 뜻은 헛되지 않을 것이네. 나는 〈모닥불〉이 사람들의 많은 사랑을 받을 것이라고 확신하네. 우리 생활과 밀접한 소재에다 나날이 만나는 불쏘시개를 넣어 피운 모닥불을 함께 쬐는, 따뜻한 마음이 이심전심으로 통할 것이기 때문이라네."

"저는 〈모닥불〉도 좋긴 했지만, 〈여승〉이 가장 맘에 와 닿았습니다."

나와 한일수 선생의 얘기를 조용히 듣고 있던 나사랑이 불쑥 입을 열었다.

"그래? 어떤 점이 우리 예쁜 동생의 마음에 들었을까?"

한일수 선생이 흥미롭다는 듯이 말을 받았다. 나는 눈을 동그랗게 뜨고, 나사랑을 바라보는 것으로 이유를 물었다.

"'섭벌같이 나아간 지아비 기다려 십 년이 갔다/ 지아비는 돌아오지 않고/ 어린 딸은 도라지 꽃이 좋아 돌무덤으로 갔다'는 구절에 눈물이 났어요. 그런데…"

"그런데?"

나사랑이 〈여승〉의 설움이 복받치는 듯 목이 잠기자, 한일수 선생이 말을 어서 하라는 듯 질문했다.

"마지막 구절을 읽고 나서 눈물이 주르륵 흘렀어요. '산 꿩도 설게 운 슬픈 날이 있었다/ 산절의 마당귀에 여인의 머리오리가 눈물방울과 같이 떨어진 날이 있었다'는 구절 말입니다. 지아비는 돌아오지 않고, 어린 딸은 죽은 뒤에 머리를 깎고 중이 되는 순간, 그 여승은 얼마나 가슴이 미어졌을까요?"

"이야, 우리 동생의 감성이 매우 풍부한 걸. 아주 훌륭한 시인이 되겠어! 백 시인, 우리 여동생 잘 지도해서 제대로 된 시인으로 좀 키워주시게나."

한일수 선생은 칭찬 반, 농담 반으로 목소리를 높였다. 나사랑은 차분하게 말을 이었다.

"저는 백석 스승님께서 〈여승〉을 통해 식민통치로 굶주리며 보금자리조차 잃고 유랑하다 결국 중이 되는 현실을 고발하고 있다고 생각했어요. 스승님의 치열한 마음에 더욱 눈물이 났고요."

그 오빠에 그 여동생이었다. 나사랑은 그림을 배우러 동경東京에 가서 놀고만 온 것이 아니었다. 고통받는 식민지 동포의 아픔을 고스란히 느끼고 있었다. 〈여승〉에서 말하고자 했던 내 생각을 그대로 알고 있었다. 마치 내 머릿속을 들어왔다 나간 것처럼.

"정말 맑은 눈과 밝은 마음을 갖고 계시는군요. 그 눈과 마음으로 대한 사람들에게 희망을 주는 시를 많이 써주면 좋겠습니다."

"저도 그러고 싶어요. 스승님께서 많이 이끌어 주세요. 열심히 따르겠습니다."

"야~ 이거, 둘이 짝짝 맞는구나. 나는 이제 빠져야겠는 걸."

한일수 선생이 큰소리로 농담을 했다. 나는 분위기를 돌리기 위해 그동안 궁금했던 것을 꺼냈다. 명함에는 韓日讐인데 문패는 韓一壽였기 때문이었다.

"감사합니다. 그런데, 선생님 성함이…"

"아, 내 이름 말인가? 사랑하는 우리나라 대한제국을 강탈한 일제日에 복수讐하는 데 평생을 바치겠다는 결심을 하고, 이름의 한자를 바꿨다네!"

한일수 선생은 이름만 대면 누구나 알 수 있는 만석꾼의 아들이었다. 대한제국이 국권을 잃은 뒤 부자들은 대부분 일제에 붙었다. 재산을 유지하고 더욱 불리기 위해서였다. 하지만 한일수 선생은 달랐다. 대한제국의 독립광복을 위해 싸우는 독립군들에게 부富를 내놓았다. 가정형편이 어려워 상급학교에 진학하지 못하는 학생들에게 장학금도 주었다. 시인과 소설가들이 경제적 어려움 없이 항일독립 시와 소설을 쓰도록, 드러나지 않게 시집과 소설집 출판도 지원했다.

"여보게 백 시인. 이제 슬슬 꿀샘에서 빠져나오는 게 어떻겠나?"

내가 '진주의 연이'와 육체의 향락에 빠져 있을 때, 구세주로 나타난 분도 한일수 선생이셨다. 나는 그전까지만 해도 그를 만난 적이 없었다. 그런데도 한일수 선생은 나에 대해 잘 알고 있었다. 그는 내가 시를 본격적으로 쓰도록 이끌어 주고, 『사슴』을 출간하는 일체의 경비를 지원해주었다.

'전생에 내 아들이었나, 아니면 부모였을까.'

나는 『사슴』 출간을 지원해준 한일수 선생이 전생에 내 아들 또는 부모였을지 모른다는 생각을 했다. 그만큼 그의 지원에 감사했다. 하지만 한일수 선생을 만난 것은 우연을 가장한 필연이었다. 나사랑이 오빠, 한일수를 움직인 것이었다.

"나으리, 손님 오셨습니다!"

초인종 소리가 난 뒤, 집사가 사랑채 밖에서 조심스럽게 알렸다.

"뉘시더냐?"

"존함은 말씀 안 하시고, '그일'로 급히 말씀드릴 게 있다고 합니다."

한일수는 독립운동을 하는 사람들과 만날 때 열흘마다 암호를 정해놓았다. 도처에 깔린 일제 앞잡이들에게 노출되지 않기 위한 안전 조치였다. 군인들이 보초 서면서 아군끼리 사전에 암호를 정해놓는 것과 마찬가지였다. 이번 주의 암호는 '그일'이었고, '그일' 때문에 찾아온 사람이라면 반드시 만나야 했다.

"알았다. 거실로 모시거라. 곧 가마."

한일수 선생이 어쩔 수 없다는 듯 손님을 맞으러 일어서며 말했다.

"이거 미안하네. 곧 돌아올 테니, 여동생과 동경 얘기 좀 하고 있게나."

"괘념치 마시고 다녀 오십시오."

한일수 선생이 나가자 우리는 자연스럽게 동경 얘기를 꺼냈다.

"아까 무슨 생각을 그렇게 깊게 했어요?"

나사랑은 이미 짐작한다는 듯, 살며시 미소지으며 물었다. 어느덧 옆으로 다가와 입을 쭉 내밀었다. 촉촉한 입술이 내 입술에 닿았다. 나는 당황했지만 나사랑의 입술을 가볍게 받았다. 나사랑이 입술을 댔다가 곧 뗀 것이 다행이었다. 한일수 선생이 자리를 비웠지만, 언제 돌아올지 몰라 조심하는 듯했다. 대답하는 나의 말은 더듬거렸다. 갑작스러운 입맞춤도 놀라웠지만, 그녀의 눈빛에 더 긴장

되었다. 나는 눈길을 떨구며 말했다.

"별, 별 것 아, 아니었어."

"별 것 아니긴요. 스승님이 갑자기 말을 더듬고, 얼굴이 발갛게 상기되는 걸 보니 동경에서 만났던 여인을 생각하는 것 같던데요?"

"아, 아냐. 여, 여자는 무슨, 나, 나는 유학할 때 오로지 공, 공부만 하느라."

"피, 거짓말하지 마세요. 선생님 얼굴에 선명하게 써있는 걸요."

"뭐, 뭐라고 써 있는데?"

나사랑은 오른손 검지로 내 얼굴을 가리키며 한 글자씩 말했다.

"거. 짓. 말. 이라고요."

"그만 놀리고, 동경에서 무슨 일이 있었는지 말해 봐."

"사실은요, 제가 백석 스승님이 만났던 프랑스 여인을 동경에서 만났습니다."

"뭐라고? 프랑스 여인?"

나는 깜짝 놀라 목소리가 커졌다.

"왜 이리 놀라실까, 목소리가 커진 것을 보니 무슨 큰 비밀이라도 들킨 것 같네요."

나사랑은 여우였다. 이미 다 알고 있는 사실로 나의 애간장을 태우고 있었다. 허둥거리는 나의 모습을 즐기는 듯했다.

"사실은요, 내가 어느 날 기치죠오지吉祥寺(길상사)에 갔다가 이사벨을 우연히 만났어요."

기치죠오지는 내가 청산학원에 다닐 때 한동안 하숙했던 동네였

다. 이사벨은 나의 루 살로메가 돼 주기로 약속한, 청산학원대학 일
문학과 박사과정 선배였다.

"이사벨, 이사벨이라고?"

"네, 이사벨요. 프랑스 여인 이사벨 말이에요."

"아니, 이사벨을 어떻게 만났어?"

"내가 동경의 길상사에 갔는데 그녀가 나에게 다가와서 말을 걸
었어요. 내 모습에서 일본인과 다른 표정을 봤나 봐요."

나사랑은 조용한 목소리로 그때 상황을 얘기했다. 마치 그날의
일이 바로 눈앞에 떠오르는 듯, 묘사가 생생했다.

"조선 사람인가요?"

"그런데요."

"저는 이사벨이라고 해요. 아오야마가쿠인대학 일문학과 박사과
정에 다니고 있습니다."

"아, 그래요? 저는 한사랑입니다. 예명은 나사랑이고요. 동경여
자미술전문학교에서 유화를 배우고 있습니다."

"역시 제 예감이 맞았군요. 나는 2년 전에 백기행이란 조선 유학
생을 만나 이즈반도를 함께 다녀왔습니다. 백기행이 졸업하고 귀
국한 뒤 편지로 연락하고 있습니다. 그런데 최근 들어 편지를 보내
도 답장이 없어 무슨 일이 있는 것 아닌가 걱정하고 있어요. 조선
유학생들이 길상사에 가끔 들른다는 얘기를 듣고 왔는데, 한사랑
씨를 만나게 됐네요."

이사벨과 나사랑은 그날 길상사에서 만난 뒤 거의 매주 만났다.
주중에는 학교 근처 카페에서 만나 문학과 그림에 관한 이야기를

나눴다. 주말에는 길상사와 아사쿠사淺草(천초)의 센소지淺草寺(천초사), 우에노上野(상야)공원 등을 산책했다. 연휴나 방학 때는 동경에서 가까운 닛코日光(일광)와 하코네箱根(상근) 등을 여행했다. 그렇게 언니, 동생으로 가깝게 지내면서 나사랑은 나에 대한 정보를 거의 완벽하게 알게 됐다.

"둘이 붙어 다닐 때, 이사벨이 내 흉을 많이 봤겠군."

"아니에요. 흉이라니요. 하나 언니는 선생님의 좋은 점만 애기했어요."

"편지 답장도 제대로 하지 않는 무심한 놈이 어떤 좋은 점이 있겠어?"

"그러니까 스승님은 여자를 잘 모르는 겁니다."

"…"

그때 한일수 선생이 다시 사랑채로 건너오는 소리가 들렸다. 나사랑이 작은 소리로 속삭였다.

"그 애기는 나중에 만나 자세하게 해드릴게요."

나는 눈을 찡긋하며 '알았다'고 소리 없이 대답했다.

"오는 20일 저녁에 '유정각'으로 와 주세요. 향이"

시집 『사슴』 출간으로 바쁜 나날을 보내던 2월 중순 어느 날, 조선일보 사무실로 전보가 한 장 전달됐다. 향이, 그러니까 '진주의 연이'였다. 작년 여름을 뜨겁게 보낸 뒤 가을부터 시를 쓰느라 만나지 못했던 '진주의 연이'가 갑자기 전보를 보낸 것이다.

'무슨 일일까?'

오랫동안 연락 없던 사람에게서 소식이 오면 둘 중의 하나다. 하나는 좋은 일, 다른 하나는 나쁜 일이다. 향이는 종로의 '유정각'에서 자리를 잡고 서울 생활에 잘 적응하고 있었다. 그러니까 나쁜 일보다는 좋은 일일 것이다. 그런 생각에 빠져 있는데 부장의 컬컬한 소리가 들렸다.

"어이, 백 기자. 오는 20일 오후에 낙원동 계림여관에서 '우수 맞이 상가 축제'가 열리는데, 자네가 가서 취재해보게."

"우수 맞이 상가 축제요?"

"그래. 가서 기사 쓰고, 멋진 시도 몇 편 건지면 좋지 않겠어?"

유정각은 계림여관에서 가까운 곳에 있었다. 부장의 취재 지시와 '향이의 초대장'이 거의 동시에 떨어진 것을 보니, 뭔가 좋은 일이 있을 것 같은 예감이 들었다.

우수雨水는 24절기 가운데 입춘에 이어 두 번째다. '우수에는 꽝꽝 얼었던 대동강 물도 풀린다'는 말처럼 봄이 본격적으로 시작되는 때다. 입춘과 우수가 있는 음력 정월에는 장醬을 담그는 풍습이 있다. 장맛은 음력 1월에 담는 정월장이 으뜸이다. 장에는 다섯 가지 마음을 가진 덕장德醬이어야 한다고 했다. 다른 맛과 섞여도 제맛을 내는 단심丹心, 오랫동안 상하지 않는 항심恒心, 비리고 기름진 냄새를 제거하는 불심佛心, 매운맛을 부드럽게 하는 선심善心, 어떤 음식과도 조화를 이루는 화심和心이 그것이다.

계림여관과 유정각은 탑골공원 부근에 형성된 상가에서 가까웠다. 탑골공원 상가는 해마다 정월대보름과 우수 사이에 축제를 열었다. 지난 한 해 동안 무탈한 것에 감사하고, 앞으로 1년 동안 건

강하고 행복하게 생업을 할 수 있도록 다 함께 기원하는 한마당이었다. 축제는 상가의 상조회원들이 하는 지신밟기와 윷놀이 등으로 짜였다. 겨울 동안 꽁꽁 싸맸던 것을 풀어내고, 새봄을 맞아 새로운 각오로 한해를 살아가겠다는 의지를 다지는 축제였다.

"어서 오세요, 백 시인님!"

"그동안 잘 지냈소?"

"잘 지낼 턱이 있나요? 서방님께서 함흥차사셨는데."

향이의 얼굴은 반가움으로 활짝 폈는데, 말은 투정을 부렸다.

'연이에 대한 그리움 때문에 향이에게 못할 짓을 했구나.'

향이의 표정 따로, 어투 따로를 보는 순간 가슴이 먹먹했다.

"어서 방으로 들어가세요."

향이는 할 말을 잊은 내 손을 잡고 방으로 안내했다. 방에는 커다란 교자상에 많은 음식이 차려 있었다. 한가운데 신선로에는 아직 차가운 저녁 공기를 덮으려는 듯 어육과 채소가 보글보글 소리를 내며 끓고 있었다. 정성 들여 부친 모듬전과 침을 돌게 하는 소고기 갈비찜, 잡채와 나박김치가 어서 오시라고 말을 걸었다. 주전자에는 이강주가 듬뿍 담겨 있었다.

"오늘 무슨 날인가? 상다리가 부러지겠다고 비명을 지르는 듯하네."

"서방니임, 먼저 저의 축하주 한 잔 받으시어요."

"허허! 무슨 축하주란 말인가?"

"아이 참. 제가 물장사한다고 귀까지 먼 줄 아시나요?"

"거, 무슨 소리야?"

"서방님께서 대한에서 최고의 시집 『사슴』을 출간했다고 장안이 떠들썩한데, 제가 어찌 가만히 있겠어요?"

"아! 『사슴』 말이군. 내가 향이에게 소식 전하지 못해 미안하네."

"사과받기 위해 축하주 드리는 것 아니에요."

참으로 마음씨 고운 향이였다. 반년 가까이 썰렁한 방에서 나를 기다리며 살았을 텐데, 원망 한마디 하지 않았다. 오히려 『사슴』의 출간을 진심으로 축하해 주고 있었다.

'아아, 연이를 만나기 전에 향이를 만났더라면, 아니 향이를 만나지 않았더라면.'

나는 내 속마음을 들키지 않으려고 술잔을 들이켰다. 향이가 빈 잔에 술을 채웠다. 나는 "그대를 만난 것이 나에겐 행복이었소. 병자년 2월. 백석"이라고 서명한 『사슴』을 향이에게 주었다.

"향이의 전보를 받고 서명을 했소. 보잘것없는 시집이지만 성의로 받아주면 고맙겠소!"

"서방니임."

향이가 떨리는 목소리로 겨우 한마디 하더니, 말을 잇지 못하고 눈물을 떨궜다. 어찌 회한이 없겠는가. 하지만 향이가 눈물을 보인 뜻은 다른 데 있었다.

"서방님 축하하는 자리에 눈물을 보여 죄송해요."

"괜찮아, 내가 그동안 너무 소원했으니."

"그게 아닙니다, 서방님."

"…"

"진주 등아각에서 만난 분이 계신데…"

향이는 말을 잇기가 어려운지 말을 끊더니, 술 한 잔을 달라고 하더니 단숨에 비웠다.

"제가 경성에 온 뒤에, 그분이 몇 차례 저를 찾아왔어요. 이러지 마시라고 했더니, 저 없이는 못 산다는 거예요. 소실로 들어오라는 거지요. 한 참 고민하다 감사하다고 했어요. 다음 달에 진주로 내려갑니다."

향이는 말을 더 잇지 못하고 울음을 터트렸다. 나는 아무런 말도 할 수 없어 향이의 어깨를 안고 가볍게 두드렸다. 흐느끼던 향이가 다시 입을 열 때까지 나는 향이를 가만히 안아주었다.

"제가 떠나기 전에 서방님께 인사를 올리는 게 도리라고 생각해서 오늘 이렇게 모셨습니다."

"고맙네. 정나미 떨어질 만한 나를 잊지 않고, 내 비록 향이와 함께 하지는 못해도 향이를 마음속에 영원히 간직할게. 진주에 내려가서 행복하게 살아. 향이와 함께 한 시간이 참으로 행복했다네."

내 말도 떨리며 자꾸 끊겼다.

"서방님, 따뜻한 말 고마워요. 저도 진주에서 서방님의 문운文運이 활짝 펴기를 기원하겠어요."

향이는 말꼬리를 흐리며 주춤주춤 일어섰다.

"서방님! 우리의 멋진 이별을 위해 제가 춤사위를 준비했습니다. 조금만 기다려 주셔요."

잠시 나갔던 향이가 화려한 왕비 옷차림을 하고 들어왔다. 문 앞에 두 손을 모으고 다소곳이 선 모습이 선녀처럼 아름다웠다. 붉은색 치마에 오방색 저고리를 입고 큰머리에 꽂은 떨잠이 눈에 부셨다. 옷차림만 멋진 게 아니었다. 진쇠 낙궁 터벌림 올림채 도살풀이로 이어지는 춤 장단에 맞춰 겹걸음 잔걸음, 따라 붙이는 걸음, 무릎 들어 걷기, 뒷꿈치 꺾기, 앞꿈치 꺾고 뒤꿈치 디딤, 뒤꿈치 찍어 들기, 발옆으로 밀어주기 같은 발디딤새를 보여주는 모습이 한 마리의 봉황 같았다. 나는 넋을 놓고 향이의 춤사위를 지긋이 바라보았다. 문득 시 한 편이 떠올라 나직이 읊었다.

천천히 나아가는 걸음 걸음에 짙은 아쉬움 싣고
살포시 짓는 미소엔 달콤한 사랑이 담뿍 담겼다

끊을 땐 끊고 이을 땐 부드럽게 잇는
어깨 춤은 보고 싶어도 보지 못한 아픔이고

종종걸음으로 바삐 나아갔다 되돌아오는
하얀 버선발은 어서 만나고 싶은 설렘이었나

돌고 돌고 휘도는 한바탕 바람은
구름이 비 되어 내리는 기쁨이 되고

두 손 끝에 말아 던진 하얀 천은
얽히고설킨 살을 푸는 것 같아 내 가슴이 저몄다
― 백석, 〈향이의 태평무〉 전문, 미발표 유고.

태평무를 추는 향이는 한 마리의 두루미였다. 태평무처럼 우리의 태평세대는 언제나 올까…

'또르륵 똑, 똑!'

태평무를 추는 향이의 얼굴을 보면서, 내 눈에서 문득 눈물이 몇 방울 흘러내렸다. 아픈 시대를 살면서 깊어간 그리움을 춤사위로 절절히 풀어내고 있었다. 그런 그리움을 받아줄 수 없는 내가 한없이 미웠다.

'정이란 이렇게 깊은 것을.'

나도 모르게 흐른 눈물을 닦으며 술잔을 기울였다. 향이에게 눈물을 들키지 않으려는 몸짓이었다. 하지만 향이는 내 눈물을 모두 내려보았다. 우물처럼 그윽했던 향이의 눈에도 어느덧 이슬이 맺혔다.

'서방니이임.'

향이는 춤사위를 더 잇지 못하고 내 품으로 쓰러졌다. 나는 향이를 꼬옥 안았다. 그날 밤 나는 태평무를 추는 향이가 되었다. 향이는 그동안의 그리움과 헤어짐의 아픔을 내 가슴에 심었다. 정월 그믐달이 살짝 떴다가 질 때까지 시간은 멈췄다. 나는 향이었고, 향이는 바로 나였다.

6

연
이

'위爲 연이 청람請覽 병자년 2월 백석 증'

시집 『사슴』은 내가 연이에게 보내는 공개 구혼장이었다. 조선일보 기자라는 선망의 대상이 되는 직장이 있고, 문단에서 인정받는 시집까지 출간했으니 이제 당당하게 청혼하겠다는 뜻을 연이에게 공개적으로 알린 것이었다.

나는 연이에게 선물할 『사슴』 앞부분에 정성 들여 서명했다. 겨울방학이라 통영에 내려간 연이를 만나러 경부선 기차를 탔다. 밀양의 삼랑진역에서 마산선으로 갈아탔다. 낙동강 유림정 진영 덕산 창원 구창원을 거쳐 마산역에 닿기까지, 하루가 꼬박 걸리는 길고 긴 여정이었다.

새벽달을 보며 서울을 떠나도 마산에 도착하면 저녁노을이 붉게 물들었다. 마산항에서 통영으로 가는 배를 탔다. 이제 몇 시간 뒤면

꿈에 그리던 연이를 만날 수 있다는 생각에 새벽부터 쌓인 여독을 전혀 느끼지 못했다. 설렘은 지루함을 저 멀리 날려버리는 힘이 있었다. 하지만 운명의 여신은 심술쟁이였다.

'만나러 감. 조선일보 백석'

나는 통영으로 출발하기 전, 연이에게 전보를 쳤다. 작년 7월, 낙원동 계림여관에서 만난 적이 있으니 이렇게 간단하게 써도 알 것으로 여겼다. 문장은 열 글자로 이루어진 단문이지만 그것이 담은 뜻은 많았다. '그동안 정주 촌놈이라 내세울 게 없어서 공개적으로 만나자고 하기에 부족함이 있었다. 하지만 이제 시단詩壇에서 인정받는 시집까지 출간했으니 자격이 충분하다. 이제 통영에 가서 사랑을 고백할 테니 받아달라. 그대와 결혼하겠다'는 마음이었다.

하지만 말하는 사람의 뜻과 듣는 사람의 의미는 달랐다. 전보를 받은 여재영은 조금 당황했다. 여재영은 내가 연이라고 부르는 영원한 첫사랑의 본명이다. 전보를 본 여재영은 외가 쪽 친척이자 친구인 한재숙과 상의했다. 한재숙은 지난해 7월, 계림여관에서 열린 이진과 배정순의 결혼축하연에 함께 참석했었다.

"재숙아! 니 백석이란 사람 아나?"

"백석? 백석이 누고? 잘 모르겠다…"

"오늘 내한테 전보가 왔는데, 백석이란 사람이 내를 만나러 통영에 오겠다고 써 있다."

한재숙은 여재영이 내미는 전보를 보며 고개를 갸우뚱하며 말했다.

"조선일보 기자라면, 공부 잘하는 모범 여학생들 취재하러 오는 걸까?"

"아일 끼다. 취재하려몬, 서울에서 하지, 왜 이 먼 통영까지 오것
노?"

"그도 그렇네."

한재숙이 머리를 끄덕끄덕하며 수긍하는 듯하다가 무엇인가 생
각나는 듯 놀란 모습을 하며 큰 소리로 말했다.

"아! 그 사람 아이가?"

"그 사람? 누고?"

"재영아, 니 생각 안 나나? 작년 7월에 계림여관에서 정순이 언
니 결혼축하연에서 만난 사람 말이다."

"글세, 그때 누가 있었나? 난 까맣게 잊아뿌렸는데."

"이 가스나, 정신 좀 보래이~ 신우 오빠가 분위기를 띄우느라
땀을 뻘뻘 흘리는데, 말없이 듬직하게 앉아 있던 남자, 생각 안 나
나? 훤한 이마에 머리를 올백으로 넘기고 두 줄 단추 양복에 맵시
있는 넥타이를 매서, 모던보이처럼 보이는 멋진 남자 말이다."

"모던 보이처럼 멋진 남자라꼬?"

"그래, 내가 보니, 니가 마음에 드는지 그 남자의 얼굴이 발갛게
상기되어 있더라."

"니, 무슨 말을 하고 있노?"

"내는 그 멋진 모던 보이가 맘에 들어 자꾸 쳐다보는데도, 내 마
음을 한눈에 빼앗은 그 모던보이는 내는 안중에 없고, 계속 니만 쳐
다보드라."

"니, 정말 무슨 헛소리를 하는 기고? 나는 도무지 알아듣지 몬

하긋다."

"이, 내숭! 니도 그 남자가 맘에 드는지 가끔씩 그 멋진 모던 보이와 눈길을 나누는 걸, 내 이 두 눈으로 똑똑히 봤다 아이가!"

한재숙의 눈은 정확했다. 여재영도 사실 그날을 잊지 못하고 있었다. 멋진 내 모습이 마음에 들어 몇 차례 나와 눈을 마주쳤다. 축하연이 끝나고 나서 하숙집으로 돌아가는 빗길에 슈룸을 함께 쓰고 달콤한 얘기도 나눈 터였다. 그렇다고 여우 같은 한재숙에게 있는 그대로 말할 수는 없었다. 이럴 땐 적당히 내숭 떠는 게 가장 좋은 대응이었다.

"이 가스나야, 큰일 날 소리 하지 마라!"

여재영은 손을 뻗어 한재숙의 입을 가리려 했다. 목소리가 높아진 한재숙의 말을 어머니가 들을까 걱정이 돼서였다. 안방을 바라보니 평소처럼 조용했다. 다행히 안방에 계신 어머니는 아무런 말도 듣지 못한 듯했다.

"그란디, 와 그 멋진 모던 보이가 내를 보러 온다 말이고?"

"니, 정말 모르나?"

"내가 그 사람도 아닌데, 우째 알겠노?"

"야, 여재영! 니, 내숭 좀 그만 떨그라! 그 잘생긴 백석이 니를 좋아해서, 니를 보려고 오겠다는 거 아이가?"

"아이다. 내와 그 사람은 그런 관계가 아이다."

"아이긴 뭐가 아이고? 내가 다아 안다."

한재숙은 마치 그리운 사람을 떠올리려는 듯, 눈을 지그시 감으며 말했다. 여재영은 마음이 급했다. 어머니 앞에 백석이 갑자기 나타나면 될 일도 흐트러질 것이기 때문이었다. '금이야 옥이야' 키운 외동딸이 공부해서 훌륭한 사람이 되라고 경성으로 유학을 보냈더니, 공부는 하지 않고 연애질이나 하고 다녔다는 오해를 받기가 십상이었다.

'그래! 정직이 최선의 정책이라고 했어. 어머니께 사실대로 말씀드리는 게 현명하겠지…'

여재영은 전보를 감춘 채 어머니에게 쭈뼛쭈뼛 다가가서 은근하게 말을 걸었다.

"어무이~, 하알 마알이 있다."

"뭐꼬?"

"내가 오늘 경성 가는 날인데, 하루 더 있다 내일 가면 안되까?"

"와? 무슨 일 있나?"

"경성에서 백석이란 사람이 오늘 내를 보러 통영에 온다꼬 전보를 보내서."

"백석이 누고?"

"조선일보 기자이며 시인이다."

"조선일보 기자이며 시인이라꼬? 근디, 그 사람이 와, 니를 보러 온다는 기고?"

"내도 잘 모르것다."

"뭐라꼬? 모른다꼬?"

"모른다. 작년 여름에 정순이 언니 결혼축하연에서 한 번 본 사람인데, 그 뒤로 다시 만난 적이 없어서."

"그라모, 그놈은 도둑놈인갑다. 니를 도둑질해 갈라 오는가보다."

"아이, 어머니도. 어느 도둑놈이 훔쳐 가겠다고 광고하고 오겠능교?"

"그도 그렇긴 하다만, 그래 니는 어떻게 할 생각이고?"

"그래서, 내 보겠다고 불원천리하고 오는 사람을 모른 척하고 가기도 그렇고."

"만나보겠다는 거가?"

"그렇다. 오늘 오면 만나고 내일 가면 어떨까 하는 생각이다."

"안된다. 니는 그냥 오늘 올라 가그라. 뒷일은 내가 알아서 처리하도록 하마."

여재영은 어머니 말을 따라 어쩔 수 없이 경성으로 떠나야 했다. 하지만 '나를 보러 불원천리하고 통영까지 찾아오는 사람'을 헛걸음하게 할 수도 없는 일이었다. 여재영은 통영에 사는 외사촌 오빠, 한명구에게 은밀히 부탁했다.

"오빠, 부탁이 있다."

"뭐꼬? 뭐든지 다 말하거래이. 내는, 이쁜 니 부탁이라면 무엇이든 다 들어줄끼다."

"내가 떠난 뒤에 백석이라는 사람이 올끼다. 내 없어도, 잘 대접해 주라."

"알았다. 걱정하지 말고 올라가래이."

"글구, 우리 엄마에게는 절대 비밀이다, 알았나?"

"알았다, 이 문디야."

"오빠야 고맙다. 내는 언제나 내 편 들어주는 오빠가 있어서 든든하다."

나와 연이의 길은 그렇게 어긋났다. 그런데 나는 마산 기차역에서 연이를 만날 수도 있었다. 내가 마산항에 도착했을 때, 연이는 통영에서 배를 타고 마산항에 와서 기차역을 향하고 있었다. 경성행 밤 기차를 타기 위해 여관에서 잠시 쉬기 위해서였다. 나는 그때 통영행 배를 타기 위해 길을 재촉했다. 그때 배신우가 낙담한 듯 말했다.

"연이가 경성 간다고, 오늘 오전에 통영을 떠났단다."

"그래? 그럼 우리도 발길을 돌려 오늘 밤 경성행 기차를 타자. 그러면 기차에서 만날 수 있다."

나는 마음이 급해 되돌아 걸으며 말했다. 배신우가 당황해서 뒤따라 오며 소리쳤다.

"아이다. 어차피 여기까지 왔으니 통영 구경하고 돌아가자. 통영과 고성을 거쳐, 진주로 한 바퀴 돌아보는 것도 의미 있을 거다. 그런 다음에 경성에서 연이를 만나도 되지 않겠나?"

나는 배신우와 옥신각신했다. 하지만 결국 배신우 말대로 배를 타고 통영으로 갔다. '경성에 가면 연이를 만날 수 있을 것'이라고 여겼다. 그러나 그 순간 운명의 여신은 다른 길을 마련하고 있었다. 중요한 선택의 순간에 잘못된 선택은 평생 멍에로 따라다닌다. 아, 귀가 얇은 사람들의 슬픔이여! 그대 이름은 백석이니라…

1935년 7월 8일, 더위가 본격적으로 시작되는 소서小暑 초저녁이었다. 는개가 소리 없이 살랑거리고 있었다. 안개보다는 비에 가깝고 이슬비보다는 안개에 가까워, 내린다기보다는 실바람이 부는 대로 이리저리 나부끼는 실비였다. 탑골공원이 는개를 담뿍 받고 촉촉이 젖으며 밤을 맞이하고 있었다.

나는 는개로 무거워진 발길을 천천히 옮겼다. 평소보다 조금 일찍 퇴근해서 낙원동에 있는 계림여관으로 가는 길이었다. 계림여관은 이진의 외할머니가 운영하고 있었다. 이날은 이진의 결혼을 축하하는 모임이 있었다. 신부는 배신우의 여동생으로 경성에서 소학교 선생이었다. 이진은 두 달 전에 결혼한 뒤 '광화문 3총사'만을 위한 축하연을 마련했다. 이진의 형, 이선이 축하연을 마련하겠다며 가까운 동무들을 초대하라고 했다. 이선은 산부인과 의학박사로 이름을 날렸다. 이진은 형에게 '벗들과 하는 축하연에 형이 참석하는 것은 불편할 수 있다'며 양해를 구했다. 이선은 경제적으로만 돕기로 하고 직접 참석은 하지 않기로 했다.

"여보게 석이, 이진의 축하연 잊지 않았지?"

"그럼, 광화문3총사인 이진의 결혼축하연을 잊을 리가 없지. 가서 마음 깊이 축하해줘야지."

"석이, 축하연에 갈 때 특별히 신경 좀 쓰게."

"왜? 무슨 좋은 일이라도 있나?"

"내가 자네를 위해 아름다운 통영 여학생들을 소개해줄 예정이거든."

"사람, 싱겁긴. 이진의 결혼을 축하하는 자리에서 무슨 소개를 한다고 그러나?"

"그건 그날 가보면 알 걸세."

배신우는 축하연 날이 다가오자 몇 번이나 "특별히 신경 쓰라"고 당부했다.

'이 동무가 무슨 일을 꾸미려고 자꾸 말뚝을 박았던 거지.'

계림여관이 가까워지자, 배신우가 며칠 전부터 웃으며 건넨 말이 문득 떠올랐다. 이진은 결혼한 지 두 달 정도 되는 신혼부부였다. 배신우도 약혼 상태였다. 약혼 상대는 당시 동아일보 편집국장의 딸이었다. 진명고녀를 졸업한 재원으로 예쁜 처녀였다. 신식 상급학교를 나왔지만 오만하지 않고 겸손했다. 그녀의 집은 부유해서, 집안 형편이 어려운 배신우에게는 매우 선망하는 혼처였다. 배신우는 나중에 그녀와 파혼하고 나를 배신했지만, 당시는 '광화문 3총사' 가운데 나만 짝이 없는 셈이었다.

배신우는 이진의 결혼축하연을 기회로 통영 여학생을 나에게 소개하겠다고 했다. 나는 '별일 아닐 것'이라고 생각하면서도, 나의 이상형은 어떠한지를 생각해봤다. 눈이 크고 눈동자는 까만 사람, 코는 오뚝해서 자존심이 있으면서도 입은 살며시 다물어 부드러운 사람, 찔레꽃처럼 수수한 모습에 은은한 향기를 풍기는 사람, 한마디로 어머니 같은 여인….

'별 쓸데없는 상상을 다 하는군.'

나는 내 생각을 다른 사람에게 들킨 것처럼 쑥스러운 미소를 짓고, 고개를 흔들며 문을 열고 계림여관으로 들어섰다.

"좀 늦었습니다."

축하연 자리로 안내받아 가니 이진과 신부 배정순, 배정순의 오빠 배신우, 배신우가 데려온 여학생 세 명이 이미 와 있었다. 여학생들은 통영에서 경성으로 유학遊學온 한재숙과 여재영과 박애랑이었다. 세 명은 배신우의 누나 배영순이 통영에서 교편을 잡고 있을 때 가르쳤던 제자들이었다. 한재숙은 숙명고녀에, 여재영은 이화고녀에, 박애랑은 진명고녀 3학년에 재학 중이었다. 모두 여학생답게 단정한 교복을 입고 있었다. 통영의 부유한 집에서 유학 와서 그런지 얼굴에도 상냥한 미소를 띠어 마음의 여유를 나타냈다.

"어서 오게, 석이. 기다리고 있었네."

결혼축하연의 주인인 이진이 환한 얼굴로 맞이했다. 밝은 말소리에 고소한 향기가 풍겼다. 신혼 재미가 너무 좋아 죽겠다는 듯 입가의 미소가 그칠 줄을 몰랐다.

"백 기자, 생각보다 일찍 왔네. 오늘은 기사 바람이 낙원동으로 불었나 보군."

배신우도 웃으며 인사를 건넸다. 목소리는 평소 같았는데, 얼굴에 환한 꽃이 피었다. 몸짓도 약간 과장된 듯했다. 여학생 셋 앞이라서 조금은 상기된 것처럼 느껴졌다.

"인사들 하게나. 이쪽은 통영에서 유학 온 여학생들이고, 이쪽은 조선일보 백석 기자일세."

"백석입니다. 초면인데 이렇게 늦어서 송구합니다. 잘 부탁드립니다."

나는 고개를 숙여 정중하게 인사했다.

"안녕하세요."

"어서 오세요."

"반갑습니다."

내가 고개를 숙이자 여학생 셋이서 이구동성으로 이어서 인사를 받았다. 약간은 긴장한 듯하면서도 스무 살의 젊음이 느껴지는 탱탱한 목소리들이었다. 나는 그들의 들뜬 목소리를 들으며 고개를 들었다.

'앗.'

고개를 드는 순간, 나는 한 여학생과 눈이 마주쳤다. 그 여학생은 두 손을 무릎에 가지런히 놓고 두 눈을 내리뜨고 얌전히 앉아 있었다. 가끔 고개를 들 때 언뜻 보니, 두 눈이 왕방울처럼 컸다. 큰 눈 한가운데 동그랗게 뜬 검은 눈동자는 크고 맑았다. 눈동자는 호기심 많은 여학생답게 초롱초롱 빛났다. 이 세상의 그 어떤 어둠도 불살라 밝게 만들겠다는 의지를 담고 있는 듯했다.

'사람의 눈이 어떻게 저리도 예쁠 수 있을까.'

나는 나도 모르게 눈을 크게 떴다. 그 여학생은 눈만 예쁜 게 아니었다. 머리는 옻칠한 것처럼 검었고, 검은 머리는 쪽을 지어 단정하게 묶었다. 머리를 반으로 나눈 가르마가 훤한 이마 가운데로 지나 코와 입을 일직선으로 이어졌다. 오뚝 솟은 코와 살며시 다문 입술이 그 여학생의 다정다감한 성격을 드러내는 듯했다.

'딱, 내가 좋아하는 이상형이네.'

나는 저절로 얼굴이 발갛게 달아올랐다. 입속이 바짝바짝 말랐다. 혀는 점점 굳었다. 무슨 말인가 하려고 했지만, 소리가 전혀 나오지 않았다. 내가 당황하는 모습이 그 여학생의 눈에도 역력하게 보인 듯했다. 그녀가 살포시 미소지었다. 마치 '허둥대지 마세요.

숨을 깊이 마셨다가 내쉬면 편안해지실 거예요'라고 말하는 듯이.

나도 소리 없이 대답했다.

'그대의 눈이 참으로 아름답소.'

발개진 얼굴에 어색한 미소가 돌았다. 눈치 빠른 이진과 배신우의 눈을 피하기 어려운 모습이었다.

"석이, 왜 그래? 어디 불편한가?…"

할머니를 도와 축하연 음식을 나르던 이진이 물었다.

"아, 아니네."

속마음을 들킨 나는 말을 더듬거렸다.

"아니긴 뭐가 아닌가? 백 기자, 아름다운 통영 여학생들을 보니 넋이 나간 것 같은데."

배신우가 짓궂은 농담을 건넸다. 나를 더욱 궁지에 몰아넣는 것을 은근하게 즐기는 듯했다. 나는 못마땅한 표정으로 배신우로 쏘아보았다. 쓸데없는 농담이 이어지지 않도록 하는 경고였다.

"자, 이제부터 깨가 쏟아지는 신혼 얘기를 들어보도록 하는 게 어때?"

배신우가 나의 매서운 눈초리를 의식한 듯, 분위기를 바꾸려고 화제를 돌렸다.

"그래요, 두 분이 밤마다 깨를 쏟아내는 바람에 낙원동 깨 값이 많이 떨어졌다던데요."

통영 여학생 가운데 가장 어른스러운 박애랑이 말을 받았다.

"깨는 무슨, 결혼식이 끝난 뒤 나는 신문사 일로, 이 사람은 학교 일로 바빠서 밤에 얼굴도 제대로 보지 못하는데."

이진이 변명하면서도 얼굴이 빨개졌다. 말도 안 되는 핑계라는 걸 스스로 알고 있음을 드러낸 모습이었다. 새색시 배정순은 고개를 숙인 채 아무 말도 하지 않았지만, 양 볼은 이진과 마찬가지로 발갛게 상기됐다.

"이거 부러워서 나도 서둘러 결혼해야겠는 걸."

"와 하하하."

배신우가 짓궂은 농담에 모두 웃음을 터트렸다. 나는 웃으면서 여재영의 얼굴을 봤고, 그녀도 나의 눈을 정면으로 받았다.

"나의 사랑하는 벗, 이진! 결혼을 한 번 더 축하하네. 이제 밤도 깊었으니 마무리하는 게 어떻겠나?"

내가 시계를 보며 말했다. 이진과 배정순 신혼부부의 신혼 얘기로 웃음꽃을 피우다 보니 8시가 가까워지고 있었다.

"어머, 시간이 쏜살처럼 흘렀네요, 저희들 하숙집 통금시간도 벌써 가까워졌어요."

여학생들도 깜짝 놀라 시계를 보면서 일어설 자세를 취했다.

"아니, 뭐 그리 급한가? 축하하는 마음이 너무 적어서 그런 거 아냐?"

배신우만이 아쉬운 듯 조금 더 있자며 손을 내저었다.

"오늘 바쁜데 저희 결혼축하연에 참석해 주셔서 대단히 감사합니다."

이진이 새색시를 바라보며 끝내자는 뜻으로 인사했다.

"신우 오빠! 저희들 좀 바래다 주세요, 네?"

배신우와 추임새를 맞추던 박애랑이 자연스럽게 배신우의 팔짱을 끼며 말했다.

"그래요, 신우 오빠! 가는 길이 우리랑 비슷하잖아요?"

한재숙도 남은 팔을 끼며 거들었다. 하지만 눈길은 뜨겁게 나를 향해 있었다.

"그럼, 이 오빠가 오늘 기사도를 발휘해 볼까."

배신우가 장단을 맞추듯 대답했다. 그들은 통영에서 어렸을 때부터 함께 지내 허물이 없는 사이였다.

"그렇다면, 백석이 재영의 기사가 돼야겠네."

배신우가 또 짓궂게 말했다.

"어머! 아주 낭만적인 장면이 연출되겠는데요."

박애랑이 깔깔깔 웃으며 분위기를 잡았다.

"우와, 재영이는 좋겠다, 내가 백 기자님과 빗속을 걷고 싶은데."

한재숙은 부러움과 아쉬움이 엇갈린 표정으로 말했다.

작별 인사를 나누고 밖으로 나오니 는개가 비로 바뀌어 있었다. 나는 슈룹을 쓰고 여재영과 나란히 걸었다. 운현궁이 비를 맞으며 조용히 밤을 맞이하고 있었다.

슈룹을 쓰고 걷는 여재영의 옆모습은 한 떨기 찔레꽃이었다. 봄에서 여름으로 넘어갈 때 들과 산에서 그리움을 하소연하듯 하얗게 피어나는 찔레꽃! 고독하고 신중한 사랑을 하며 온화하게 가족에 대한 그리움 보여주는 듯했다. 장미의 화려함보다는 작약의 수줍음에 가까웠다. 고향 통영의 아기자기한 아름다움을 그대로 드러내는 듯한 모습이었다.

문득 여재영의 손이 내 손에 스쳤다. 나는 그 손을 잡으려고 하다가 손바닥을 얼른 바지 깃에 닦았다. 긴장했는지 손바닥에 땀이 느껴져서였다. 내가 손을 움츠려 땀을 닦자 여재영은 민망한 듯 팔짱을 끼고 고개를 돌렸다.

　바로 그때였다. 빗길에 미끌어져 비틀거리던 자전거가 우리를 향해 쓰러지려고 했다. 나는 순간적으로 여재영을 안고 인도 안쪽으로 물러났다. 자전거가 우리 바로 앞에서 쓰러졌다. 도로에 고였던 물이 내 등을 덮쳤다.

　자전거를 피하느라고 얼떨결에 껴안게 된 여재영에게서 빗물에 젖은 살 냄새가 살며시 묻어났다. 한창 피어나는 스무 살 여인의 풋풋한 향기였다. 음양의 이치를 아직 몸으로 경험하지는 못했어도, 음양의 원리를 자연스럽게 찾아갈 깊은 내음이었다. 나는 여재영의 살 냄새에 빠져들었다. 정신을 차린 여재영이 나를 밀어내며 말했다.

　"어머, 괜찮으세요?"

　"나는 괜찮아요, 근데 재영 씨 놀라지 않으셨어요?"

　"네. 덕분에 저는 아무런 피해가 없는데, 저 때문에 옷이 흠뻑 젖었네요."

　"재영 씨만 괜찮으면 저는 아무래도 괜찮습니다."

　자전거는 큐피트의 화살이었다. 얼떨결에 한 몸이 된 우리의 거리는 갑자기 가까워졌다. 먼저 화제를 꺼내기가 어려운 나의 고질병도 자연스럽게 치료돼, 말이 술술 나왔다. 나는 걸음을 멈추고 여재영을 똑바로 바라보며 말했다.

"재영 씨는 참으로 예쁜 눈을 가졌습니다. 제가 이상형으로 생각 하던 바로 그 눈입니다."

여재영은 계림여관에서 나와 눈으로 나눈 대화를 떠올린 듯, 미소를 지으며 답했다.

"아닙니다. 백 기자님이야말로 경성에서, 아니 대한에서 제일 멋 진 모던 보이십니다."

"과찬입니다. 아직도 고향 정주의 때를 벗지 못한 시골뜨기일 뿐 입니다."

"그렇지 않아요. 백 기자님은 신춘문예에 당선된 소설가시고, 일 본의 명문 중의 명문인 청산학원에서 유학도 하셨으니, 멋쟁이라 는 자부심을 갖고 대한의 품격을 높여주실 것입니다."

"재영 씨의 기대에 어긋나지 않게 지금보다 더 열심히 노력하겠 습니다."

"제가 내년에 졸업반이어서 앞으로 무엇을 할까 고민인데요, 백 기자님께서 좋은 길로 이끌어 주시기를 정중히 부탁드리겠습니 다."

"영광입니다. 저의 이상형인 재영 씨의 앞날에 좋은 일만 있도록 제가 아는 모든 것을 알려드리겠습니다."

"오늘은 시간이 늦었으니 다음에 만나서 조언을 듣도록 하겠습 니다. 오늘 계림여관에서 즐거웠고, 집 앞까지 바래다주셔서 대단 히 감사드립니다."

"네, 저도 즐거웠습니다. 연락 오기를 학수고대하겠습니다."

"백석! 요즘 무슨 고민 있나?"

"그래 백석, 자네 요즘 사는 게 사는 것 같지 않은 사람 같아."

여재영과 헤어지고 한 달쯤 지난 뒤 이진과 배신우가 나를 회사 근처 술집으로 나오라고 했다. 술을 한 잔씩 따른 뒤 둘이 걱정스럽게 물었다.

"아니야, 아무 문제 없어."

힘없이 겨우 내뱉은 대답은 '나 정말 큰 문제가 있어'라고 말하고 있었다.

"무슨 일인가? 말을 해 보게."

"흐휴."

나는 대답 대신 한숨을 크게 쉬며 술잔을 기울였다.

"말을 해야 우리가 돕든지 말든지 할 것 아니겠나?"

"사실은…"

나는 짝사랑 증후군을 심하게 앓고 있었다. 날마다 여재영에게서 만나자는 소식이 오기를 기다렸지만 오지 않았다. 날이 갈수록 나의 그리움은 깊어갔다. 소월의 시집 『진달래꽃』을 펼치면 책 한 가운데에 여재영의 얼굴이 불쑥 튀어나왔다. 깜짝 놀라 눈을 비비면 바람과 함께 사라졌다. 눈을 감으면 떠오르고 눈을 뜨면 헛것이 보였다. 기사를 쓰려고 원고지를 펴면 네모 칸 칸마다 여재영의 얼굴이 가득 차 있었다. 기사를 한 줄도 쓰지 못하고 몇 시간이나 끙끙 앓았다.

길을 걷다 보면 나도 몰래 발길이 북촌을 거닐고 있었다. 정신 차리고 앞을 보면 저만치서 여재영이 걸어가고 있었다. 두근대는 가슴을 두 손으로 진정시키며, 반가워 뛰어가 보면 모르는 여성이 눈을 부릅떴다. 자기를 희롱하는 것으로 여겨, 내 뺨을 때릴 기세였다. 입맛이 뚝 떨어져 밥을 제대로 먹은 지가 언제인지 아득했다. 한여름 밤을 요란스럽게 울어대는 매미 소리 속에서 여재영이 나를 부르는 환청까지 들렸다.

"사실은, 뭐야?"

내가 어렵게 운을 떼고도 말을 잇지 못하자 성격 급한 배신우가 참지 못하고 물었다.

"사실은, 내가 사랑에 빠졌나봐."

"사랑? 누구랑?"

"지난 번 진이 결혼축하연 때 만난 여학생과."

"여학생이 세 명이었는데, 그중에 누구야?"

"북촌 외삼촌 댁에서 하숙하며 이화고녀에 다니는 여학생."

"야, 백석! 너 제법이다. 셋 중에 가장 멋있는 여학생에 빠졌구나."

"놀리지 마라! 나 매우 심각하다."

"심각할 게 뭐 있냐? 우리 여재영을 만나러 통영에 가자."

"통영에 가자고?"

"그으래, 통영! 지금 여름방학이라 여재영이 통영 집에 있거든."

"좋았어! 통영으로 연이를 만나러 가자."

나는 혀 꼬부라진 소리로 연이를 잇따라 외쳤다.

"연이? 연이라고?"

"여재영 만나러 가자더니 갑자기 연이가 왜 나와?"

"그래, 연이! 나는 이제부터 예쁜 여자를 연이라고 부를 거다. 그러니까 여재영은 앞으로 연이가 되는 거야."

나는 술 취한 목소리로 하소연하듯 말했다.

"연이?"

"연이!"

"좋은데."

이진과 배신우는 의아한 듯이 연이를 발음해보다 함께 손바닥을 마주쳤다.

"그래! 이제 통영으로 연이 만나러 가자."

"언제?"

"지금 당장!"

"지금? 지금은 한밤중이라 통영에 가는 교통편이 없는데.

"교통편이 없다고? 뛰어 가면 되…"

나는 그 말을 다 끝내지 못했다. 술을 너무 마신 탓에 그 자리에서 고꾸라졌다. 다음날 새벽, 일어나자마자 서둘러 통영으로 향했다.

하지만 사랑의 신은 심술쟁이였다. 만날 듯 만날 듯하면서도 끝내 만날 수 없게 훼방을 놓았다. 내가 배신우의 묘책을 받아들여 통영에 갔을 때 연이는 통영을 떠난 뒤였다. 아쉬움을 달래면서 충렬사를 돌아보았다. 그때 이순신을 만났고, 시를 쓰기로 다짐하면서 이사벨도 떠올렸다. 헛헛함을 달래기 위해 갔던 진주에서는 김시민 장군과 무너진 진주성을 보았다. 그 애련한 모습을 보며 나의 처녀작 〈정주성〉을 썼다.

서울로 돌아온 뒤에도 시에 매달렸다. 그리움에 사무쳐 술을 마시지 않고서는 잠들기도 힘들었던 수많은 시간을 시 쓰기로 이겨내려고 했다. 술에 취하면 그리움의 고통을 잠시 잊을 수 있을 뿐, 술이 깨면 그리움이 더욱 사무쳤다. 아픔을 달래려고 술을 마셨고, 그건 불에 기름을 붓는 악순환이었다. 시 쓰기로 짝사랑의 고통과 정면으로 부딪치기로 했다.

사랑은 고통의 샘물이었지만, 고통은 양면적이었다. 사람이 이중인격이듯, 고통은 파괴의 폭력으로 이어지기도 했으나 잘 다스리니 창작의 원동력으로 작동했다. 나는 폭력에 휘둘릴 수 없었다. 그건 자존심이기도 했고, 고향에 계신 부모님께 도리를 다하는 일이었으며, 이사벨 및 이순신 장군과 한 약속이기도 했다.

연이에 대한 짝사랑은 엄청난 시 창작의 힘이 되었다. 나는 연이가 사무치게 그리울 때마다 걸었다. 걸으면 숨 막힐 듯 답답했던 가슴이 조금씩 뚫렸다. 적당한 단어가 생각나지 않아 체증을 빚었던 글쓰기도 돌파구를 찾았다. 연이에 대한 그리움이 시의 깊은 세계로 나를 이끌었다.

"구구구구…"

"쨱쨱 째재잭 쨱쨱…"

문득 비둘기와 참새 소리가 들렸다. 저녁이 되자 낮 동안 벗들과 놀며 먹이를 쪼던 비둘기와 참새들이 서둘러 둥지로 날아가고 있었다. 새는 야맹夜盲이어서 어둡기 전에 안전한 둥지로 돌아가야 했다. 문득 고향이 떠올랐다. 이슥해지는 저녁에 둥지로 돌아가려고 서두르는 참새들의 울음소리가 나도 모르게 고향을 한 움큼 보여주었다.

'고향 정주에서 밤에 횃불을 들고 초가집 처마 끝에 손을 집어넣어 참새를 잡았는데.'

'고향 집에도 이슬비가 내릴까? 엄마 아버지는 건강하게 잘 지내시겠지.'

일본 유학을 위해 고향을 떠난 것이 1930년 3월이었다. 유학을 마치고 귀국한 뒤 고향에 가자마자 서울로 돌아왔다. 나를 유학 보내준 분의 뜻에 따라 조선일보에 입사해서 일하기 위해서였다. 그 뒤에는 느긋하게 고향을 다녀온 적이 없었다.

'엄마는 얼마나 마음 졸이고 계실까?'

엄마를 생각하니 왈칵 눈물이 솟구치려 했다. 늘 부족한 살림이지만 당신보다는 나를 먼저 챙기시는 엄마였다. 유학을 떠날 때도, 잠시 귀향했다가 경성으로 떠날 때도, 애써 눈물을 감추던 엄마였다. 나는 눈을 껌뻑거리며 하늘을 올려보았다. 는개를 뿌리는 하늘은 가물거렸다. 저 하늘을 훨훨 날아가면 금세라도 정주에 닿을 것만 같았다.

'아버지도 만날 때마다 장가들라고 성화신데.'

가장이란 체면 때문에 잔잔한 정을 드러내지 않아도 남모르게 깊은 속을 조금씩 내보이는 아버지였다.

7

이
상

"백 기자, 이상을 만난 적 있소?"

1936년 2월 초, 김기림 평론가가 조선일보로 나를 찾아왔다. 정지용 시인과 함께였다. 『사슴』을 출간하고 출판기념회까지 끝내고 나서 얼마 되지 않아서였다. 김기림은 『사슴』을 "한국 시단에 던진 커다란 폭탄"이라고 극찬해 주었다. 시인이자 평론가인 김기림은 9인회 회원으로 활동하고 있었다.

9인회는 이종명과 김유영이 발기해서 1933년 8월에 만들어진 동인회였다. 이태준 이효석 조용만 정지용 김기림 이무영 유치진 등 9명이 창립회원이었다. 나중에 이종명 김유영 이효석이 탈퇴하고 박태원 이상 박팔양이 가입했다. 또 조용만 유치진이 나가고 김유정 김환태가 들어갔다. 회원의 들고남이 있었지만 늘 9명은 유지해 9인회란 이름을 지켰다.

"아직 뵌 적이 없습니다만…"

이상은 1931년 『조선』에 첫 장편소설 〈12월12일〉을 연재했다. 또 시 〈오감도烏瞰圖〉를 1934년 7월24일부터 8월8일까지 조선중앙일보에 연재하며 거센 논란을 일으켰다. 나는 조선일보 기자를 하면서 이상의 논란에 대해 잘 알고 있었다. 하지만 직접 만난 적은 없었다. 이상이 추구하는 시와 나의 시 성향이 달랐기 때문이었다.

"그럼, 이번에 이상을 만나보는 게 어떻겠소? 우리 '9인회'가 중심이 되어 『시와소설』이란 문학지를 다음 달에 창간하려고 하는데, 이상이 편집을 맡고 있소. 인사하고 백 시인도 『시와소설』 창간호에 시를 게재하면 좋을 것 같은데."

"저는 구인회 회원도 아니고, 아직 신인인데…, 제가 자격이 되겠습니까?"

"누가 백 시인을 신인이라고 하겠소?"

옆에 잠자코 있던 정지용이 거들고 나섰다.

"지난 달에 출간한 시집 『사슴』으로 백 시인은 이미 중진 이상의 반열에 들어있소."

나보다 열 살이나 많고, 1930년에 『시문학』을 창간하는 등 시단에서도 이름을 날리고 있는 정지용 선배까지 나서자 더 사양할 수 없었다.

"과찬이십니다. 아직 배울 게 많은 후배를 이렇게 높이 평가해주셔서 대단히 감사합니다. 이상 선배와 인사하고, 『시와 소설』에도 작품을 열심히 써서 내도록 하겠습니다."

"잘 생각했네. 내가 그렇게 믿고 이렇게 찾아왔다네."

"우리 이럴 게 아니라, 쇠뿔도 단김에 빼러 가세!"

"그게 좋겠습니다. 백 시인, 시간 되나?"

정지용의 말에 김기림이 맞장구를 쳤다. 이렇게 됐는데 꽁무니를 뺄 수 없었다. 나는 서둘러 자리를 정리하고 둘을 따라나섰다. 둘의 발걸음은 자연스럽게 까페 '낙랑파라'를 향했다.

이상은 낙랑파라를 근거지로 삼아 『시와소설』 편집일을 하고 있었다. 나와 김기림, 정지용 세 사람이 낙랑에 들어갔을 때, 이상은 편집에 열중하며 원고를 읽고 있어서 우리를 알아보지 못했다.

"이 시인, 『시와소설』 편집은 잘 되고 있나?"

김기림이 일에 열중하고 있는 이상 앞에 가서 말을 걸었다.

"그럭저럭 거의 마무리 단계입니다만…"

"왜? 무슨 문제라도 있나?"

"문제라고까지는 할 수 없는데요."

"문제는 아닌데 문제가 있다?"

정지용이 이상의 고민이 무엇인지 짐작하고 있다는 듯이 천천히 되물었다.

"예, 지금까지 들어온 원고가 모두 우리 9인회 작품뿐이라서요. 다른 작가들이 참여하는 게 바람직하지 않을까 하는 생각을 하고 있습니다만."

"역시 이 시인이구만! 그런 고민을 하고 있으니."

"우리가 이 시인의 그런 고민을 해결하려고 적당한 사람을 데려왔네. 인사하게. 백석 시인이네."

"처음 뵙겠습니다. 백석이라고 합니다."

나는 공손히 머리를 숙여 인사했다. 하지만 이상은 별다른 표정 없이 앉아 있었다. 흔한 인사말조차 하지 않았다. 어색한 분위기를 누그러뜨리려고 김기림이 너스레를 떨었다.

"이 시인, 백 시인 알지? 시집『사슴』을 출간하고 출판기념회까지 열어 장안의 화제가 됐잖은가?"

정지용도 거들었다.

"한국 시단의 위대한 탄생을 알린 백 시인이『시와소설』에 작품을 내기로 했다네."

그제야 이상이 고개를 들고 인사했다. 하지만 여전히 건성이었다. 정지용과 김기림, 두 선배의 체면을 봐서 어쩔 수 없이 인사한다는 표정을 숨기지 않았다.

"선배의 소설〈12월12일〉과 연작시〈오감도〉를 감명 깊게 읽었습니다. 앞으로 많은 지도편달을 부탁드립니다."

자기가 쓴 소설과 시가 나오자 이상의 눈빛이 달라졌다.

"내 작품을 읽었단 말이오? 고맙소. 그런데 나는 아직 백 시인의 시를 읽지 못했으니, 읽은 뒤에 만나서 얘기하면 어떻겠소?"

"저야 영광입니다. 시간과 장소를 정해주시면 찾아뵙겠습니다."

"좋소! 내 금명간 연락하리다. 나도 백 시인이 나의〈오감도〉에 대해 어떻게 생각하는지 듣고 싶소. 그런데,『시와소설』에 작품을 내겠다고 했소?"

"그렇습니다. 받아주신다면 두 편 내보겠습니다."

"그럼 마감일이 얼마 남지 않았으니 서둘러 가져오면 좋겠소!"

이런 과정을 거쳐 나는『시와소설』창간호(1936년 3월호)에 시 2편을 실었다. 하나는 내가 일본 유학 때 방문했던 이즈伊豆반도에 관해 쓴 시다. 나는 일본 유학을 마치고 귀국하기 직전 겨울인 1934년 초에 이사벨과 함께 이즈반도에 갔다. 그때 이사벨과 가키사키柿崎해변을 거닐면서 〈이두국주가도伊豆國湊街道〉라는 시를 썼다.

다른 하나는 〈탕약湯藥〉이다. 질화로와 곱돌탕관, 그리고 육미탕 등, 소재로 삼은 것들은 전통냄새가 물씬 풍기는 물건들이었다. 주제는 배달겨레의 잊히는 삶을 되새겨보는 것이었다. "두 손으로 고이 약그릇을 들고 이 약을 내인 옛 사람들을 생각하노라면/ 내 마음은 끝없이 고요하고 또 맑아진다"는 구절에 나의 마음을 담았다.

나는 두 편의 시를 이상에게 전달하고, 그에게서 연락이 오기를 기다렸다. 하지만 감감 무소식이었다. 『시와소설』 창간호의 편집으로 바빠서 그런가 하고 생각했다. 그런데 그것도 아니었다. 『시와소설』 창간호를 받은 뒤에도 만나자는 이상의 전갈은 없었다.

"백석 시인이신가?"

"예, 제가 백석인데요. 누구신지요?"

"나 이상이오. 오늘 오후에 시간 되시오?"

"다른 일정이 있습니다만, 무슨 일이신지요?"

"동소문 밖 신흥사로 오시오. 무조건이오! 자세한 것은 만나서 얘기하기로 하고…"

3월 말이었다. 사랑하는 연이를 보러 통영에 갔던 헛걸음을 돌려, 삼천포와 고성을 거쳐 진주를 돌아보고 서울로 돌아온 뒤 며칠 지나서였다. 이상이 조선일보 편집국으로 나한테 전화를 걸었다.

그동안 새 애인을 만나 연애에 빠졌다는 소문을 들었는데, 이제야 좀 시간이 나는 모양이었다.

나는 그날 오후에 북촌 외삼촌 댁에서 하숙하고 있는 연이를 만나러 갈 예정이었다. 통영에서 주지 못했던 내 서명본 시집『사슴』을 연이에게 주고, 사랑도 고백하기 위해서였다. 하지만 이상과의 만남도 기대하고 있었기 때문에 선뜻 약속하고 말았다. 연이와의 만남은 또 어긋났다. 우연이 겹치면 필연이라는 데, 나와 연이는 한 번만 만난 뒤 애를 달이다가 영원히 만나지 못하는 운명인지 모를 일이었다.

동소문 밖 낙산 기슭에 있는 신흥사는 그다지 크지 않은 아담한 절이었다.

'땡그랑 땡그랑…'

풍경소리가 낭랑하게 들렸다. 나는 대웅전에 먼저 들러 삼배하고 요사채로 갔다.

인기척을 냈더니 방안에서 갑자기 부스럭거리는 소리가 요란했다. 이윽고 이상이 문을 열고 들어오라고 했다. 방에는 뜻밖에도 젊은 여성이 함께 있었다. 구겨지고 가지런하지 않은 블라우스가, 방안에서 방금까지 무슨 일이 있었는지 앙살하듯 말해 주고 있었다. 대낮에 절간에서 술을 마셨는지 방 한쪽에는 조촐한 술상까지 차려 있었다.

'?'

내가 의아스러운 눈빛으로 묻자 이상이 아무렇지도 않은 듯이 대답했다.

"인사하시오. 내 새 애인이오."

이상은 장안을 떠들썩하게 만들었던 금홍이와 관계를 끝내고 다시 연애를 시작한 모양이었다. 그녀의 신분을 드러내기가 꺼려졌는지 이름은 얘기하지 않았다. 옷차림을 보고 기생이 아닌가 짐작할 뿐이었다.

"문학에 뜻을 두고 있는 사람이오. 모처럼 신흥사에 올 일이 있어 함께 와서 시와 소설에 관해 대화하던 중이오. 백 시인도 앉아서 한 잔 마시면서 시에 관해 얘기하도록 합시다."

"처음 뵙겠습니다. 백석입니다."

"..."

그녀는 고개를 다소곳이 숙인 채 아무 말도 하지 않았다.

"자, 이렇게 백 시인을 만났으니 시에 관해 얘기 좀 나눠야겠는데, 자네는 잠시 대웅전에 가서 부처님을 뵙고 있지."

이상은 나를 흘낏 쳐다보며 말했다. 그는 눈으로 '그냥 함께 있어도 괜찮지 않겠느냐?'고 묻고 있었다. 옷 매무새를 가지런히 한, 그녀도 혼잣말인 듯 들릴 듯 말 듯 말했다.

"저도 두 분의 훌륭하신 시인님들의 시담詩談을 들을 수 있다면 영광이겠습니다."

하지만 나는 이상의 눈길과 그 여자의 바램을 명확히 잘랐다.

"둘이서만 선배님의 가르침을 받았으면 합니다."

"좋소. 그럼 둘이서 허심탄회하게 얘기하도록 합시다."

이상의 말이 떨어지자 그녀는 주춤주춤 일어나 문을 열고 나갔다.

"선배님 덕분에 저의 시 두 편이 『시와소설』 창간호에 잘 실렸습니다. 대단히 감사합니다."

나는 이상에 대한 불쾌감을 내색하지 않으려고 화제를 돌렸다. 연이를 만나는 중요한 일정이 있는데도 신흥사까지 오라고 해놓고, 대낮부터 여자를 끼고 술을 마시고 있는 것이 마땅치 않았다. 이상이 내 감정을 눈치챘는지 어물어물하며 대답했다.

"감사는 내가 해야 하오. 백 시인의 좋은 시 덕분에 『시와소설』 창간호가 멋지게 나왔소. 고맙소."

"앞으로도 많은 지도편달을 부탁드리겠습니다."

나는 감정을 최대한 억누르며 예의를 갖춰 말했다. 그래도 감정은 묻어난 듯했다. 이상이 내 눈치를 보면서 말했다.

"무슨 말씀이오. 백 시인의 시를 보니 오히려 내가 많이 배워야겠다는 생각이 들었소. 앞으로도 『시와소설』에 좋은 작품을 자주 보내주면 좋겠소."

"과찬입니다. 선배님께서 받아주신다면 열심히 보내드리겠습니다."

나는 다소 긴장된 분위기를 풀려고 가방에서 시집 『사슴』을 꺼내었다. 시집에는 "이상 시인 청람請覽 병자년 임진 백석 증"이라고 서명되어 있었다.

"선배님, 저의 자그마한 성의입니다."

이상은 놀란 듯이 두 눈을 크게 뜨며 들뜬 목소리로 말했다.

"이야, 이거 지난 1월에 나온 백 시인의 첫 시집이구만! 100부 한정판으로 출간해서 구하려고 해도 구할 수 없어 아쉬웠는데, 이렇게 친히 사인해서 주니 대단히 고맙소."

이상은 『사슴』을 받아 여기저기 펼쳐보면서 말을 이었다.

"내가 『시와소설』에 실린 백 시인의 시를 읽고 감탄했소. 〈이두국주가도〉를 읽으면서 한 번도 가보지 못한 그곳의 풍경이 눈앞에 생생하게 그려졌소. '촌중의 새새악시'는 백석 시인이 좋아하는 사람일 테고, 휘장마차를 함께 타고 조선에서는 구경하기 힘든 금귤을 먹으면서, 그님의 고향에 가는 멋진 상상. 생각하는 것만으로도 입안에 군침이 돌며 행복한 미소를 짓게 되었소."

이상은 그렇게 말하면서 『시와소설』을 꺼내 〈이두국주가도〉을 낭독했다. 그는 시 낭독을 별도로 공부했는지, 감정을 적절하게 넣어 시를 읽었다.

　　넷적본의 휘장마차에

　　어느메 촌중의 새새악시와도 함께 타고

　　머ㄴ 바다가의 거리로 간다는데

　　금귤이 눌 한 마을마을을 지나가며

　　싱싱한 금귤을 먹는 것은 얼마나 즐거운 일인가

　　　— 백석, 〈이두국주가도伊豆國湊街道〉 전문.

"선배님의 멋진 낭독으로 저의 시가 더욱 살아납니다. 감사합니다."

"시가 좋아서 내가 한 번 낭독해보았는데, 시를 쓴 시인에게 그런 말을 들으니 고맙소. 또 한 편 〈탕약〉은 우리의 전통 약재를 넣은 육미탕을 끓이는 과정을 향기를 담아 그려내고 있는 명작이오. 탕약을 두 손으로 받쳐 들고 옛사람들의 정성을 생각하면서 마시는 백석 시인의 고운 마음도 절절히 드러나 있어 더욱 좋았소…"

이상은 이번에도 직접 〈탕약〉을 낭독했다.

눈이 오는데
토방에서는 질화로 웋에 곱돌탕관에 약이 끓는다
삼에 숙변에 목단에 백봉령에 사약에 택사의 몸을 보한다는 육미탕六味湯이다
약탕관에서는 김이 올으며 달큼한 구수한 향기로운 내음새가 나고
약이 끓는 소리는 삐삐 즐거웁기도 하다

그리고 다 딸인 약을 하이얀 약사발에 밭어 놓은 것은
아득하니 깜하야 만년萬年 넷적이 들은 듯한데
나는 두 손으로 곻이 약그릇을 들고 이 약을 내인 넷 사람들을 생각하노라면
내 마음은 끝없시 고요하고 또 맑어진다
— 백석, 〈탕약〉 전문.

"저의 졸시를 천재 시인께서 칭찬해 주시고 직접 낭독까지 해주시니 몸 둘 바를 모르겠습니다. 대단히 감사합니다."

"칭찬이 아니오. 백 시인은 하늘이 낳은 시인이라고 할 수 있소.

나와는 시의 방향이 다르지만, 요즘 문단에서 백석, 백석 하는 이유를 알만하오."

이상은 잠깐 말을 끊었다가 다시 이었다.

"그건 그렇고, 백 시인이 내 〈오감도〉를 읽었다고 했는데, 어떻게 읽었는지 궁금하오."

"읽기는 읽었습니다만, 솔직히 말씀드려서 제대로 이해하기 어려웠습니다."

"이거 실망인데, 독자들의 아우성 때문에 15편으로 연재를 끝냈지만, 백 시인이라면 이해할 것으로 기대했는데…"

"송구합니다. 많이 가르쳐주십시오."

"백 시인은 시에서 가장 중요한 게 무엇이라고 생각하오?"

"시의 요체는 공감이라고 생각합니다. 사람이 느끼는 것을 뜻이라 하고 뜻을 글로 표현한 것이 시라고 배웠습니다. 글로 표현된 시가, 시로서 의미가 있으려면, 시를 읽는 사람들이 시인들이 나타내고자 한 뜻을 공감할 수 있어야 하지 않겠습니까?"

"나도 공감이 중요하다고 생각하오, 다만 시와 소설은 상상력이 더 중요하다고 보오. 작가는 보통사람들이 생각하지 못하는 것을 보고, 보통사람들이 보는 것도 다르게 보는 게 중요하오. 그래야 앞날을 먼저 본 뒤, 그것을 글자로 사람들에게 보여줄 수 있지 않겠소?. 독자들이 그런 시를 이해하면 좋겠지만, 이해하지 못해 공감할 수 없어도 어쩔 수 없는 일이오. 세월이 흐르면 뒤늦게나마 작가가 표현하려고 했던 것을 깨닫게 될 것으로 보기 때문이오."

"그건 선배님의 지나친 자기중심주의가 아닐까요?"

"아니야! 공감을 이유로 질 낮은 시를 양산하는 게 더 큰 문제라고 생각하네."

"저도 질 낮은 시는 반대합니다. 다만 〈오감도〉처럼 보통사람은 물론 시인과 문학평론가도 올바로 이해하기 어려운 난해시는, 조금 풀어주시는 게 좋지 않을까 하는 생각입니다."

"사실 〈오감도〉가 이해하기 어려운 시는 아니네. 보통사람과 시인들이 익숙한 글자가 아닌데다, 잘 알기 어려운 상징이나 수학기호로 시를 써서 어렵다고 여길 뿐이지. 영어를 알려면 알파벳과 영어 문법을 배워야 하고, 수학을 이해하려면 사칙연산과 인수분해처럼 기본적인 사항을 알아야 하네. 〈오감도〉도 그런 용어를 알고 읽으면 아주 쉽게 이해할 수 있을 것이네."

"그렇겠군요. 선배님 말씀을 새겨서 〈오감도〉를 다시 읽어보겠습니다."

"그렇게 하는 게 좋겠네. 나도 『사슴』을 읽어본 뒤 더욱 깊은 시담을 나눠보도록 합시다."

"선배님, 제가 신흥사에 가끔 오면서 느낀 것을 쓴 글이 있는데 한 번 봐 주시겠는지요?"

"그런가? 어떤 글인데?"

"네, 〈황일〉이라는 글입니다."

내가 가방에서 〈황일〉을 꺼내주자, 이상은 호기심 가득한 눈길로 읽었다.

한 십리 더 가면 절간이 있을 듯한 마을이다

낮기울은 볕이 장글장글하니 따사하다 흙은 젓이 커서 살같이 째서 아지랑이 낀 속이 안타까운가 보다 뒤울안에 복사꽃 핀 집엔 아무도 없나 보다 뷔인 집에 꿩이 날어와 다니나 보다 울밖 늙은 들 매남게 뒤뒤세 한불 앉었다 힌구름 딸어가며 딱장벌레 잡다가 연두빛 닢새가 좋아 올나왔나 보다 밭머리에도 복사꽃 피였다 새악시도 피였다 새악시 복사꽃이다 복사꽃 새악시다 어데서 송아지 매-하고 운다 골갯논드렁에서 미나리 밟고 서서 운다 복사나무 아레 가 흙작난하며 놀지 왜 우노 자개밭둑에 엄지 어데 안가고 누었다 아릇동리선가 말 웃는 소리 무서운가 아릇동리 망아지 네 소리 무서울라 담모도리 바윗잔등에 다람쥐 해바라기하다 조은다 토끼잠 한잠 자고 나서 세수한다 힌구름 건넌산으로 가는 길에 복사꽃 바라노라 섰다 다람쥐 건넌산 보고 불으는 푸넘이 간지럽다

　저기는 그늘 그늘 여기는 챙챙-

　저기는 그늘 그늘 여기는 챙챙-

　─ 백석, 〈황일黃日〉 전문, 『조광』 1936.3.

"좋네, 좋아! 그런데 백석, 이 글을 쓸 때 누구를 염두에 두었나?"

역시 이상의 눈은 예리했다. 나는 지난 2월 초, 낙랑파라에서 이상을 처음 본 뒤에 그에 대한 느낌을 〈황일〉로 정리했다. "복사꽃 핀 집엔 아무도 없나"는 따뜻한 인간미를 전혀 느낄 수 없는 이상의 겉모습을 묘사했다. "아릇동리선가 말 웃는 소리 무서운가 아릇동리 망아지 네 소리 무서울라"는 〈오감도〉를 읽고 난 뒤의 느낌을

나름대로 정리해본 것이다. "다람쥐 건넌산 보고 불으는 푸넘이 간지럽다"는 일제강점의 고통을 대한사람들과 함께 나누지 못한 채 개인적 고민에 침잠하며 '허송세월'하는 이상을 비판하면서 썼다. 그러니 "저기는 그늘 그늘 여기는 챙챙-"이라고 마무리할 수밖에 없었다.

"꼭, 특정인을 염두에 쓴 것은 아니지만, 일제의 지배를 받고 있는데도 그것의 부조리에 대해 적극적으로 싸우지 않는 지식인들의 비겁을 생각하면서 썼습니다. 물론 저도 포함해서요."

"그러니까 나도 염두에 뒀다는 뜻이 되는군?"

"…"

나는 침묵으로 대답을 대신했다. '침묵은 긍정'이라는 말을 염두에 둔 것이었다. 이상도 내가 침묵하는 이유를 알았을 것이다.

"내 그럴 줄 알았네. 나도 백석이 지적한 나에 대해 한 번 되돌아보도록 하겠네."

이상은 잠시 말을 끊었다가 다시 입을 열었다.

"그건 그렇고 내가 〈명경〉이란 시를 썼는데, 자네의 의견을 듣고 싶군."

이상은 윗목에 있던 보자기에서 두툼한 원고 뭉치를 꺼낸 뒤 그 가운데서 〈명경〉을 찾아, 내게 넘겨주었다. 나는 낮은 소리로 〈명경〉을 읽었다.

여기 한페-지 거울이있으니

잊은계절에서는

얹은 머리가 폭포처럼내리우고

울어도 젖지않고
맞대고 웃어도 휘지않고
장미처럼 착착 접힌
귀
들여다보아도 들여다 보아도
조용한세상이 맑기만하고
코로는 피로한 향기가 오지 않는다

만적 만적하는대로 수심이평행하는
부러 그러는것같은 거절
우편으로 옮겨앉은 심장일망정 고동이
없으란법 없으니

설마 그러랴? 어디촉진…
하고 손이갈 때 지문이지문을 가로막으며
선뜩하는 차단뿐이다

오월이면 하루 한번이고
열 번이고 외출하고
여기있는 한페-지
거울은 페-지의 그냥표지-

— 이상, 〈명경明鏡〉 전문, 『여성』, 1936. 5.

〈명경〉은 〈오감도〉 연작시와는 사뭇 달랐다. 읽기도 편했고, 비교적 이해하기도 쉬웠다. 나는 조심스럽게 느낌을 얘기했다.

"선배님은 그동안 '거울'에 대한 시를 많이 쓰셨습니다. 〈명경〉도 그런 연장선에 있는 것 같지만, 곰곰이 되새겨보면 다른 느낌도 있습니다."

"다른 느낌?"

"네, 확실한 건 아닌데요, 지금까지 살아온 삶에서 벗어나 새로운 것을 찾아 나서겠다는 의지 같은 게 읽힙니다."

"그래? 그렇군…"

"저도 백 시인님과 비슷한 느낌을 받았습니다."

밖에 나갔던 그녀가 갑자기 문을 열면서 말했다.

"?"

이상과 내가 어이없다는 듯 쳐다보자 그녀가 말을 이었다.

"불쑥 끼어들어서 죄송합니다. 대웅전에 갔다 왔는데 문득 〈명경〉 얘기가 나와서 저도 모르게 끼어들었습니다."

그녀는 변명하며 사정하는 눈으로 이상을 바라보았다. 이제는 시담에 끼워달라는 하소연이 보였다. 이상이 내 눈치를 보며 더듬거리며 말했다.

"그 으 래, 백석 시인과 비슷한 느낌이 무엇인가?"

나도 그녀의 갑작스러운 등장을 탓하기보다 그녀의 의견이 궁금하다는 눈길을 보냈다. 그녀가 조심스럽게 말을 이었다.

"제목이 '밝은 거울'이란 뜻의 〈명경〉이잖아요? 그런데 무엇이든 밝게 비춰야 할 거울이 실제로 밝게 보여주는 게 없거든요. '잊은 계절' '장미처럼 착착 접힌/ 귀' '부러 그러는 것 같은 거절' '선뜻하는 차단'처럼 부정적 묘사들이 많고요."

"그래서?"

"그래서, 이 시인님께서 새로운 무엇인가를 찾아 떠날 결심을 하는 것 아닌가 하는 생각이 들었어요. 저를 만난 게 얼마 되지 않는데, 떠날 생각을 하시니. 저는 그 시를 보고 속으로만 아파하고 있었는데, 백 시인님이 제 마음을 읽었는지 그렇게 말씀하시는 것을 듣고, 저도 모르게 문을 열고 말았습니다."

"어허 이거 참, 어허…"

이상은 속내를 들켰다는 듯, 말을 잇지 못하고 헛기침만 해댔다.

"선배님 정말 어디론가 떠나실 생각을 하시는 건가요?"

나는 이상의 속내를 단도직입적으로 파고들었다. 그러자 이상도 본심을 털어놓았다.

"그래, 나는 일제 심장부인 동경에 가볼 생각이네. 거기서 나의 새로운 길을 찾아보려고 해."

"선배님! 일본엔 가지 않는 게 좋겠습니다. 가서 배울 게 하나도 없습니다."

"뭐야? 자네가 일본 유학했다고 날 깔보는 거야?"

"그런 건 아닙니다."

"아니긴 뭐가 아닌가? 남이 무어라고 말하든, 나는 직접 동경에 가서 내 두 눈과 몸으로 새로운 것을 직접 확인할 것이야!"

이상은 그가 찾는 무엇인가가 반드시 동경에 있는 것을 확신하는 듯 목소리를 높였다.

"그래요, 저도 이 시인님께서 일본에 가는 것에 반대합니다!"

그녀도 이상과 떨어질 수 없다는 듯, 의외로 강하게 반대 의사를 던졌다.

"시끄럽다. 난 내 두 눈과 몸으로 직접 확인하기 전에는 다른 사람들의 말을 믿을 수 없어!"

'당신 천재라며? 천재가 왜 이래? 진짜 천재 맞아?'

나는 속으로 이런 생각을 하며 부아가 치솟았지만, 참으며 순화해서 말했다. 하지만 말투는 어딘가 비꼬는 맛이 들어있었다.

"선배님은 천재잖아요? 또 시는 상상력이 중요하다면서요? 〈오감도〉처럼 시대를 앞서가는 시를 쓴 천재라면, 굳이 가서 보지 않아도 실상을 알 수 있지 않을까요?"

"뭐야? 백석! 자네 지금 나를 놀리는 건가?"

"놀리다니요? 저는 선배님이 가셔야 할 올바른 길을 말씀드리는 겁니다."

"올바른 길? 그게 뭔가?"

"이제부터는 제발 나 자신뿐만이 아니라 나라와 민초民草들도 좀, 생각하시란 말씀입니다!"

"내가 있어야 나라도 있고, 민초도 있는 것이네."

"물론 그런 측면도 있지만, 나라와 민초가 있어야 나도 있는 것입니다!"

"나라도 잃고 우리말도 빼앗겼는데 개인이 무엇을 할 수 있단 말인가?"

이상도 그동안 그런 고민을 많이 했는지, 말에 힘이 빠졌다. 나는 그 틈을 비집고 들어갔다.

"시는 우리말로 써야지요!"

"우리말? 우리말이 뭐야?"

"우리말 모르세요? 가갸거겨…"

"야 백석, 정신 차려! 지금은 1936년이야. 우리말이라니?"

"야 이상, 선배님이야말로 정신 똑바로 가지세요!"

"뭐 임마! 니가 뭘 안다고?"

이상의 말이 거칠어졌다. 나도 따라서 목소리를 높였다.

"선배의 그 알량한 천재주의는 일제의 식민통치에 신음하는 대한 사람들에게 아무 의미가 없다고요. 제발 정신 좀 차리세요!"

"이 자식이 정말, 보자 보자 하니까…"

"뭐? 이 자식!"

이상이 참지 못하고 욕설로 대응했다. 나도 지지 않고 대거리를 했다. 둘이 맞붙어 주먹다짐하기 직전까지 갔다.

"아이 왜들 이러셔요. 정말! 앞으로 대한을 이끌어가셔야 할 분들이 왜 이렇게 감정적이세요."

"뭐! 감정?"

"감정, 아닙니다!"

"그렇게 애들처럼 싸우는 게 감정 아니면 뭔가요?"

"…"

"…"

"두 분 성질 좀 죽이시고 큰 거를 생각하세요. 잃은 나라를 되찾기 위해 힘을 합쳐야 할 분들이 싸우니까 민초들이 더 헷갈리잖아요. 살림살이는 갈수록 팍팍해지는데, 시인님들은 그 아픔을 진짜로 모르신단 말인가요?"

그녀가 흐느끼면서 말을 이었다. 나는 할 말을 잊었다. 이상도 마찬가지였다. 둘은 어색하게 눈길을 피했다. 이상이 먼저 입을 열었다.

"백 시인 미안하네. 내가 생각이 짧았네."

"아닙니다, 선배님. 제가 너무 조급했습니다. 잘못을 너그럽게 용서해주십시오."

"그래, 우리는 공부가 더 필요하다는 걸 다시금 깨달았네!"

"저도 많이 반성하면서 더 배우도록 하겠습니다."

8

배
신

"와~ 저기 좀 봐!"

"왜 그래, 무슨 일이야?"

"어디, 어디?"

"저기 교문을 지나 교무실로 걸어가는 사람 있잖아?"

"우와, 멋쟁이다!"

"누구야? 누구?"

1936년 4월 6일, 월요일 오후였다. 함흥의 영생고보에서 5교시 수업이 끝나고 쉬는 시간이었다. 창밖으로 운동장을 바라보던 김희모 학생이 크게 외쳤다. 눈은 여전히 운동장의 한 곳을 응시한 채였다. 학생들의 시선이 일제히 운동장으로 향했다.

운동장에는 머리를 올백으로 넘긴 젊은 남자가 교문에서 교무실을 향해 걸어가고 있었다. 고개와 허리를 바르게 펴고, 빠르지도 늦지도 않은 발걸음이었다. 단추가 두 줄로 달린, 감색 '료마에 더블'을 입었다. 매우 비싸고 멋쟁이들만 입고 다녀서 구경하기조차 쉽지 않은, 료마에 더블이었다. 구두도 귀한 '고도방'이라는 가죽에다 광택을 칠한 초콜릿색이었다. 얼굴엔 잔잔한 미소가 흘렀다. '지금 나는 멋진 세계로 들어가고 있다'는 것을 온몸으로 나타내는 모습이었다. 학생들의 환성을 자아내는 '모던 보이'였다.

내가 영생고보에 처음 등장할 때의 장면은 한 편의 드라마였다. 5만 명 정도가 사는 함흥에서 나의 외모는 호기심 많은 학생들의 눈길을 확 잡아끌었다. 내가 영생고보에 부임한 첫날 오후 내내, 나는 학생들의 입에 오르내렸다.

"백 시인, 영생고보 영어 선생으로 오면 어떻겠소?"

나는 두 달쯤 전에 김동명金東鳴(1900~1968) 시인에게서 편지를 받았다. 김동명 시인은 나보다 열두 살 위로, 청산학원대학 신학부를 졸업했다. 가뭄에 콩 나듯 드문, 청산학원대학 선배였다. 그는 목사가 되기 위해 신학을 배웠다. 그는 낮에는 신학부를 다니고, 밤에는 일본대학 철학과를 다녔다. 독특한 학력이었다. 결국 그는 목사를 포기하고, 모교인 영생고보 국어 선생으로 재직하고 있었다.

그는 나의 대학 선배이고 시인이었다. 게다가 나는 문예월간지 『조광朝光』을 통해 김 시인의 글을 받은 적이 있어, 매우 가깝게 지냈다. 그는 내가 편집자로 일하던 『조광』 창간호인 1935년 10월호부터 글을 실었다. 그는 『조광』 1936년 1월호에 시 〈파초芭蕉〉를 발표했다.

조국을 언제 떠났노
파초의 꿈은 가련하다.

남국을 향한 불타는 향수,
너의 넋은 수녀보다도 더욱 외롭구나.

소낙비를 그리는 너는 정열의 여인
나는 샘물을 걸어 네 발등에 붓는다.

이제 밤이 차다.
나는 또 너를 내 머리맡에 있게 하마.

나는 즐겨 너를 위해 종이 되리니.
너의 그 드라운 치맛자락으로
우리의 겨울을 가리우자.
　ー 김동명, 〈파초〉 전문.

　김동명 시인이 〈파초〉를 발표했을 때, 나는 그에게 "나의 꿈은
선생"이란 말을 했다. 김 시인이 그 말을 기억했다가 나에게 초청
장을 보낸 것이다.
　김 시인은 편지에서 "영생고보 김관식 교장 선생님께서 백 시인
을 영어 선생으로 초빙하는데 흔쾌히 허락했으니, 4월에 시작되는
새 학기부터 교편을 잡아주면 좋겠다"고 썼다. 나는 김동명 시인의

편지를 받은 뒤 절친인 이진과 상의했다.

"석이! 심사숙고해서 결정하는 게 좋겠네."

늘 신중한 이진은 "여러 가지 사정을 깊이 생각하고 난 뒤에 결정하라"고 조언했다. 내가 선생이 되기 위해 영어사범과를 선택했고, 최고의 직장인 조선일보 기자를 하면서도 "하루빨리 선생이 되어야 하는데…"라는 말을 입에 달고 살고 있다는 것을, 이진은 잘 알고 있었다. 그런 이진이 신중한 것은 "이제 첫 시집 『사슴』이 출간돼 평가가 나날이 높아지는 때에 경성을 떠나 함흥으로 내려가면 자칫 시단에서 잊힐 수 있다"는 지적이었다.

"함흥에 내려가 선생을 하면서도 시를 쓸 수 있네."

"나도 아네. 새로운 환경에서 새로운 경험을 하면 새롭게 좋은 시를 많이 쓸 수 있을 것이네. 다만 학생을 가르치는 데 열중하다 보면 시 쓸 여유를 찾기 힘들 수 있고, 중앙 시단에서 멀어지면서 신문기자가 누릴 수 있는 이점을 스스로 버리는…"

"중앙 시단과 멀어지고 신문기자의 이점은 내가 별로 고려하지 않는 것이네. 신문기자 경험도 할 만큼 했으니 이젠 내 꿈을 실현하는 길을 걸어가야겠네. 함흥에서 교육과 시작詩作을 함께 하며 연이와 결혼해서 살 준비를 할 것이네."

삶은 곡선이다. 물이 굽이굽이 곡선으로 흐르듯, 길이 물 따라 꾸불꾸불 이어지듯. 인생은 생각한 대로 곧장 뻗어가지 않는다. 뜻하지 않은 때 생각하지 않은 곳에서 갑자기 생겨나는 일로 삶의 방향이 바뀐다. 1936년 4월부터 영생고보 영어 선생으로 함흥 생활을 시작하면서 나의 삶도 뜻하지 않는 우여곡절을 겪었다.

"김희모 원봉옥 이누가 이재형 이현원 임봉건 전택부 조성식 황
석륜…"

나는 첫 수업 시간 때 출석부를 보지 않고 학생들의 이름을 불렀
다. 단 하루, 이틀 만에 내가 맡은 반 학생들의 이름을 모두 외웠다.
내가 얼마나 학생들에게 관심이 많은지를 보여주었다. 배워야 한
다는 그들의 의지를 강하게 해주기 위한 것이었다. 나의 이런 노력
은 큰 효과를 나타냈다.

"우와! 첫 수업에서 출석부를 보지도 않고 출석을 정확하게 부
르시다니, 정말 감동입니다!"

"백석 선생님의 뛰어난 기억력은 정확한 영어 발음과 회화식 수
업으로 나의 혼을 쏙 빼놓았습니다."

"백 선생님의 멋진 외모와 훌륭한 가르침은 영생고보뿐만 아니
라 함흥고보를 비롯한 학교와 함흥 전체에서 늘 화제가 되었습니
다."

나의 출현은 영생고보뿐만 아니라 함흥에서 센세이션을 일으켰
다. 일본의 사립명문 청산학원대학을 졸업했고, 조선일보 기자를
지냈으며, 『사슴』이란 시집까지 출간한 유명한 시인이, 영어 강의
도 매우 정열적으로 한다는 말이 날개를 달아 퍼져나갔다. 나는 순
식간에 함흥의 유명인사가 되었다.

아 반룡산盤龍山 우렁찬 큰메 줄기 개마천평蓋馬天坪 천리를
달려내러 환할사 툭 터진 함흥의 벌판 이곳에 우리 모교로세
영생 오래 살아라 주의 참빛을 영원히 이 겨레에 빛이어라

아 우리의 할 일 잊지 말자 그 나라와 그 의를 이루옴을 몸과 맘

큰 정신 기르자 OK 이곳에 우리 모교-ㄹ-세

영생 오래 살어라 주의

참빛을 영원히 이 겨레에 빛이어라

― 이광수 작사, 제임스 작곡, 영생고보 교가.

나는 영생고보 2학년 담임을 맡아 영어를 가르쳤다. 함흥의 주산인 반룡산 자락, 운흥雲興리에 자리 잡은 영생고보는 학생을 가르치는 나의 꿈을 펴는 데 안성맞춤이었다. 영생고보는 캐나다 장로교회 선교사인 윌리엄 스콧William Scott이 1925년에 설립했다. 그는 이름을 서고도徐高道로 바꿀 정도로 한국을 사랑했다. 그는 영생고보 교장을 김관식金觀植(1888~1948) 선생에게 물려준 뒤 선교 활동을 계속하다가 1942년 6월, 일제에 의해 강제로 추방당했다. 내가 부임했을 때는 김관식 교장 시절이었다. 나는 서고도와 김관식 교장 선생, 그리고 김동명 국어 선생 등의 도움을 받으며 영생고보 영어 선생으로 최선을 다했다.

내가 가르친 학생 중에 생각나는 사람이 여러 명 있지만, 강소천과의 인연은 각별했다. 나는 영생고보에 부임한 둘째 학기 때, 학교에서 5리쯤 떨어진 제자 고희업의 집에서 하숙했다. 고희업의 집은 제법 부자여서 돈을 내지 않고 하숙을 받아주었다. 시간 날 때 조금씩 그의 공부를 보살펴주는 조건이었다. 아동문학에 관심이 많았던 강소천은 하루가 멀게 나를 찾아왔다. 소천은 문학에 너무 심취해서 다른 과목을 등한시했다. 스스로 유급하고 졸업을 늦출 정도

백석의 붉시착

였다. 강소천은 1941년 1월, 동시집 『호박꽃초롱』을 출간할 때 나에게 서문을 부탁했다. 나는 그때 〈호박꽃초롱 서시〉를 썼고, 아름다운 인연은 그 후로도 계속 이어졌다.

예쁜 꽃은 오래 가지 않고 좋은 사람은 늘 함께 하지 않았다. 나의 함흥 생활이 그랬다. 영생고보 영어 선생으로 바쁜 나날을 보냈다. 1년이란 세월이 후다닥 흐르고 다시 봄이 왔다. 하지만 1937년 봄은 봄 같지 않았다. 나에게 청천벽력으로 다가온 봄은, 배신의 해가 시작됐음을 알려주는 서곡이었다.

"아니, 진이! 자네가 여기 웬일인가?"

1937년 4월 7일 수요일 오후였다. 조선일보 기자로 한참 기사 쓰기에 바빠야 할 벗, 이진이 영생고보로 나를 찾아왔다. 불원천리하고 찾아온 벗이 반가웠다. 하지만 주말이나 공휴일도 아닌 평일에 이 먼 함흥까지 찾아온 것은 보통일이 아니었다. 틀림없이 뭔가 좋지 않은 일이 벌어졌다. 나는 이진의 얼굴이 상당히 굳어 있는 것을 보고 '큰일이 일어났다'고 직감했다.

"일은 무슨 일? 석이를 오랫동안 보지 못해서 휴가 내서 찾아왔지. 북녘의 봄은 얼마나 늦는지도 한 번 경험해볼 겸 말이야."

이진은 의식적으로 쾌활할 목소리를 내려고 노력했다. 하지만 그의 정직한 삶은, 떨리는 말로 거짓을 얘기하고 있다고 말하고 있었다.

"이보게 진이! 우리가 함께 한 시간이 얼마인가? 척 보면 아는데, 무엇을 그리 어렵게 숨기려 하나. 속 시원히 얘기해보게."

"석이! 수업이 언제 끝나지? 지금 여기서 말하기는 그렇고, 학교가 끝난 뒤 어디 조용한 데 가서 한잔하면서 얘기하도록 하세."

"그럴까? 그럼 옆의 회의실에 가서 잠깐 기다리게. 오늘 마지막 수업이 조금 뒤에 끝나니까, 함께 가서 회포를 풀도록 하세나."

마침 나는 수업이 없는 시간이었다. 다만 담임을 맡은 반의 종례를 해야 했다. 사정이 급하면 다른 선생에게 부탁해도 되지만, 그럴 정도까지 시급한 일은 아니라고 판단했다.

"그래, 무슨 일인가?"

나는 함흥관에 도착하자마자 자리도 앉기 전에 이진의 말을 재촉했다.

"이 사람, 급하긴, 천릿길을 오느라 피곤하고 출출한 데 입이라도 좀 축여야, 얘기를 할 수 있지 않겠나? 허 허 허…"

이진은 평소답지 않게 헛웃음까지 지으며 여유를 부리는 척했다. 하지만 그게 마음에도 없는 느긋함이라는 것을 나는 한 눈으로 알 수 있었다. 이진의 말이 조금 떨렸고, 행동도 말투와는 다르게 허둥지둥하는 모습이었다.

"그러세요, 오라버니! 금강산도 식후경이라고 하지 않나요? 호호호…"

영생고보 선생들이 전입해 오거나 전출 갈 때 환영회와 환송회를 함흥관에서 가끔 했다. 그 덕분에 낯이 익은 기생, 함월이 눈웃음을 치며 말했다.

"이런, 내가 마음이 급해서 멀리 찾아온 벗의 술과 배고픔을 헤아리지 못하고 그만 서두르고 말았네. 애, 함월아~, 한양에서 오신 나의 귀한 벗이니 평소보다 정성을 듬뿍 담아서 한 상 잘 차려 내오거라!"

나는 함월에게 음식과 술을 내오라고 한 뒤 이진과 그동안 궁금했던 이야기를 주고받았다.

"사실은 오늘 신우가 결혼했다네."

나는 "신우가 오늘 결혼했다"는 이진의 말을 듣자 귀를 의심했다. 신우가 결혼한다면 당연히 나에게도 연락했을 것이다. 더욱이 이진은 신우의 처남이니까, 당연히 결혼식에 참석해야 했다. 그런데 이진이 배신우의 결혼식에 가지 않고 나를 찾아왔다. 이해되지도 않고, 뭔가 사단이 일어난 것임이 틀림없었다.

"아니 오늘 신우가 결혼했다고? 그럼 처남인 자네는 신우의 결혼식에 참석해서 축하해줘야 하는 것 아닌가?"

"통상적이라면 그래야겠지. 그런데…"

"그런데, 라니?"

"신우의 신부가 연이라네."

"연이? 여재영 말인가?"

"그렇다네, 여재영! 자네가 연이라고 부르는 바로 그 여재영이 신우의 신부라네."

나는 다시 귀를 의심했다.

"신우가 연이와 결혼을 해? 진이, 그게 정말인가?"

"그렇다네. 나도 믿기 싫지만, 사실이고 현실이네."

"그럴 리가 없네. 진이 자네도 잘 알고 있지 않은가? 신우가 연이를 나에게 소개시켜 줬고, 내가 연이와 얼마나 결혼하고 싶어하는지를, 신우도 잘 안단 말이네. 그런데, 신우가 어떻게 나를 배신하고 연이와 결혼할 수 있단 말인가?"

나는 이진이 배신우나 되는 것처럼, 이진을 노려보고 부르르 떨며 말했다.

"아무리 세상이 뒤죽박죽이어도, 신우는 그러면 안 되는 거 아닌가?"

배신우는 이진과 함께 내가 가장 가깝게 지내던 벗이었다. 거의 날마다 붙어 다녀 '광화문 3총사'라는 별명까지 얻을 정도였다. 게다가 신우는 2년 전에 연이를 나에게 소개시켜 주었다. 지난 겨울에는 나와 함께 연이의 고향, 통영에 가서 내가 연이와 결혼할 수 있도록 동분서주하던 신우였다. 그런 신우가 갑자기 연이와 결혼했다는, 이진의 말은 도무지 현실감이 없었다. 마치 꿈을 꾸는 듯했다.

"아얏!"

나는 꿈을 꾸는 것이 아닌지 확인하기 위해 볼을 세게 꼬집었다. 볼에서 전해지는 통증은 지금 꿈이 아니라는 사실을 생생하게 알려주고 있었다. 그것은 서울에 있어야 할 이진이, 지금 함흥의 내 앞에 있다는 사실에서도 충분히 증명되는 일이었다.

"석이, 면목이 없네. 다 내 탓일세…"

"신우가 연이와 결혼한 것이 자네 탓이라니, 무슨 소린가?"

"사실은 내가 자네와 관련된 소문을 신우에게 말해 주었다네."

"무슨 소문 말인가?"

나는 이진 앞으로 바짝 다가앉으며 대답을 재촉했다. 이진은 당황해 어쩔 줄 모르면서도 각오한 듯 말을 이었다.

"자네가 지난해 겨울에 신우와 함께 진주에 가서 연이와 결혼하겠다는 의사를 전하지 않았나?"

"그랬지. 그때 연이 모친께서 "알았으니 가서 기다리라"고 하셨네. 나는 기쁜 마음으로 함흥으로 돌아와 좋은 소식을 기다리고 있는 중이네."

"연이 모친은 자네가 마음에 들어서 '연이와 자네의 결혼을 승낙해도 되겠다'고 생각했네. 그리고는 가회동에 있는 남동생, 그러니까 연이의 외삼촌을 찾아갔네. 최종 판단을 하기 전에 자네에 대해 자세한 내용을 확인하려고 한 것이지."

"그럴 수 있겠지."

"연이의 외삼촌은 자네에 대한 사실 조사를 신우에게 부탁했네. 신우가 자네와 가깝다는 얘기를 들었기 때문에, 배신우라면 자네에 대해 자세한 내용을 알아낼 것이라고 생각했던 거지."

"그것과 자네가 무슨 관계라는 건가?"

"신우는 나를 찾아와 자네에 집안과 관련된 얘기를 물었네."

"그래서?"

"나는 연이의 외삼촌이 배신우에게 자네에 대해 조사해달라는 부탁한 사실을 모른 채, 자네 집안에 대한 얘기를 조금 해주었네."

"어떤 얘기를 해주었단 말인가?"

"자네 부친께서 조선일보 사진부에 근무하고 계시다는 말을 했고, 그리고…"

이진은 중요한 대목에 다다르자 말을 제대로 잇지 못하고 머뭇거렸다.

"그리고, 또 어떤 얘기를 해주었나?"

"그리고, 자네 어머니와 관련된 소문…"

"내 어머니와 관련된 소문?"

"그러니까…"

이진은 말을 머뭇거렸지만, 그는 배신우와 이런 대화를 나누었다고 했다.

"석이 부모님 나이 차이가 많다는데, 이유가 뭔가?"

"나도 자세한 내막을 모르지만, 석의 어머니는 스물네 살 때 서른여섯 살인 석의 아버지 백영옥과 결혼했다고 들었네."

"나이 차이가 열둘이나 된다고? 그렇게 나이 차가 많은 이유가 있나?"

"글세, 그건 나도 모르네."

"석이 어머니가 경성 출신이라고 하던데?"

"맞네. 경성에서 평안북도 정주로 시집간 것이네."

"경성에서 시골로, 그것도 열두 살이나 많은 사람에게 시집갔다는 것은 뭔가 사연이 있겠군?"

"그래서 이런저런 소문이 있었나 보더군."

"어떤 소문?"

"확인되지 않은 채 그냥 떠돌아다니는 소문이라서."

"뭔가 좋지 않은 내용인가 보군?"

"그렇다네. 석이 어머니가 석의 외조부와 기생 사이에서 태어났다는 소문이라네. 그러니까 석이 어머니가 기생의 딸이었다는 거지."

"그게 정말인가?"

"나도 소문으로만 들은 얘기라서 사실인지는 모른다네."

이 말을 들은 배신우는 '이제 됐다'는 듯, 야릇한 표정을 지었다. 이진은 그런 배신우의 표정을 보지 못했다. 배신우는 이진이 말한 소문을 연이의 외삼촌에게 전했다. 연이 외삼촌은 그 소문을 연이 어머니에게 얘기했고, 그 말을 들은 연이의 어머니는 자신의 외동딸을 기생을 외할머니로 둔 백석에게 시집보낼 수 없다고 결론을 내렸다. 연이의 외삼촌도 같은 생각이었다.

"백석이 아니라면 저는 어떻습니까?"

연이 외삼촌은 배신우의 말을 듣고 정색하고 물었다.

"아니, 자네는 이미 약혼한 것으로 알고 있는데."

"사정이 있어 두 달 전에 파혼했습니다."

"그런가? 자네가 이미 파혼했다면, 나는 자네와 연이의 결혼을 반대하지 않겠네!"

연이 외삼촌은 연이 어머니에게 배신우를 추천했고, 연이의 어머니는 남동생을 믿고 배신우를 연이의 결혼 상대로 결정했다. 연이는 이화고녀를 졸업하고 일본 유학을 희망했지만, 어머니는 외동딸과 떨어져 사느니보다 좋은 혼처에 결혼시킴으로써 홀어머니의 의무를 마치려고 했다.

"배신우는 연이와 결혼을 확정한 뒤 아무에게도 알리지 않고 오늘 통영에서 결혼식을 올리기로 했네. 나는 신우의 처남이기 때문에 결혼식에 참석해야 하나, 나 때문에 자네가 연이를 잃게 됐다는 점에서 갈 수 없었네. 대신 여기로 와서 자네에게 용서를 빌어야 하겠다고 생각했다네."

이진은 그동안 있었던 일을 차분하게 얘기했다. 하지만 나는 조용히 이진의 말을 듣고 있을 수는 없었다.

"나는 신우의 배신을 절대로 용서할 수 없네. 어떻게 나에게서 연이를 빼앗아 간단 말인가? 그러고도 나를 벗으로 생각한단 말인가?"

나는 절규했다. 치밀어오르는 울화통을 참을 수가 없었다.

"그래, 오늘 같은 날은 술이라도 마셔야 해. 어이 진이, 그렇지 않나?"

"나는 입이 열 개라도 할 말이 없네. 나를 원망하게나."

이진은 석고대죄라도 하려는 듯 고개를 들지 못하고, 내가 내민 술잔에 술을 따라 주었다.

"이렇게 술을 들이부으면 몸이 상합니다요. 안주도 드시면서 천천히 마시셔요…"

함월이 걱정스러운 얼굴로 조심스럽게 말을 꺼냈다. 함월咸月은 함경도에서 달처럼 예쁜 기생이라는 뜻이었다. 함월은 이름에 걸맞게 보름달처럼 탐스럽고도 미색이었다.

"…"

나는 대답 대신 술잔을 내밀었다. 말보다는 술이 더 급하다는 뜻이었다.

"이렇게 급하게 마시면 몸이 견디지 못하는데…"

내가 평소 폭음을 하지 않는 것을 잘 아는 함월은, 혼잣말을 하면서도, 어쩔 수 없다는 듯이 술을 따랐다. 나는 술을 연거푸 마셨다. 술기운이 몸에 퍼지면서 울화통이 말로 터지기 시작했다. 반은 하소연, 반은 주정이었다.

"내가 신우를 얼마나 믿었는데, 신우! 그놈이 그럴 수 있나? 나쁜 놈 같으니라고. 에이 천벌 받을 놈!"

"그래, 실컷 마시고 맘껏 욕하게나. 술과 욕으로 나의 잘못을 탓하고 신우의 배신을 잊을 수 있다면 말일세."

나는 거듭 술잔을 비웠다. 마셨다기보다는 들이부었다. 이진은 자신이 지은 죄의 값을 치르려는 듯, 고개를 떨군 채 소리 없이 앉아 있었다. 가끔 깊은 한숨을 내 쉬며 잘 마시지 못하는 술잔을 들어 조금 마시고 내려놓기를 반복했다.

"무울, 물…"

나는 타는 듯한 갈증에 물을 찾았다. 눈은 거의 뜨지 못한 채 손으로만 물을 찾았다. 머리는 깨질 듯이 아팠다.

"일어나셨어요? 여기 시원한 냉수와 따뜻한 꿀물이 있습니다. 두 사발 다 마시고 속을 좀 달래세요."

"?"

생소한 목소리가 몸에 짝 달라붙었다. 나는 '누구지?'하며 눈을 뜨려고 했다. 하지만 두 눈은 아교풀로 붙여놓은 듯 달라붙어 떨어지지 않았다. 나는 기어들어가는 목소리로 물었다.

"누구시오? 내가 지금 누워있는 곳은 어디요?"

"이제 정신 좀 드세요. 어제밤 그렇게 만류했는데도 독한 술을 냉수 마시듯 들이붓고는."

그제서야 나는 깜짝 놀라 일어났다.

"아, 함월이군. 그런데, 이진! 이진은 어디 있나?"

"이진이요? 아~ 어제 같이 오셨던 벗님이 이진 님이시군요?"

"그렇소. 내 벗 이진은 어디로 갔소?"

"함께 술 마시다가, 당신이 술에 쓰러지자 잠자리를 봐 주곤 나가셨습니다."

"나갔다고? 어디로 간다는 말은 없었소?"

"네, 다른 말씀은 없으셨고, 편지를 남기셨습니다."

"편지를 남겼다고? 그 편지 지금 어디 있소?"

"머리맡에 놓아두었습니다. 먼저 정신부터 차리시고 읽어…"

나는 함월의 말을 끊고 편지를 꺼내 들었다.

"석이 보게나. 나의 잘못으로 인해 자네가 괴로워하면서 폭음하는 모습을 보며 나도 매우 고통스러웠다네. 내가 배신우에게 쓸데없는 말을 하지 않아야 했는데, 이미 엎질러진 물이 되고 말았네. 그 어떤 이유로도 변명할 수 없는 나의 잘못이었네. 이제 용서를 빈다고 해서 무슨 소용이요, 그대가 용서한다고 해서 바뀌는 일이 없다는 사실이 내 마음을 더욱 찢어놓네…

나는 밤 열차를 타고 서울로 돌아간다네. 아픈 자네를 놓고 돌아가야 하는 게 고통스럽지만, 세월만이 약이 될 것이라는 현실 앞에서 하루 이틀 더 머무는 것은 자네를 더욱 아프게 할 뿐이라는 것을 깨달았기 때문이라네. 자네가 이 편지를 읽을 때쯤이면 나는 서울에 도착해서 어쩔 수 없는 일상으로 돌아갈 것이네.

소용없다는 것을 알지만, 어쩔 수 없이 자네의 용서를 비네. 물론 자네가 용서하더라도 나는 평생 이번 잘못을 속죄하는 자세로 자네와 지낼 것이네. 아픈 일이지만 너무 애통해하지는 말게나. 자네도 이미 알고 있는 애이불상哀而不傷, 즉 슬퍼해도 몸을 상할 정도로 하지는 말라는 공자의 말을 전해주고 싶을 뿐이네. 잘 추스르고 멋진 시로 거듭나는 백석이 되기를 기다리고 있겠네…

1937년 4월7일 자네의 영원한 벗, 진"

"흐억~"

나는 이진의 편지를 읽고 소리를 내며 울었다. 벗도 잃고 사랑도 빼앗긴 가슴을 달랠 것은 눈물밖에 없었다. 한참을 울고 있으니 문득 연이의 목소리가 들렸다.

'이제 저를 잊어주세요. 저도 백 시인님과 좋은 인연을 맥을 수 있기를 진심으로 바랬습니다. 하지만 저를 키워주신 어머니의 결정이 우리의 운명을 갈라놓았네요. 저와의 짧은 만남을 좋은 추억으로 간직하시고, 저보다 좋은 사람 만나서 행복하게 사세요. 그리고 좋은 시 많이 써 주세요. 저는 늘 시인님의 시를 읽으며, 시인님을 보는 듯 여기며 살겠습니다…'

'연이야!'

나는 깜짝 놀라 머리를 들어 주위를 돌아보았다. 연이가 있을 턱이 없었다. 환청이었다. 함월이 나를 가슴으로 안아주었다. 갑자기 울음을 그치고, 멍한 눈동자로 헛것이 보이는 듯 이리저리 둘러보는 내 모습이 걱정스러웠기 때문이었다. 나는 본능적으로 함월의 가슴을 파고 들었다. 함월의 따뜻한 가슴에서 연이의 향기가 났다.

"시인님! 너무 괴로워하지 마셔요. 벌써 사흘째 밥도 먹지 않고 잠도 제대로 자지 않은 채 술만 마시니 큰 탈이 나지 않을까 걱정이어요. 이젠 남의 여자가 된 사람, 훨훨 털어버리세요. 제가 있잖아요."

함월이 내 등을 토닥거리며 나지막하게 말했다. 함월이는 진정으로 나를 걱정하고 있었다. 아니 걱정보다 더 나를 사랑하고 있었다. 연이가 배신우와 결혼했다는 말을 듣고, 넋을 잃은 채 얼이 빠져 술독에 빠진 나를 온몸을 다해 돌봐주었다. 함월은 다른 손님도 받지 않았다. 밤낮을 가리지 않고 나의 시중을 들었다.

그런 함월이를 앞에 두고 연이만 떠올렸다는 사실에 가슴이 아팠다. 가까운 사랑의 소중함을 알지 못한 채 잡을 수 없는 파랑새만 쫓는 모습이 부끄럽기도 했다. 나는 연이를 떨쳐버리려는 듯 머리를 세게 흔들고 말했다.

"함월아! 정말 고맙다."

"사랑하는 사람은 고맙다는 말을 하는 게 아니어요."

함월은 손가락을 입에 대면서 내 품으로 들어왔다. 나도 사랑스러운 눈길로 함월을 맞았다.

"시인님이 아픔을 이겨내고 기력을 회복하도록 정성을 다할 께요."

"그래, 너의 지극한 정성과 사랑 덕분에 다시 살 맛을 찾았구나. 정말 고맙다."

"아이 참, 고맙다는 말을 하는 게 아니라니까요."

나는 코맹맹이 소리를 내는 함월을 꼬옥 껴안고 입술을 포갰다.

함월의 입에서도 달콤한 참외 향기가 났다. 사랑이 익어 뿜어내는 여자의 내음이었다. 나는 손으로 함월의 가슴을 찾았다. 봉긋 솟은 젖꼭지는 기다렸다는 듯 팽팽하게 부풀었다.

"아이, 왜 이러셔요? 환한 대낮인데."

함월은 말로는 거부하면서도 몸으로는 받아들이고 있었다. 가슴이 점점 뜨거워지면서 숨소리가 거칠어졌다. 함월의 뜨거운 가슴과 거친 숨소리에 내 몸도 함께 타올랐다. 나는 서둘렀다. 함월을 꽉 잡아야 다시는 사랑을 놓치지 않을 것처럼 급하게 서둘렀다.

"아이, 시인님! 너무 급하셔요. 이렇게 서두르다가는 부러지겠어요."

타오르는 함월이 기쁨에 젖은 말을 토해냈다. 아니 말이라기보다는 교성에 가까웠다.

"아, 시인님!"

함월이 신음을 토해내고 있었다. 나도 함월의 신음에 맞춰 안에 가득 찼던 것을 그녀 속으로 한 번에 쏟아부었다.

"시인님 사랑해요. 저는 늘 시인님을 사랑하면서 기다리고 있었어요. 그동안 내 마음을 몰라주셔서 야속했는데, 오늘에야 시인님을 온몸과 마음으로 품을 수 있게 되어 매우 기뻐요."

"그래, 나도 함월이 사랑을 받아 다시 힘차게 살아야겠구나."

그랬다. 사랑은 죽은 듯 매가리 없던 것을 되살아나게 하는 힘이 있었다. 함월의 사랑은 내가 다시 시를 쓰게 해준 생명의 샘이었다. 마침 계절은 봄이었다. 산에는 진달래가 피고, 들에는 개나리가 활짝 웃었다. 겨우내 움츠리고 있던 사람들도 기지개를 켜고 봄맞이 나들이를 하느라 바쁘게 오갔다. 나도 함월의 품에서 차오르는 봄기운을 품었다.

　밖은 봄철날 따디기의 누굿하니 푹석한 밤이다
　거리에는 사람두 많이 나서 흥성흥성 할 것이다
　어쩐지 이 사람들과 친하니 싸단니고 싶은 밤이다

　그렇지만 나는 하이얀 자리우에서 마른 팔뚝의
　샛파란 피ㅅ대를 바라보며 나는 가난한 아버지를
　가진 것과 내가 오래 그려오든 처녀가 시집을 간 것과
　그렇게도 살틀하든 동무가 나를 벌인 일을 생각한다
　― 백석, 〈내가 생각하는 것은〉 전문, 『여성』, 1938. 4.

　아직은 사람들과 함께 어울려 봄나들이할 정도는 아니었지만, 오랜만에 시상詩想을 가다듬었다. 나는 사람들과 어울려 봄을 만끽하고 싶은 마음을 달래며 연이를 대상화했다. 그러자 마음이 가라앉으며 글자가 제자리를 찾아가며 시가 만들어졌다. 함월의 사랑 덕분이었다. '그래, 나는 "가난한 아버지를 갖고", 근거 없는 이상한 소문으로 시달리는 어머니가 계시지만, 나는 그런 현실에 굽히지 않을 것이다!'

9

출
가

살뜰하게 지냈던 벗, 배신우에게 찍힌 발등은 두고, 두고 아팠다. 문득 보이는 것과, 문득 들리는 새 소리와, 문득 만나는 사람들에게서도 아픔은 새록새록 돋아났다. 나의 아픔 속에서도 봄은 한창이었다. 아무런 일이 없었다는 듯 자기들 할 일에 몰두하고 있었다. 앙증맞은 새싹들이 벌써 제법 파랗게 바뀌어 가고, 개나리 진달래가 지고 벚꽃과 이팝나무와 조팝나무 등이 미모 자랑을 하고 있었다. 농부들은 가래질로 논둑을 고쳐 금 같은 물을 가두고, 씻나락을 담가 못자리 만드느라 바빴다. 농사일에서 자유로운 한량들은 봄나들이 가느라고 야단법석이었다.

　나는 그런 사람들과 어울려 봄을 가슴에 가득 안고 싶었다. 하지만 몸도 마음도 선뜻 봄을 즐길 수는 없었다. 나는 함월의 진심 어린 위로로 겨우 힘을 되찾았다. 하지만 생활은 여전히 고통스러웠다. 하숙집에 돌아와 낡은 소반에 다소곳이 놓인 가자미구이를 곁들인 저녁상을 마주했다. 식욕은 없었다. 젓가락을 들어 가자미에 대는 순간, 가자미가 나에게 말을 걸었다.

'우리들은 가난해도 서럽지 않아요!'

나는 내 귀를 의심했다. 두 눈을 크게 뜨고 가자미를 쳐다보았다. 가자미는 '뭘 그렇게 놀라느냐'는 듯 눈을 동그랗게 뜨고 말을 이었다.

'우리들은 외로워할 까닭도 없어요. 그리고 누구 하나 부럽지도 않고요.'

그제야 나는 내 귀에 들리는 것이, 가자미가 하는 말이 아니라 내가 하고 싶은 마음 말이라는 사실을 깨달았다.

'그래 나는 가난해도 서럽지는 않아. 외로워할 까닭도 없지. 누구 하나 부럽지도 않고'

나는 가자미 몸살을 한 점 떼어나 흰 쌀밥에 넣어 입에 넣으며 속으로 중얼거렸다. 그러자 다음 말이 저절로 떠올랐다.

'흰 밥과 가재미와 나는, 우리가 같이 있으면, 세상 같은 건 밖에 나도 좋을 것 같다!'

나는 재빨리 저녁상을 옆으로 밀어 놓고, 연필과 원고지를 찾았다. 나를 배반한 벗, 배신우에게 주는 시를 빠르게 써 내려갔다.

　　낡은 나조반에 힌밥도 가재미도 나도 나와 앉어서

　　쓸쓸한 저녁을 맞는다

힌밥과 가재미와 나는

우리들은 그 무슨 이야기라도 다할 것 같다

우리들은 서로 믿없고 정답고 그리고 서로 좋구나

우리들은 맑은 물밑 해정한 모래톱에서 하구긴 날을 모래알만

헤이며 헤이며 잔뼈가 굵은 탓이다

　바람 좋은 한 벌판에서 물닭이 소리를 들으며 단이슬 먹고 나이

들은 탓이다

　외따른 산골에서 소리개 소리 배우며 다람쥐 동무하고 자라난

탓이다

　우리들은 모두 욕심이 없어 히여졌다

　착하디착해서 세괏은 가시 하나 손아귀 하나 없다

　너무나 정갈해서 이렇게 파리했다

　우리들은 가난해도 서럽지 않다

　우리들은 외로워할 까닭도 없다

　그리고 누구 하나 부럽지도 않다

　힌밥과 가재미와 나는

　우리들이 같이 있으면

　세상 같은 건 밖에 나도 좋을 것 같다

　　— 백석, 〈선우사膳友辭〉 전문, 『조광』, 1937. 10.

나는 시를 다 쓴 뒤 제목을 '선우사膳友辭'라고 붙였다. 통상 제목을 먼저 정한 뒤 그에 맞춰 시를 썼는데, 이번에는 시를 먼저 쓰고 제목을 붙였다. 시를 준 가자미를 음식 벗인 '선우膳友'로 여긴 것이다. 다만 선膳은 선물膳物이란 말에서 알 수 있듯, 음식이라는 뜻과 함께 선사한다는 뜻도 있다. '선우사'를 '음식 벗에 관한 글'과 함께 '벗에게 주는 글'이라는 이중적 뜻으로 썼다. 나를 배신한 배신우를 가자미만도 못한 놈이란 뜻을 담은 것이다. 뒤늦게 배신우를 욕한다고 해서 이미 뒤틀린 일을 바로잡을 수는 없는 일이었다. 그래도 최소한 화딱지를 풀어야 내가 살 것 같았다.

나는 배신우의 배신에 따른 고통을 다스리려고 함흥 동쪽에 있는 바닷가에 가끔 나갔다. 특히 더위가 시작되는 늦봄에서 가을이 오기까지는 꽃처럼 아름다운 섬, 화도花島를 바라보면서 끝없이 펼쳐진 모래사장을 걸었다. 아무런 생각 없이 백사장을 걸으면 답답했던 가슴이 활짝 열렸다. 해안을 따라 낮게 나는 갈매기를 벗 삼아 걷노라면 문득 연이의 얼굴이 떠올랐다. 머리를 흔들며 떨쳐내려 해도 소용없었다. 그럴 때마다 연이의 얼굴이 눈앞에 선명하게 그려졌다. 몇 번이나 연이에게서 벗어나려고 안간힘을 썼지만, 그럴 때마다 연이의 얼굴은 더욱 찰싹 달라붙었다.

나는 생각을 바꿨다. 내 가슴에서, 내 기억에서 연이를 떼어내려고 하기보다 연이를 객관화시키기로 했다. 연이의 모습이 떠오르면 그것을 있는 그대로 시로 썼다.

바다ㅅ가에 왔드니

백석의 붉시착

바다와 같이 당신이 생각만 나는구려
바다와 같이 당신이 사랑하고만 싶구려

구붓하고 모래톱을 올으면
당신이 앞선 것만 같구려
당신이 뒤선 것만 같구려

그리고 지중지중 물가를 거닐면
당신이 이야기를 하는 것만 같구려
당신이 이야기를 끊은 것만 같구려

바다ㅅ가는
개지꽃에 개지 아니 나오고
고기비눌에 하이얀 해ㅅ볓만 쇠리쇠리하야
어쩐지 쓸쓸만 하구려 섧기만 하구려
　— 백석, 〈바다〉 전문, 『여성』, 1937. 10.

　바닷가에 오니 연이가 생각났다. 통영 앞바다와 같은 색깔인 함흥 앞바다를 보니, 통영의 이순신 사당 충렬사 앞에 있는 연이의 집과 그 집 앞의 명정明井에서 물을 긷는 연이의 모습이 바로 옆에 있는 것처럼 떠올랐다. 그 바다와 함께 연이가 생각나고, 연이를 사랑하고만 싶었다. 이제 남의 여자가 된 연이를 생각하는 게 부질없는 일이라고 생각하며 모래톱을 오르면, 주인 따라나선 강아지처럼,

연이가 앞섰다가 뒤로 쳐졌다가 하는 듯이 느껴졌다. 망상을 씻어내려고 물가로 내려오니 연이가 얘기를 하는 것처럼 들려 내가 대답을 하려고 하니, 연이가 말을 끊는 것 같았다. 정신 차리고 바다를 바라보니, 물고기 비늘처럼 반짝거리는 윤슬이 내 어리석음을 비웃는 듯했다. 가슴 한쪽이 아프기만 했다. 쓸쓸하고 서러운 마음을 다스리기 힘들었다.

"귀주사로 와 주세요. 나사랑"

배신우의 배신으로 인한 고통을 시로 달래고 있던 1937년 10월, 단풍이 들기 시작하는 어느 날이었다. 영생고보 교무실로 전보 한 장이 날아들었다. 보낸 사람은 나사랑이었다. 나사랑은 한일수의 여동생이다. 공식적으로는 한사랑이지만, 나와는 나사랑으로 통하던 사이였다. 조선일보 기자 시절, 카페 '낙랑파라'에서 설레는 '와인키스'를 나누었다. 『사슴』이 출간된 뒤 한일수 집에서 출판 파티를 한 뒤에 만나지 못했던 나사랑이었다. 『사슴』 출간 후 연이를 만나러 통영을 다녀왔고, 경성의 동소문 밖 신흥사에서 이상과 시담詩談 같지 않은 말다툼을 한 뒤 영생고보 영어 선생으로 부임하느라 정신없이 보내느라 그녀를 잊고 지냈다. 그랬던 나사랑으로부터 갑자기 전보가 날아든 것이다.

"나사랑! 오랜만이야. 그런데 왜 갑자기 귀주사에?"

귀주사歸州寺는 함흥성 동문 밖의 설봉산雪峯山에 있는 오래된 절이다. 고려 문종 때 정수사淨水寺라는 이름으로 설립됐는데, 이성계가 조선을 개국하기 전에 이곳에서 공부한 것을 기념하기 위해 귀주사로 이름을 바꾸었다. '불교를 억제하고 유학을 숭상한다'는 조선의 강력한 억불숭유抑佛崇儒 정책 아래에서도 특별대우를 받은 절이다.

"시인님 오랜만이에요. 그렇게 무정하게 떠난 뒤 편지 한 장 하지 않는 게 어디 있어요?"

1년 8개월 만에 만난 우리의 말은 엇갈렸다. 나는 반가움보다 의아함이 앞섰고, 나사랑은 그리움에 서운함을 담았다.

"…"

나사랑의 물기 어린 말에 나는 대답을 할 수 없었다. 아무리 사람은 자기중심적이라고 해도 내가 너무했다는 자책감이 밀려들었다. 나는 나대로 고통을 받고 있었지만, 나사랑은 그녀대로 원망이 쌓였을 터였다. 나는 나사랑을 말없이 바라보았다. 그녀의 눈가가 촉촉이 젖고 있었다.

"저~"

그녀는 말을 잇지 못했다. 대신 눈물이 주르륵 볼을 타고 방바닥으로 떨어졌다. 한 방울 두 방울 세 방울…. 시간은 멈춘 듯했지만, 겨울나기 준비에 바쁜 산새들의 지저귐이 끊임없이 이어졌다. 귀주사도 월동준비를 하느라 바쁘게 돌아가고 있었다. 한참 머뭇거리던 나사랑이 다시 입을 뗐다.

"저, 제 오빠 얘기는 들으셨지요?"

"오빠? 한일수 선생 말인가, 무슨 얘기?"

나는 한일수가 변절해서 친일로 돌아섰다는 소문을 듣고 있었다. 하지만 소문 가운데는 믿을 수 없는 일도 많은 데다, 시간이 흐르면 사실 여부를 알 수 있을 것이기 때문에 애써 무시하고 있었다.

'순자荀子는 물이 구덩이 앞에서 멈추고 유언비어는 지자智者 앞에서 그친다고 했다.'

나는 그렇게 생각하면서 소문을 믿고 싶지 않았다. 나에겐 너무 엄청난 얘기였기 때문이었다. 굳이 확인하려고 하지 않았다.

"네, 시인님이 알고 있는 항일민족투사로 알려진 한일수 오빠가 친일로 변절했습니다."

"아니 그게 정말이야? 한일수 선생께서 어떻게 그럴 수 있지?"

나는 '한일수 변절' 자체도 믿을 수 없었지만, 나사랑의 입을 통해 듣게 된 것은 더 큰 충격이었다.

"저도 믿을 수 없지만, 안타깝게도 사실입니다. 저도 오빠의 변신에 대해 엄청나게 따졌습니다. 그리고…"

"그리고?"

"내가 아무리 읍소泣訴했지만 한 번 바뀐 오빠의 마음은 다시 변하지 않았습니다. 그래서 나는 오빠와 의절義絶하곤 집을 나왔고요."

"집을 나왔다고? 아무리 그래도 그렇지, 하늘과 부모가 맺어준 인연을 끊을 수야."

"저도 의절만은 하지 않으려고 계속 설득했어요. 하지만 오빠는 오히려 "네가 철이 없어 그렇다. 이제 조선이 독립할 희망이 없다. 너도 어서 정신 차리고 살길을 찾아야 한다!"며 나를 몰아붙이더군요."

"그렇게 올곧던 한일수 선생이 친일로 돌아섰다는 게 화딱지 나고 믿기지 않네. 참으로 울화통 터지는 일이군."

"시인님과 민족에 대한 의리를 지키겠다고 오빠와 의절하고 집을 나왔지만, 막상 갈 곳도 할 일도 없더군요. 그래서…"

나사랑의 목소리가 다시 떨렸다. 눈물방울도 다시 주르륵 떨어졌다. 나는 뭐라고 말해야 할지 몰라 대웅전 풍경風磬 너머 산봉우리만 소리 없이 바라보았다.

"그래서…"

나사랑은 다시 말을 잇지 못했다. 나사랑이 말을 하지 못한 것은 아니었다. 내가 문득 상념의 세계로 빠져들어 그녀의 말을 알아듣지 못했다.

'사람을 믿지 마라. 믿는 도끼에 발등 찍힌다. 나에게 접근하는 사람을 멀리하라. 간과 쓸개를 다 꺼내주는 시늉을 한 뒤에 나에게 남는 건 죽음뿐이다. 신체적 죽음이 배신으로 인한 정신적 죽음이 함께 온다. 즐기되 음탕하지 않은 낙이불음樂而不淫을 잊지 마라. 즐거움에만 빠져들면 반드시 치욕이 뒤따른다.'

한일수! 한일수 선생이 누구인가? 그는 만석지기임에도 항일독립투쟁을 적극적으로 지원한 사람이었다. 이름도 오래 산다는 뜻의 한일수韓一壽에서 일본의 원수를 갚겠다는 뜻의 한일수韓日讐로 바꿨다. 내가 당시 문단에서 가장 호화로운 시집 『사슴』을 출간한 것도 한일수 선생의 적극적인 응원과 후원 덕분이었다. 하지만 믿을 수 없는 게 사람이었다. 아니, 사람은 본디 믿을 수 없는 동물인지 몰랐다. 생각이 여기에 미치자, 나는 나사랑에게 물었다.

"한일수가 언제부터 친일로 돌아선 건가?"

"오빠는, 아니 의절했으니 이제부터는 오빠도 아닌, 한일수는 일제가 중일전쟁을 일으킨 뒤 차츰 친일로 돌아섰습니다."

"한일수가 친일로 돌아선 게 하루아침에 이뤄진 것은 아닐 텐데?"

"네, 저도 처음에는 긴가민가했어요. 하지만 한일수가 한 일련의 행동을 되돌아보면 처음부터 계획이 있던 것 아닌가 하는 생각이 들었지요."

"처음부터 계획이 있었다고? 어떤 과정이 있었길래 그런 생각이 들었지?"

"일제가 중국과 전쟁을 일으킬 것이라는 소문이 파다할 때인 올해 초였어요. 한일수가 이름을 갑자기 韓日讐에서 韓一壽로 다시 바꾸더군요."

"다시 韓一壽로?"

"예, '일본의 원수를 갚겠다'는 이름을 버리고 '오래 살겠다'는 원래 이름으로 돌아갔어요. 처음엔 그런가 보다 했는데…"

"했는데?"

"한일수를 찾아오는 항일독립투사들이 며칠 지난 뒤에 종로경찰서에 잡혀가는 일이 자꾸 생기더군요. 한일수가 일제 경찰에게 정보를 준다는 의심이 들었지만, 사람이 그렇게 빠르게 변하지는 않을 것이란 생각으로 좀 더 지켜봤어요."

"항일독립투사와 관련된 정보를 원수에게 팔아먹다니, 이런 죽일 놈 같으니라고."

"며칠 뒤 '한일수 일중전쟁 승리를 위해 전투기 헌납'이라고 대서특필한 〈매일신보〉 기사를 보고서야 확실히 알게 됐지요."

매일신보는 조선총독부 기관지다. 대한제국 때 양기탁과 영국인 베델이 만든 대한매일신보大韓每日申報가 전신인데, 일제는 대한제국을 불법적으로 강점한 뒤 '대한大韓'이란 말을 쓰지 못하도록 한 뒤 대한매일신보를 매일신보로 바꿨다.

"정말 천벌을 받을 놈이네. 민족의 원수, 일제에게 전투기까지 헌납했다니."

은인이라고 여겼던 한일수가 변절했다는 말을 들으면서 나는, '오죽하면 머리 검은 짐승은 거두지 말라는 속담이 생겨났을까…' 하며 땅을 쳤다. '돈의 세계에서는 민족도 이념도 정의도 없고 오로지 이익의 법칙만 작동한단 말인가?' 연이와 배신우의 도둑 결혼이 내가 겪은 개인적 배신이라면, 한일수의 배신은 민족적이고 역사적 배신이었다. 배신우의 배신은 나만 삭이면 될 수도 있지만, 한일수의 변절은 천벌을 받아 마땅한 큰 죄였다.

"그것만이 아니었어요."

"아니 항일독립투사를 팔아먹고 전투기까지 헌납한 것 외에 더 나쁜 짓을 저질렀단 말야?"

"네, 저를 우락부락한 일본 군인에게 억지로 시집보내려고까지 했어요."

"일본 군인에게 사랑을 시집보내려고 했다고? 정말 말종 중의 말종이네, 한일수 이 죽일 놈!"

나사랑의 말을 귀주사에서 더 들을 수 없었다. 그대로 말만 하기에는 치밀어 오르는 울화통을 다스릴 수 없었다. 나는 나사랑의 손을 잡고 귀주사를 내려와 사하촌寺下村에 있는 여관에 들었다. 한일수의 변절은 나에게도 아픔이었지만 나사랑에게는 더욱 큰 고통이었을 것이다. 그런 고통은 혼자 아파하는 것보다 둘이 함께 나누며 이겨내야 했다. 설봉산 약수와 함흥 쌀로 빚은 막걸리가 우리의 아픔을 조금은 달래주었다. 몇 잔을 주고받은 뒤, 나는 시를 읊었다. 한일수의 변절을 그냥 지나쳐서는 안 될 일이었다.

> 또 내가 아는 그 몸이 성하고 돈도 있는 사람들이
> 즐거이 술을 먹으러 단닐 것과
> 내손에는 신간서 하나도 없는 것과
> 그리고 그 「아서라 세상사世上事」라도 들을
> 류성기도 없는 것을 생각한다
>
> 그리고 이러한 생각이 내 눈가를 내 가슴가를
> 뜨겁게 하는 것도 생각한다
> ― 백석, 〈내가 생각하는 것은〉 제3, 4연.

한일수는 친일의 앞잡이가 되어 즐겁게 술을 마시러 다니는데, 나는 새로 나온 책을 보고 싶어도 살 수도 없고, '아서라 세상사'라는 노래를 듣고 싶어도 그 노래가 흘러나올 류성기가 없는 현실이 아팠다.

'아서라 세상사'는 편시춘이 작곡하고 임방울이 노래한 유행가였다. "아서라 세상사 허망허다/ 군불견君不見 동원도리편시춘東園桃

李片時春/ 창가소부娼家少婦야 말을 듣소/ 대장부 평생 사업 연년이 넘어가니/ 동류수東流水 굽이굽이 물결은 바삐바삐/ 백천百川은 동도해東到海요 하시부서귀何時復西歸라"로 시작해서 "인불견人不見 수봉처水逢處 허니/ 소상고적瀟湘古蹟이 방불허고나/ 젊어 청춘에 먹고 노지/ 늙어지면은 못노라니라/ 거드렁 거리고 놀아보자"로 끝난다.

나는 유행가를 별로 좋아하지 않았다. 그럼에도 '아서라 세상사'를 〈내가 생각하는 것은〉에서 거론한 까닭은 노래의 내용보다는 제목에 끌렸기 때문이었다. 친일로 변절한 한일수와 벗을 버린 배신우에게 '아서라 이놈들아!'라고 소리친 것이었다. 비록 그들은 이러한 외침에 귀를 닫았다 해도, 세상 사람들은 가슴을 열었을 것이라고 믿었다.

"저는 이런 날이 올 것을 학수고대하고 있었어요…"

내가 읊는 시를 듣고 있던 나사랑이 나직하게 입을 열었다.

나사랑의 눈에는 눈물이 그렁그렁했다.

"내가 한일수의 변절에 울화통이 터져서, 사랑이 옆에 있는 것을 잠시 잊었네. 너무 감정적이어서 미안하네."

"아니에요. 저는 시인님의 마음을 잘 알아요."

"내가 그동안 다른 일을 핑계 대며 사랑에게 너무 무심했어. 손으로 잡을 수 없는 파랑새를 쫓느라고 집토끼마저 잃는 잘못을 저지르고 말았네."

"무슨 말씀이에요. 저는 그래도 시인님을 사랑해요."

"나도 사랑을 좋아해."

나와 나사랑은 오래전부터 사귀어 온 연인처럼 서로 익숙했다.

낙랑파라에서 깊은 '와인키스'를 했기 때문이라기보다, 한일수의 변절로 같은 고통을 겪고 있다는 공감이 몸과 마음을 하나로 만들었다.

나는 나사랑의 온몸을 부드럽게 애무했다. 입술에서 목으로, 목에서 가슴으로, 가슴에서 숲으로, 숲에서 발끝까지. 나사랑의 몸은 향기로운 홍시였다. 내 혀가 닿는 곳마다 꿀을 먹는 듯 달콤했다. 나사랑의 입은 피아노였다. 내 혀가 몸을 애무할 때마다 아름다운 선율이 흘러 나왔다. 나사랑의 혀는 신기神器였다. 나사랑의 혀가 내 몸을 애무할 때마다 나는 꿈틀꿈틀 요동을 쳐야 했다. 피아노와 요동의 아름다운 조화는 10월의 밤이 끝나갈 무렵 한바탕 폭풍으로 이어졌다.

"시인님, 정말 고마워요."

"고맙긴, 내가 좀 더 잘 대해줬어야 했는데."

"아니에요, 오빠와 의절한 뒤 오갈 데가 없어 막막했는데, 시인님께서 이렇게 따뜻하게 맞아주셔서…"

나사랑은 감정이 벅차오르는지 말을 잇지 못했다. 나는 나사랑의 이마에 살며시 키스하고 가볍게 안으며 말했다.

"사랑아, 네가 이렇게 나를 찾아와줘서 나도 고마워."

나사랑은 귀를 쫑긋하며 내 말을 들었다. 눈동자는 초롱초롱 빛났다. 내 말에서 어떤 희망을 본 것 같았다.

"시인님!"

나사랑은 나를 불러놓고 뜸을 들였다.

"…"

나는 나사랑이 하고 싶은 말이 무엇인지 안다는 듯, 눈으로 말을 재촉했다. 나사랑이 결심한 듯 말했다.

"시인님, 저랑 이렇게 함께 지낼 수 없을까요? 저는 시인님과 함께 지낸다면 그 어떤 어려움이라도 견뎌낼 자신이 있어요."

"나도 그러고 싶어. 하지만."

나사랑이 내 말을 끊었다. 내가 무슨 말을 할지 아는 듯했다.

"말하지 마세요. 저는 시인님의 마음을 알아요. 이제 됐어요. 시인님의 마음을 확실히 알았으니, 저도 저의 길을 갈 수 있게 되었네요."

나사랑은 이불을 끌어당겨 드러난 어깨를 덮으며 명랑한 목소리로 말했다.

"사랑의 길이라니?"

나는 나사랑의 목 밑으로 손을 넣어 안고 입술에 가볍게 키스하며 물었다.

"제가 한일수와 의절하고 집에서 나온 뒤 어떻게 살지를 많이 생각했어요. 그리고 내린 결론이 출가예요."

"출가라고? 속세를 떠나겠다는 말이야?"

"네, 천지사방 기댈 곳 없는 제가 할 수 있는 일은 출가밖에 없네요."

"아니, 그렇지 않아! 출가하지 않고도 이 어려움을 이겨낼 수 있는 길이 반드시 있을 거야."

"무슨 길이 있을까요? 시인님도 가야 할 길이 있는데, 누가 나를 잡아줄 수 있을까요?"

"…"

"시인님, 그거 생각나세요?"

"?"

"시인님이 『사슴』의 출판 파티를 하러 오빠 집에 왔을 때 저의 가슴에 가장 들어온 시가 〈여승〉이었다고 했던 말이요."

그랬다. 나사랑은 그때 "〈여승〉의 '섶벌 같이 나아간 지아비 기다려 십 년이 갔다/ 지아비는 돌아오지 않고/ 어린 딸은 도라지꽃이 좋아 돌무덤으로 갔다'는 대목에서 눈물이 났다"고 했다. 그리고 "마지막 구절인 '산 꿩도 설게 운 슬픈 날이 있었다/ 산절의 마당귀에 여인의 머리오리가 눈물방울과 같이 떨어진 날이 있었다'는 구절을 읽고는 눈물이 주르륵 떨어졌다"고 했다.

'아 그때 그 말이 오늘의 상황을 예견한 것이었단 말인가. 우리의 운명은 이렇게 엇갈리고 흐트러지는 것이란 말인가.'

"생각나고 말고, "백석 스승님이 〈여승〉을 통해 식민통치로 굶주리며 보금자리조차 잃고 유랑하다 결국 중이 되는 현실을 고발하고 있다고 생각하고, 그런 스승님의 치열한 마음에 더욱 눈물이 났다"고 한 사랑의 말을 생생하게 기억하고 있어."

"제가 그런 말을 했던가요? 저는 기억이 가물가물한데 시인님은 잘 기억하고 계시네요."

"어찌 잊을 수가 있겠어? 우리 민족을 옥죄고 있는 일제의 질곡은 더욱 강해지고 있는데."

"그때는 그런 아픔이 저에게 직접 닥칠 것이라고는 상상하지 못했습니다. 하지만 우리 민족의 슬픈 운명이 저한테도 왔으니, 저도

백석의 불시착

출가의 결단을 내려야 할 때가 왔다…"

나는 서둘러 나사랑의 말을 끊었다. 나사랑의 말이 끝까지 이어진다면 출가를 기정사실로 받아들이는 거라는 다급함 때문이었다.

"아니야, 지금 당장 결정하지 말고 좀 더 생각한 뒤에 결정해도 늦지 않을 거야."

"아니에요. 저도 지난 10개월 동안 고민하고 숙고해서 내린 결정입니다."

나는 그때 나사랑에게 "나와 결혼해서 일제강점의 어둠을 함께 헤쳐 나아가자"고 말해야 했다. 하지만 아직도 연이에 대한 감정을 완전히 정리하지 못한 나는 그렇게 말할 수 없었다. 그저 말없이 나사랑을 가슴에 안고 등을 가볍게 토닥토닥해 줄 수밖에 없었다. 그런 내가 한심했고, 그렇게 한심한 내가 미웠다.

"네, 제가 선택할 수 있는 길은 현재로선 출가가 가장 좋은 좋다는 결론을 내렸어요."

"내가 사랑과 함께 지내면 참 좋을 텐데, 상황이 허락하지 않아 참으로 안타깝네."

"괜찮습니다. 예전에 〈여승〉이 제 맘에 꽂혔던 것처럼, 저의 운명은 이미 출가로 준비돼 있었는지 모릅니다. 존경하는 시인님의 사랑을 받으며 산에 들어가니, 속세와의 아름다운 인연인 미연美緣을 생각하며 살아갈 수 있게 되어 다행입니다."

나사랑은 이 말을 남기고 설악산 백담사의 오세암으로 떠났다. 오세암에서 매월당 김시습과 만해 한용운의 뜻을 받들어 남은 생을 부처님과 자연과 더불어 살아가겠다고 했다. 운명은 그렇게 결

정돼 있었다. 떠날 사람은 떠나고 남은 사람은 남아서 해야 할 일이
있었다.

"사랑 보살! 준비됐나요?"
"예, 스승님!"
"그럼 삭발을 시작하겠소!"
"감사합니다!"
1937년 10월 24일, 일요일 오전 10시. 오세암 동자전童子殿 앞마당
에서 나사랑의 삭발식이 시작됐다. 나사랑은 눈을 들어 하늘을 바
라보았다. 공룡능선에서부터 시작된 단풍이 오세암에서 바라보이
는 산등성이를 발갛게 물들이고 있었다. 파란 하늘엔 흰 구름이 한
두 개 한가로이 떠다니고 있었다. 나사랑은 조용히 눈을 감으며 머
리를 내밀었다. 관음觀音 스님이 삭도削刀를 들고 앞에 섰다. 스님이
조용히 말했다.
"이제 삭발을 하면 돌아올 수 없는 다리를 건너는 것입니다. 지
금이 마지막 기회예요. 지금이라도 마음이 바뀌면 머리 깎는 것을
중단할 수 있어요."
속세와 인연을 끊고 절에서 산다는 게 얼마나 외롭고 힘든 일인
지를 뼈저리게 알고 있는 관음은, 나사랑의 결심을 마지막으로 물
었다.
"아닙니다. 즐거운 마음으로 스승님의 삭도를 받겠습니다!"
한 달쯤 관음 스님의 가르침을 받고 출가 결심을 더욱 굳힌 나사
랑은 조금도 흔들림 없이 또랑또랑하게 말했다. 여기서 마음을 바

꿀 수는 없는 노릇이었다. 산에서 내려간다 한들 갈 곳도 없는 처지였다. 부처님의 넓은 품에 기대어 일제의 식민지배에 신음하는 동포들의 아픔을 달래며 살기로 한 결심을 다시금 굳게 다졌다.

툭!

머리카락 한 뭉치가 땅으로 떨어졌다. 눈을 감은 채 그 소리를 들은 나사랑은 가슴에 못이 박히는 듯한 아픔에 움찔거렸다. 삭도를 움직이던 관음 스님의 손이 잠시 머뭇거렸다.

투 툭 툭…

잠시 멈췄던 관음 스님의 손길이 다시 움직이면서 머리카락이 잇따라 땅으로 떨어졌다.

투 투 툭.

맑은 가을날에 갑자기 빗방울이 떨어지기 시작했다. 머리를 더 깎지 말라고 사정하는 듯했다. 하지만 관음 스님은 으레 있는 일이라는 듯, 담담하게 삭도를 움직였다. 관음 스님의 의지를 어쩔 수 없다는 것을 알았는지, 빗방울이 이내 그쳤다. 그렇다. 땅에 떨어진 것은 빗방울이 아니었다. 나사랑이 흘린 눈물이 빗물로 바뀐 것이었다. 출가하는 것 자체는 슬프지 않으나, 출가할 수밖에 없는 상황이 나사랑의 눈물샘을 자극했다.

'아, 나는 앞으로 어떤 불자가 되어야 할까? 이 나라 백성은 이 험한 세상을 어떻게 살아갈 수 있을까?'

나사랑이 아니라 원정圓井이 된 사미니沙彌尼는 승복 소매로 눈물을 훔치며 하늘을 올려보았다. 무심한 하늘은 여전히 파랗고 흰 구름이 두둥실 떠다니고 있었다. 단풍도 원정의 삭발은 자기들과 아무런 관련이 없다는 듯, 미풍美楓 경연대회를 준비하고 있었다. 문득 산등성이에 백석 시인이 서서 이쪽을 내려보는 듯했다. 하지만 눈을 크게 뜨고 다시 보니 사람을 닮은 바위였다.

머리 오리가 툭 땅에 닫자
빗방울이 후드득 떨어졌다

눈물은 흐르지 않았다
세상과의 인연이 함께 떨어지지 않았기에

오세암 단풍이 발갛게 웃자
여승의 눈동자도 발개졌다

새로운 세상이 열리고
발길은 발길로 엇갈렸다
— 백석, 〈나사랑〉, 미발표 유고.

나는 훗날 영생고보를 그만두고 조선일보에 다시 입사하러 서울로 갈 때 오세암에 들러 원정을 만났다. 또 조선일보를 퇴사하고 시 100편을 얻으러 만주로 떠날 때도 오세암을 들렀다. 그때 원정에게 삭발하던 때의 얘기를 듣고 이별의 선물로 시 한 편을 지어 나사랑에게 주었다.

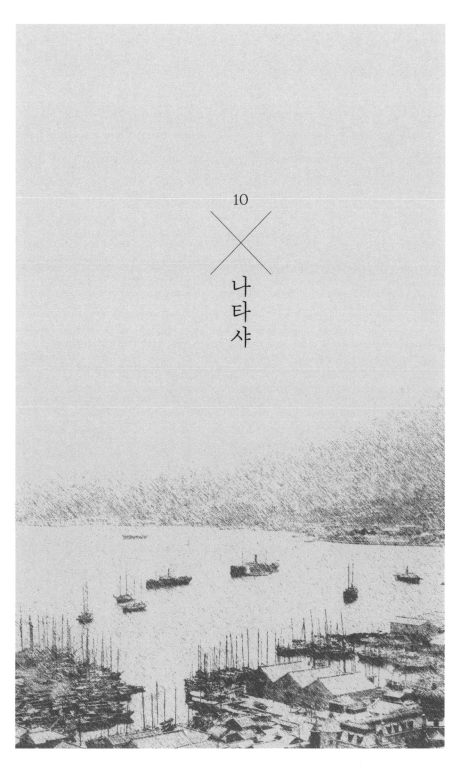

10

나
타
샤

하늘은 쉬지 않는다. 날마다 해가 뜨고 날마다 달이 뜬다. 땅도 멈추지 않는다. 비바람을 맞으며 열매를 맺고, 눈보라 속에서도 생명의 싹을 지킨다. 하늘과 땅과 함께 우주를 만드는 사람도 쉬지 않는다. 멈추지도 않는다. 슬픔과 아픔을 겪으며 새날을 맞이하고, 기쁨을 누리며 앞날을 펼친다.

배신우와 연이의 도둑결혼에 크게 흔들렸던 나도 시간이 흐르면서 안정을 되찾았다. 제자의 집을 방문했다가 우연히 그의 누나, 김순옥을 만난 뒤부터 새로운 삶을 시작했다. 사람은 만나면 헤어지게 마련이고, 이별 뒤에는 새로운 만남으로 헤어짐의 고통을 다스린다.

순옥淳玉은 이름 그대로 맑은 옥 같은 처녀였다. 순옥은 매우 아름다웠다. 초롱초롱한 큰 눈에 오뚝한 코와 가지런하게 다문 발간 입술이 갸름한 얼굴과 완벽에 가까운 조화를 이뤘다. 짙은 눈썹은 초승달처럼 예쁜 두 눈을 뒷받침했다. 이마는 넓지도 좁지도 않았다. 옻칠한 것처럼 검은 머리는 가운데로 가르마를 타고 쪽을 지었다. 단정하게 빗은 머릿결은 두 귀를 적절히 보이도록 안배해 주었다. 순옥은 한 마디로 연이와 닮았다. 바로 그 점이 내가 순옥에게 끌렸을지 몰랐다.

순옥의 집은 부유했다. 함흥에서 다섯 손가락 안에 드는 부자였다. 순옥은 영생고녀를 졸업하고 일본의 릿교立敎대 영문학과 졸업반에 재학 중이었다. 순옥은 어렸을 때부터 천재로 유명했다. 릿교立敎대는 내가 졸업한 아오야마가쿠인青山學園과 함께 '마치MARCH'의 하나였다. 일본의 5대 사립 명문대로 통하는 마치는 메이지明治 아오야마가쿠인 릿교 주오中央 호세이法政 대학교의 첫 글자를 따서 만든 말이다. 연이를 닮은 모습에다 릿교대 영문학과를 다니며 체득한 문학에 대한 소양을 지닌, 순옥은 나와 가까워질 수밖에 없는 조건을 모두 갖추고 있었다.

순옥도 나를 좋아했다. 함흥은 함경도에서는 큰 도시이지만 서울이나 동경에 비해선 소도시다. 서로 통하는 화제를 갖고 대화를 나눌 사람이 그다지 많지 않았다. 여름방학과 겨울방학 때 함흥에 와도 심심하게 방구들 신세를 지다 동경으로 돌아가기 일쑤였다. 그때 나를 만난 것이다. 우리는 만날 때마다 유럽과 일본, 그리고 대한의 문학에 관해 얘기를 나누었다.

"순옥이 릿교대에 입학했을 때 나는 아오야마를 졸업하고 귀국해서 길이 엇갈렸군. 1년 쯤 겹쳤으면 동경에서 만날 수도 있었을 텐데."

"그러게 말이에요. 그래도 이제 만났으니, 만나야 할 사람은 언제 어디서든 만난다는 격언이 신기하게도 맞아떨어지네요."

"그러게, 이런 걸 천생연분이라고 하는 거겠지?"

"맞아요. 우린 하늘이 맺어준 인연이에요!"

"나도 영어를 전공했고 순옥도 영문학을 배우고 있으니 이것도 연분을 맞추는 조각이 되었군"

"그렇네요!"

그랬다. 나는 순옥을 하늘이 맺어준 짝이라고 생각했다. 순옥을 만나려고 함흥에 왔고, 순옥을 만나려고, 연이가 신우와 갑작스럽게 결혼했다고 여겼다. 하늘이 하는 일을 사람이 어떻게 거스를 수 있겠는가. 힘든 시험을 거쳐 순옥을 만나야 할 때가 마침내 온 것이었다.

"순옥! 이제 졸업반이라서 내년 봄에는 졸업할 텐데, 졸업 후에는 어떤 일을 할 생각인가?"

"글쎄요. 그동안 너무 생각 없이 지내서 아직 구체적인 계획은 없어요. 선생님께서 좋은 길을 알려주시면 좋겠어요."

"자기가 가야 할 길은 스스로 찾아야지."

"아이, 그러지 마시고 어떤 길이 좋을지 얘기해 주세요."

"그럴까!"

"네."

순옥은 스물셋이란 나이에 어울리지 않게 어리광을 피웠다. 나의 관심과 사랑을 확인하고 싶은 것이었다. 사랑은 사람을 천진난

만한 어린이로 만드는 마술을 부리니까.

"엘리엇의 황무지는 읽어봤겠지?"

"지난 학기에 영시 강의를 들었는데, 황무지를 읽고 리포트를 내는 게 과제였어요."

"그랬군, 그래 보고서는 잘 써서 냈고?"

"몇 번 읽었지만 깊은 뜻을 알기엔 제가 너무 부족해서, 이미 나온 여러 사람의 시평을 짜깁기해서 겨우 제출했어요."

〈황무지〉는 T.S. 엘리엇이 1922년에 발표한 434줄의 장시다. "사월은 가장 잔인한 달/ 죽은 땅에서 라일락을 키워내고/ 추억과 욕정을 뒤섞어/ 잠든 뿌리를 봄비로 깨운다/ 겨울은 오히려 따뜻했다…"로 시작한다. 20세기 시 가운데 가장 중요한 시의 하나라는 평가를 받는 시다. 내가 아오야마에서 공부할 때는 〈황무지〉가 막 알려지기 시작하던 때라 관심을 기울여 읽었다. 일제의 식민지배를 받는 때, 4월은 가장 잔인한 달이라고 시작하는 시는 봄이 와도 봄 같지 않다는 춘래불사춘春來不似春의 아픔을 고스란히 일깨워 주었다.

"〈황무지〉가 어렵기는 하지. 그래도 일제의 강점으로 신음하고 있는 대한의 현실을 읊고 있어서, 나는 지금도 가끔 읽고 있지."

"선생님이 좋아하는 시라는 걸 알았으면, 더 열심히 진지하게 리포트를 썼을 텐데요."

"과거는 이미 흘러갔으니."

"그래도요."

"그래서 하는 말인데, 순옥도 우리 한겨레의 아픔을 어루만지고

독립을 내다보는 희망의 시를 써보면 어떨까 하는데."

"제가요? 저는 시를 써 본 적도 없는데요."

"날 때부터 시인인 사람은 아무도 없지! 나도 처음엔 소설을 썼지만, 이젠 시를 쓰잖아."

"그래도, 시는 아무나 쓰는 게 아니라는데요?"

"그렇지! 시는 아무나 쓰는 게 아니지. 순옥처럼 맑은 마음과 날마다 사는 기쁨을 느끼는 사람이 가슴에 우러나는 느낌을 자연스럽게 글로 적는 게 바로 시지!"

"그런가요? 선생님이 그렇게 말씀하시니 저도 시를 좀 써야겠네요."

"선생님! 이것 좀 보세요~"

〈황무지〉와 시 쓰기에 관해 얘기하고 이틀 뒤 만세교에서 만났을 때 순옥이 활짝 웃으며 들뜬 목소리로 말했다.

"이게 뭐지?"

"선생님께 잘 보이려고 시 한 편 써봤어요. 좋은 평 부탁드려요."

어느 날 문득
그대가 내 가슴에 들어왔어요

뿌연 안개에 사로잡혀
얼 빠진 나는 어쩔 줄 몰랐어요

콩콩 볶아대는 가슴
들킬까 봐 눈을 감았어요

무심한 그대는 하늘을 보네요
내맘도 모른 채 겨레만 부르네요
— 김순옥, 〈문득 그대가〉 전문, 미발표.

순옥의 마음은 내가 본 그대로였다. 맑고 고운 마음을 저만의 시
어로 생생하게 표현했다. 역시 시를 쓰는 사람이 시인이고, 시인은
시를 쓰는 거였다.

"우와, 순옥 대단한데! 이렇게 멋진 시를 단 이틀 만에 쓰다니."

"너무 비행기 태우지 마세요. 떨어지면 대형사고 나거든요."

"비행기 태우는 거 아니야. 이렇게 고운 시심을 그동안 어디에
감췄던 거지?"

나는 순옥의 시를 보며 감탄하면서 순옥을 꼬옥 껴안았다.

"칭찬해 주셔서 고맙습니다."

"칭찬이 아니라, 나보다 시어 선택과 표현이 더 좋다니까!"

"아이, 자꾸 그러시면…"

순옥은 그렇게 말하면서 내 품에 사뿐히 안겼다. 순옥은 두 눈을
꼬옥 감고, 두근거리는 내 심장 소리를 듣는 듯했다.

"보고 싶었어요."

"그래, 이렇게 좋은 시를 쓰니, 나도 기뻐."

나는 순옥과 만세교에서 자주 만났다. 주말에는 말할 것도 없고

평일에도 하루가 멀다 할 정도로 만세교를 찾았다. 만세교에서 성천강 너머로 떨어지는 노을은 함흥8경으로 알려진 절경이었다. 귀주사 단풍, 반룡산 경치, 은반처럼 반짝반짝 빛나는 얼어붙은 성천강, 치마대馳馬臺의 가을 달, 함흥 본궁의 밤비夜雨, 서호진의 돛단배가 함흥 8경이었다. 나는 그중에서도 만세교 노을과 귀주사 단풍, 그리고 반룡산 경치를 특히 좋아했다.

"만세교를 붉게 물들이는 노을이 순옥의 얼굴을 더욱 아름답게 만드는 이 순간이 참으로 행복해."

"저녁노을을 받은 성천강 바람에 흩날리는 선생님의 머릿결이 한 폭의 그림 같아요."

나는 붉게 타오르는 저녁노을 속에서 순옥과 사랑의 밀어를 속삭이며 배신우의 배신을 자연스럽게 잊었다.

"저녁노을 속에 있는 순옥은 활짝 핀 한 송이 부용화 같네!"

"시인이라 역시 표현을 잘 하시는군요."

"그저 표현이 아니라, 순옥은 이 세상 그 누구보다도 아름다워, 사랑해."

"선생님의 말은 수수꽃다리 내음보다 향기롭고 석청꿀보다 달콤해요. 저도 선생님을 사랑해요."

순옥을 바라보는 내 두 눈이 반짝거렸다. 가슴은 쿵덕쿵덕 뛰었다. 나의 뜨거운 눈길을 받은 순옥의 두 볼은 사과보다 더 발갛게 익었다. 누가 먼저랄 것도 없이 마주 댄 입술은 다 익은 봉숭아 씨방처럼 저절로 벌어졌다. 혀와 혀가 엉키며 숨소리가 거칠어졌다. 순옥의 혀는 잘 익은 참외처럼 달았다. 가슴이 뜨거워지며 내 손이

순옥의 블라우스 앞깃을 풀어헤치려 했다.

"아이, 이러시면 싫어요."

그녀가 코맹맹이 소리로 고개를 가로저었다.

"부모님께 허락받는 것이 먼저예요. 제가 8월 말에 마지막 학기를 마치러 일본으로 떠나니, 그 전에 제집으로 오셔서 정식으로 청혼해주세요."

순옥은 일본에서 유학하고 있지만, 자유연애보다는 부모님에게 축복받으며 결혼해야 한다는 생각이 강했다. 나를 진심으로 사랑하는 순옥은 내가 청혼하면 부모님도 기쁘게 허락해 줄 것으로 굳게 믿고 있었다. 하지만 나는 주춤거렸다. 순옥의 집과 내 집안이 너무나 비교되었기 때문이었다. 그래도 미룰 수는 없었다. 언젠가 부딪칠 일이라면 하루라도 빨리 부딪치는 것이 좋을 것이다. 나를 위해서나, 순옥을 위해서나. 나는 먼저 서울에 있는 부모님께 편지를 올렸다.

　부모님 전 상서

　아버님 어머님 그동안 강녕하셨는지요? 소자는 함흥에서 아무런 문제 없이 잘 지내고 있습니다.

　이렇게 안부 여쭙는 것은 부모님께 상의드릴 일이 있어서입니다. 직접 서울에 가서 뵙고 말씀드리는 게 도리인 줄 아오나, 길이 멀어 부득이하게 편지로 상의드림을 혜량해 주실 것으로 믿습니다.

　다름이 아니오라 소자가 이곳에서 두 달 전에 김순옥이란 여성을 만나서 사귀고 있습니다. 일본 동경에 있는 릿교대학에서 영문학과에 다니고, 내년 봄에 졸업할 예정인 규수입니다. 저는 김순옥과 결혼할 생각으로, 오는 8월 말에 그녀의 집에 가서 부모님을 찾아뵙고 청혼하려고 합니다.

그 전에 부모님께 말씀드리는 것이 마땅한 도리이기에 편지를 드립니다. 소자를 믿으시고 허락해주시기를 앙망하옵니다. 자세한 것은 겨울방학 때 서울에 가서 말씀드리겠습니다. 다시 뵐 때까지 강녕하십시오.

1937년 8월15일
함흥에서, 소자 기행 올림

기행 보거라.

보낸 편지 잘 받았다. 네가 결혼할 생각으로 사귀는 규수가 있다는 글을 읽고 매우 기뻤다. 나와 네 엄마도 그 규수를 먼저 봤으면 좋겠지만, 길이 머니 그렇게 하기는 쉽지 않은 일이고, 네가 마음에 든다면 우리는 허락하기로 했다. 이제 네 나이도 스물여섯을 지나 스물일곱이 가까워지니, 모쪼록 좋은 소식을 전해주기를 바란다. 우리는 잘 지내고 있으니 걱정하지 말고 객지에서 건강하게 지내거라.

1937년 8월22일
사랑하는 애비가

서울에서 기다리던 편지가 왔다. 이제나, 저제나 나의 결혼을 기다리던 부모님은 내 편지를 받자마자 곧바로 답장을 보내셨다. 순옥 집에 가서 청혼하기 사흘 전이었다. 나는 아버지의 편지를 들고 만세교에서 순옥을 만났다.

"순옥, 내 부모님은 우리 결혼을 승낙하셨어! 순옥도 부모님의 허락을 받았지?"

"…"

"아니, 왜?"

"부모님께 말씀드렸어요. 엄마는 대찬성했는데 아버지가…"

"아버님이 왜? 반대하셔?"

"꼭 반대는 아닌데, 찬성도 안 하시네요."

"괜찮아! 내가 잘 말씀드릴게."

나는 가벼운 마음으로 순옥의 집으로 향했다.

"어서 오세요. 백 선생님! 기다리고 있었습니다~"

순옥의 집에 가니 순옥의 어머니께서 활짝 웃는 얼굴로 반갑게 맞아주셨다. 어머니는 순옥에게서 나에 대해서 자세히 들었고, 마음에 들었던 터였다.

"애, 순옥아! 요즘 좋은 일 있는 모양이구나."

"좋은 일은 무슨."

"아니다. 내 눈은 못 속인다. 집에 오면 물먹은 솜처럼 처져있던, 네가 요즘엔 아침 이슬 맞은 새싹처럼 통통 튀고 있지 않느냐? 연애하고 있음에 틀림 없는 거지."

"귀신이 따로 없네."

"그래 너를 이렇게 들뜨게 만든 남자는 어떤 사람이냐?"

"영생고보에서 영어를 가르치는 선생님이야."

"영생고보 영어 선생님? 그렇다면 백석 시인이로구나!"

"어, 엄마가 어떻게 백 선생님을 알아요?"

"어떻게 모르겠느냐? 함흥 시내에 소문이 쫘아악 퍼져 있는데."

"어떤 소문이요?"

"경성에서도 뭇 사람들의 눈길을 끌어모은 멋쟁이고, 청산학원 영어사범과를 졸업한 수재에다, 조선일보 기자를 헌신짝처럼 버리고 영생고보 영어선생으로 부임한 상남자라고."

"맞아요. 백 선생님은 시집 『사슴』을 출간한 유명 시인인데도, 유명세를 헌신짝처럼 버리고 함흥으로 내려와 인재를 키워내는 열정을 가진 멋진 분이에요."

"그런 백 선생과 연애를 하니 네 얼굴이 꽃보다 예쁘게 피어났구나."

"꽃은 무슨…"

"나도 백석 선생님을 본 적이 있어 마음에 쏙 들었단다."

"언제요? 어디서요?"

"바로 우리 집 대문 밖에서지. 너를 데려다주고 아쉬운 듯 돌아서는 모습이 참 믿음직스럽더구나."

내가 순옥 집에 도착했을 때 모녀는 나를 맞을 준비를 하며 웃음꽃을 피우고 있었다. 나는 반갑게 맞이하는 어머니에게 웃으며 인사했다.

"어머니 처음 뵙겠습니다. 백석입니다."

"알고 있네. 나는 자네와 순옥의 결혼에 대찬성이네."

"어머니, 감사합니다!"

"감사는 무슨. 순옥 아버지도 기다리고 계시니 어서 거실로 들어가세."

순옥 어머니의 환대를 받고 나는 가벼운 마음으로 거실로 들어섰다. 거실에는 순옥 아버지가 심각한 표정으로 기다리고 있었다. 나는 큰절을 올렸다.

"백석입니다. 직접 뵙는 것은 처음이지만, 영애에게 좋은 말씀 많이 들었습니다."

"어서 오게. 나도 딸애를 통해서 자네 얘기는 많이 들었네."

순옥 아버지는 말로는 "어서 오라"며 환영했지만, 어투는 딱딱했고 표정도 여전히 굳어 있었다.

"벌써 찾아 뵈어야 도리인데, 이렇게 늦게 와서 송구합니다."

"아니네, 영생고보에서 영어를 가르치랴, 문학반과 미술반, 그리고 축구반까지 맡아 지도하고 있다는 소식을 듣고 있네. 바쁜 사람이 시간 내기가 쉽지는 않았겠지."

순옥 아버지는 여전히 딱딱함을 누그러뜨리지 않았다. 순옥 어머니가 분위기를 좋게 잡으려고, 남편의 눈치를 보며 말을 꺼냈다.

"우리 집에 처음 온 손님인데 말을 좀 부드럽게 해보세요. 당신이 사랑하는 순옥을 생각해서라도…"

"당신은 잠자코 있어요!"

순옥 아버지는 한마디로 제지하고 나에게 물었다.

"그래, 우리 순옥이와 결혼하고 싶다고?"

"네. 그렇습니다. 저는 순옥 씨를 사랑하고 순옥씨도 저를 좋아하고 있습니다. 순옥씨와 결혼해서 행복하게 살겠습니다. 아버님!
허락해주십시오."

나는 순옥 아버지의 입을 바라보며 또박또박 힘주어 말했다.

"그래요. 아버지. 저도 백석 선생님을 사랑해요. 저희의 결혼을
허락해주세요."

"여보, 허락합시다. 그동안 순옥이 방학 때 집에 오면 풀이 죽어
지냈는데, 백 선생님과 만난 뒤부터는 얼굴이 환하게 피어났잖아
요?"

순옥과 순옥 어머니가 이구동성으로 결혼을 승낙해 달라고 했
다. 하지만 순옥 아버지에게서 나온 말은 차고 간단했다.

"안되네!"

"아이, 아버지~"

"어머! 당신…"

두 사람의 말이 거의 동시에 나왔다. 전혀 예상하지 못했다는 반
응이었다. 하지만 순옥 아버지는 나에 대한 조사를 한 뒤 이미 '결
혼불가'라는 결론을 내린 뒤였다. 그는 한마디를 더 한 뒤 더 할 말
이 없다는 듯 쐐기를 박았다.

"안되네, 결혼은 사랑만으로 하는 게 아니네!"

순옥 아버지의 '결혼문법'은 우리와 달랐다. 나는 순옥과 순옥
어머니처럼 '사랑하면 결혼할 수 있다'고 말했지만, 순옥 아버지는
'결혼의 조건'을 거론했다. 나와 순옥을 번갈아 바라보며 딱하다는
표정을 짓고 있던 순옥의 어머니가 어렵게 말을 꺼냈다.

"여보, 그동안 말썽 한 번 피우지 않고 고이 자란 순옥의 청이니

진지하게 생각해보는 게 좋지 않을까요?"

"그래요, 아버지! 이번만은 제 청을 좀 들어주세요, 예?"

"안된다면 안되는 줄 알아!"

"제게 기회를 주십시오. 순옥씨와 함께 행복하게 잘 살겠습니다!"

"나는 더 할 말이 없네. 이만 돌아가게!"

순옥의 아버지는 축객령逐客令을 내리고 벌떡 일어나 밖으로 나가려 했다.

"아버지!"

"여보…"

순옥과 순옥 어머니가 당황하면서 급하게 불렀으나, 순옥 아버지는 뒤도 돌아보지 않고 나갔다.

"이제 더 만날 수 없겠네요…"

"아니, 순옥! 이렇게 끝낼 수는 없잖아?"

"아버지 뜻을 확인한 이상, 더 만나는 것은 우리의 고통만 크고 깊게 할 뿐이에요."

"아니야, 우리의 사랑으로 함께 아버지를 설득하면 아버지도 돌아서실 거야."

"아니에요. 아버지는 제가 잘 알아요. 한 번 안 된다고 하면 그것으로 끝입니다."

"순옥, 우리 사랑이 그 정도로 깊지 않았나?"

"저도 어쩔 수 없습니다. 좋은 사람 만나서 행복하세요."

순옥이 일본으로 떠나기 전날 만났지만, 순옥의 마음은 이미 돌아서 있었다. 순옥은 아버지의 뜻을 내세워 이별을 통보했다. 그렇게 나와 순옥의 사랑은 끝났다. 순옥은 냉정했다. 나를 사랑하지만, 아버지를 거스를 수 없다고 했다.

며칠 뒤 순옥의 아버지가 우리의 결혼을 반대한 것은 내 집안이 가난하고, 내 몸이 약하다는 이유였다고 전해 들었다. '발 없는 말이 천 리 간다'는 속담처럼, 내가 연이를 짝사랑하다가 친한 벗에게 배신당해, 결혼에 실패했다는 얘기가 순옥 아버지 귀에까지 들어갔다. 또 내 어머니가 기생의 딸이었다는 허무맹랑한 소문까지 겹쳤고, 우리 집이 가난하다는 현실도 결혼불가 원인으로 가세했다는 후문이었다. 순옥도 결국 아버지의 '결혼조건'에 설득당했다.

눈물은 마른 뒤에도 흔적이 남는다. 순옥에게 이별 당한 뒤 나는 한 번 더 흔들렸다. 게다가 사랑하는 사람과 결혼할 수 없다는 현실에 크게 상처받았다. 교단에 서서 학생들에게 영어를 가르치는 일이 갈수록 힘들었다. 돌파구가 필요했다. 나는 귀주사 안쪽의 깊은 산골짜기로 들어가 겨울을 지낼 생각을 했다. 힘들게 하는 세상에서 떨어져 내 본디 모습과 세상과 부딪칠 힘을 되찾아 새로운 몸과 마음으로 새 학기를 맞이하기 위해서였다. 마침 내가 찾는 집이 있었다.

> 돌각담에 머루송이 깜하니 익고
> 자갈밭에 아즈까리알이 쏟아지는
> 잠풍하니 볕발은 곬작이다

나는 이 골작에서 한 겨울을 날려고 집을 한 채 구하였다

낮 기울은 날을 해ㅅ볕 장글장글한 퇴ㅅ마루에 걸어앉어서
　지난 여름 도락구를 타고 장진長津땅에 가서 꿀을 치고 돌아왔다
는 이 벌들을 바라보며 나는
　날이 어서 추워져서 쑥국화꽃도 시들고
　이 바즈런한 백성들도 다 제집으로 들은 뒤에
　이 골 안으로 올 것을 생각하였다
　— 백석, 〈산곡山谷〉, 제1연과 4연, 『조광』, 1937. 10.

　겨울을 지낼 집을 구한 뒤 나는 귀주사 부근의 단풍을 벗 삼아
걸었다. 나는 빨강, 너는 노랑, 그는 분홍으로 울긋불긋 차려입은
단풍들이 자기가 제일 이쁘다고 호소하는 모습을 보며 하염없이
걸었다. 봄부터 날마다 키운 잎들이, 때가 되어 땅으로 돌아가는 단
풍을 보니, '어디 청춘을 보낸 서러움이 있고, 어디 늙고 죽는 두려
움이 있겠는가'라는 생각이 들었다.
　그래도 빨갛게 물든 단풍은 10월의 얼굴이었다. 단풍이 아름답
다고 무턱대고 사랑하면 이별의 고통도 크게 마련이듯, 울어서도
다하지 못한 독한 원한을 만들기 전에 사랑을 삼가는 게 슬기로운
일인지 몰랐다. 귀주사 단풍은 '배신우의 배신'과 '순옥과의 이별'
로 상처투성이가 된 내 몸과 마음을 따뜻하게 다독여 주었다. 역시
아플 때는 방안에 틀어박혀 아픔을 곱씹으면서 더 아파하는 것보
다, 아름다운 산으로, 바다로 가서 넉넉한 자연으로부터 위로받는

게 훨씬 나았다. 그렇게 생각하다 보니 시가 저절로 읊어졌다.

빨안 물 짙게 든 얼굴이 아름답지 않으뇨 빨안 정情 무르녹는 마음이 아름답지 않으뇨. 단풍든 시절은 새빨안 우슴을 웃고 새빨안 말을 지줄댄다.

어데 청춘을 보낸 서러움이 있느뇨. 어데 노사老死를 앞둘 두려움이 있느뇨.

재화가 한끝 풍성하야 시월 햇살이 무색하다 사랑에 한창 익어서 살찐 따몸이 불탄다, 영화의 자랑이 한창 현란해서 청청 한울이 눈부셔한다.

시월 시절은 단풍이 얼굴이요, 또 마음인데 시울 단풍도 높다란 낭떨어지에 두서너 나무 깨웃듬이 외로히 서서 한들걸이는 것이기로다.

시월 단풍은 아름다우나 사랑하기를 삼갈 것이니 울어서도 다하지 못한 독한 원한이 빨안 자주로 지지우리리 않느뇨

— 백석, 〈단풍丹楓〉 전문, 『여성』, 1937. 10.

나쁜 일은 혼자 오지 않고 떼 지어 다닌다고 했다. 화불단행禍不單行이란 말이 늘 우리를 따라다니며 괴롭혔다. 1937년은 연이와 배신우의 결혼, 김순옥과의 이별이 잇따라 찾아왔다. 얼마나 더 많은 고통이 찾아올까, 겁이 날 정도였다.

다행히 겨울방학이 되었다. 겨울방학은 몸과 마음을 추스를 시간을 주었다. 순옥과 헤어진 뒤 보아두었던 귀주사 골짜기의 오두

막집으로 들어갔다. 여름 동안 약초를 캐고 벌통을 관리하던 사람들이 모두 떠난 골짜기는 고즈넉했다. 아무도 없는 골짜기에서 삵과 늑대 같은 산짐승들이 울부짖을 때는 문득 무섭기도 했다. 밤에 들리는 울음은 더욱 무서워서 외딴 골짜기에서 지내야 하는 내 처지가 더욱 처량하게 다가왔다.

그런 밤이면 소주를 마셨다. 한 잔은 내 가슴에 묻고, 또 한 잔은 산짐승들에게 선물로 주고, 또 한 잔은 '배신'과 '이별'을 제사 지내고, 또 한 잔은 언제나 변함없는 벗 이진의 건강을 빌고, 또 한 잔은…. 그렇게 술잔을 주고받다 보면 긴긴 겨울밤도 어느새 서둘러 달려오는 햇살에 슬그머니 물러가곤 했다.

그렇게 며칠이 지났다. 저녁나절부터 눈이 내리기 시작한 날이었다. 바람이 제법 쌀쌀해지면서 눈발도 거세졌다. 어느덧 함박눈으로 바뀌었다. 끊길 듯 말 듯 이어지던 오솔길이 눈에 덮여 사라졌다. 밤이 되었는데도 주위는 흰 눈으로 낮처럼 환했다. 소주가 벗이 돼 주었다. 한 잔은 내 가슴에 묻고, 또 한 잔은 산짐승들에게 선물로 주고, 또 한 잔은…

술을 마시다 오줌이 마려워 문을 열고 밖으로 나왔다. 엄지손톱처럼 큰 함박눈이 펑펑 얼굴을 감싸 안았다. 입을 벌려 한 송이 두 송이 받아먹었다. 어렸을 때 정주의 '여우난골'에서 눈을 받아먹었던 생각이 문득 떠올랐다.

'?'

바로 그때였다. 눈으로 사라진 오솔길을 따라, 나귀 한 마리가 올라오고 있었다.

백석의 불시착

'헛것을 보았나…'

눈을 비비고 보니, 비탈길이 힘든지 나귀의 두 코에선 콧김이 하얗게 피어올랐다. 나귀가 다가오자 등에 한 여자가 타고 있는 것도 보였다.

'누구지? 이렇게 눈이 푹푹 쌓이는데, 이 깊은 골짜기에 누가 오는 것이지?'

나는 놀란 눈을 크게 뜨고 나귀를 똑바로 바라보았다. 나귀는 힘들어도 쉬지 않고 계속 올라왔다. 내가 있는 오두막으로 오는 게 분명했다. 나귀 등에 타고 있는 여자는 연이 같기도 했고, 순옥을 닮기도 했고, 사랑으로도 보였다.

'술을 너무 마셨나? 헛것이 다 보이네…'

나는 머리를 세차게 흔들고 눈을 비빈 뒤 다시 쳐다보았다. 역시 헛것을 본 것이었다. 몇 발자국 앞에까지 왔던 나귀가 갑자기 사라졌다. 나귀 등에 타고 있던 여자도 없어졌다.

'그럼 그렇지, 이렇게 함박눈이 내리는 데 누가 이 골짜기를 찾는단 말인가?'

그렇게 생각하는 순간, 나는 머리에서 가슴으로 강하게 흐르는 시를 들었다. 나는 정신을 가다듬고 그 시에 귀를 기울였다. 번개처럼 스치던 시가 진양조로 천천히 흘렀다. 나는 얼른 허리춤을 여미고 서둘러 방으로 돌아왔다. 책상에 앉아 원고지를 끌어당겨 흐르는 시를 받아 적었다. 마치 내가 그 시를 다 받아적을 때까지 시간이 멈춘 것 같았다.

가난한 내가

아름다운 나타샤를 사랑해서

오늘 밤은 푹푹 눈이 나린다

나타샤를 사랑은 하고

눈은 푹푹 날리고

나는 혼자 쓸쓸히 앉어 소주를 마신다

소주를 마시며 생각한다

나타샤와 나는

눈이 푹푹 쌓이는 밤 힌당나귀 타고

산골로 가쟈 출출이 우는 깊은 산골로 가 마가리에 살자

눈이 푹푹 나리고

나는 나타샤를 생각하고

나타사가 아니 올 리 없다

언제벌서 내 속에 고조곤히 와 이야기 한다

산골로 가는 것은 세상한테 지는 것이 아니다

세상같은 건 더러워 버르는 것이다

눈은 푹푹 나리고

아름다운 나타샤는 나를 사랑하고

어데서 힌당나귀도 오늘밤이 좋아서 응앙 응앙 울을 것이다

　　─ 백석, 〈나와 나타샤와 힌당나귀〉 전문, 『여성』, 1938. 3.

시를 다 받아적은 뒤 나는 소주 한잔을 더 마시며 생각했다. 〈나와 나타샤와 흰 당나귀〉에서 나타샤는 누구일까? 나타샤는 러시아에서 여성 이름으로 자주 쓰인다. 톨스토이의 소설 『전쟁과 평화』의 주인공이 나타샤이고, 시인 푸시킨의 부인도 나타샤다. 내가 함흥의 러시아 양복점과 문방구점 등에 다니면서 러시아어를 배울 때 만난 여성 중에도 나타샤가 있었다. 나는 함박눈이 펑펑 내리던 날 저녁, 나귀를 타고 내가 머물던 오두막집으로 찾아온 그녀를 나타샤로 불렀다. 그렇다면 나타샤는 연이일까, 순옥일까, 사랑일까?

그날 내가 본 것은 진짜였을까? 아니면 술과 외로움에 젖어서 헛것을 본 것일까? 〈나와 나타샤와 흰당나귀〉는 내가 썼을까, 그분이 나에게 준 것을 그냥 주운 것일까. 나는 그 시를 『여성』에 발표한 뒤에도, 이런 의문에 휩싸여 있었다. 환상과 현실이 계속 나를 따라다녔다. 그런 환상을 깨는 데는 고통이 또 남아 있었다.

11

하얀나라

'으으으…'

"스승님! 정신 좀 드세요?"

'무우울 물.'

"물! 물 여기 있어요."

말은 들리지 않았다. 그저 따듯한 물수건이 입술에 닿는 것이 느껴졌다. 새하얗게 탄 입술에 물수건이 걸렸다. 물기를 만나자 입술이 조금 부드러워지는 듯했다. 입술을 움직여 물수건을 빨았다. 하지만 빨았다는 건 내 생각뿐이었고, 제대로 빨리지 않았다. 입술을 몇 번 움직이려다 다시 정신을 잃었다.

"스승님! 시인님, 정신 차리세요, 정신…"

누군가 다급히 부르는 소리가 들리는 듯한데, 나는 그것을 알아챌 수 없었다. 조금 움직이는 듯했던 입술이 파르르 떨며 닫혔다.

눈동자도 여전히 뜨지 못한 채였다. 몸을 뒤척이려고 해도 움직일 수 없었다.

문득 내가 발가벗겨져 있고, 발가벗은 내 몸을 발가벗은 다른 사람이 꼭 껴안고 있다는 느낌이 들었다. 갓난아기 때 엄마 품에 안겨 젖을 빨며 손으로 젖꼭지를 만지작거리던 생각이 떠올랐다. 그 생각이 내 얼굴에 미소를 떠올린 것 같았다.

발가벗은 몸이 나를 더 꼭 안으며 귀에 대고 속삭이는 목소리가 희미하게 들렸다. 그 목소리가 누구 것인지는 가늠되지 않았다. 목소리에는 간절함이 배어있었다. 목소리가 조금씩 가까워지더니 연이의 얼굴이 살짝 보였다.

'연이, 행복하게 살고 있소?'

얼굴은 곧 순옥으로 바뀌었다.

'매정한 사람, 아버지 뜻대로 좋은 사람 만났나?'

이제 순옥이 사라지고 천천히 나사랑이 다가왔다. 하얀 가사袈裟를 단아하게 입고 있었다. 목소리가 커졌다.

"스승님! 시인님!"

'워 언 저 정 스 니임?'

"시인님, 정신 차리세요!"

나는 원정을 불렀지만, 스님은 내 목소리를 듣지 못한 듯했다. 목소리가 높아지고 눈이 커졌다. 커진 눈에는 하얀 눈물이 글썽이더니 이내 하얀 뺨을 타고 주르륵 흘러내렸다.

'스님, 설악산 오세암에 계신 스님이 여긴 어쩐 일입니까?'

"백두산 가는 길에 우연히 들렀습니다."

'여기가 어딘데요?'

"부전령赴戰嶺입니다."

나는 그 말을 끝까지 듣지 못하고, 다시 정신을 잃었다. 벌거벗은 몸으로 벌거벗은 몸을 안고 안쓰러워하는 시간이 흐르고, 흐르고, 흘렀다. 그렇게 죽음이 물러가고 목숨이 다시 돌아왔다. 언젠가부터 곁에서 두 사람이 얘기하는 소리가 들렸다. 서울말을 쓰는 여자의 목소리는 낮았고 걱정이 담뿍 담겨 있었고, 굵은 함경도 사투리의 남자 목소리도 여전히 걱정으로 무거웠다.

"이렇게 보살펴 줘서 고맙습니다."

"일없음메."

'여기가 어디지? 어서 정신 차리고 일어나야 할 텐데.'

나는 그렇게 생각하며 눈을 뜨려고 눈꺼풀을 조금 움직거렸다. 몸도 조금 뒤틀어 보았다. 그 조그만 몸놀림이 두 사람에게 전달되었나 보다. 두 사람이 깜짝 놀라 기쁜 소리로 소리쳤다.

"스승님!"

"젊은이~"

나는 눈을 조금씩 깜빡거려보았다. 눈썹이 조금씩 열리는 느낌이 들었다. 이윽고 눈이 조금 떠졌는지, 흐릿한 것이 눈에 잡혔다.

"젊은이가 눈을 뜨고 있지비!"

"스승님 저를 알아보시겠어요?"

나는 두 사람이 외치는 응원의 목소리를 듣고 힘을 냈다. 눈을 조금 더 뜨니 흐릿하던 사람의 얼굴이 조금씩 형상을 갖추며 보이기 시작했다. 수염이 덥수룩하고 머리는 산발한 낯선 초로初老의 남자가 먼저 눈에 들어왔다. 산발한 머리에 흰 머리가 듬성듬성 보였다. 그 곁에는 머리를 하얗게 깎은 스님이 한 분 보였다.

"젊은이! 정신이 듬둥?"

"여, 여기가 어, 어딘가요?"

나는 힘겹게 눈을 뜨고 누운 채로 방안을 두리번거리며 남자에게 나직이 물었다.

"부전령赴戰嶺에 있는 내 집이지비."

"부, 부전령이요? 그런데 스, 스님은 왜 여기에?"

"스승님! 그동안 있었던 것은 차차 얘기하기로 하고, 우선 미음이라도 먹고 정신 먼저 차리는 게 좋겠어요."

스님과 남자가 눈에 걱정을 가득 담고 말했다. 나는 가벼운 웃음을 보이며 힘없이 고개를 가로저었다. 먼저 사연을 들어야겠다는 뜻이었다. 남자가 어쩔 수 없다는 듯 말을 이었다. 내가 눈 뜨기 전에 들었던 환청과 비슷한 얘기였다.

"여기는 함흥에서 개마고원을 거쳐 백두산으로 가는 길목이지비. 여름엔 사람들이 제법 오가지만 요즘처럼 눈이 많이 오는 한겨울엔 행인이 뚝 끊기지비. 내가 올무에 걸린 토끼를 찾으러 길을 나섰다가, 눈 속에 쓰러져 정신을 잃은 젊은이를 발견하고 우리 집으로 업고 왔지비."

"그랬군요. 제가 여기에 얼마나 누워 있었나요?"

"꼬박 닷새나…"

"닷새나 됐다고요?"

"그랬지비. 이제 정신이 들었으니 미음을 먹고 힘을 차려야지

백석의 불시착

비."

"감사합니다! 저를 살려주셔서 대단히 감사합니다!"

"일없음메."

"…"

나는 대답 대신 남자가 건네준 미음을 받아 조금씩 떠먹었다. 이 모습을 보며 남자가 조심스럽게 물었다.

"젊은이가 죽으려고 작정을 했나, 눈이 이렇게 내리는 날에 험한 산속을 왜 왔음둥?"

나는 남자의 물음에 답하지 않고 눈을 감았다. 귀주사 안쪽 골짜기에서 흰 당나귀를 타고 오던 나타샤가 떠올랐다. 그날 그분이 불러주는 대로 〈나와 나타샤와 흰 당나귀〉라는 시를 쓴 뒤 길을 나섰다. 나타샤를 태운 흰 당나귀가 내 오두막 앞에서 갑자기 사라진 것은, 나한테 쫓아 오라고 한 것이라는 생각이 들어서였다. 밤새 내린 눈으로, 숲은 온통 하얀 나라가 되어있었다. 아직 해가 뜨려면 한참을 기다려야 하는 꼭두새벽이었지만 아침처럼 밝았다.

나는 골짜기를 따라 오르기 시작했다. 눈이 많이 쌓여 다리가 푹푹 들어갔다. 한 발자국조차 옮기기가 쉽지 않았다. 조금 올라가자 발자국이 흐릿하게 보였다. 나타샤를 태우고 사라졌던 흰 당나귀의 발자국처럼 보였다. 발자국은 깊은 숲속으로 계속 이어졌다.

발자국을 따라 한참을 오르니 정상이었다. 바람이 거세게 불어 쌓였던 눈이 휘날렸다. 희미하게 이어지던 당나귀 발자국을 더는 찾을 수 없었다. 골짜기에서 만났던 하얀나라보다 더 크고, 더 하얀 나라가 끝없이 이어졌다. 며칠 동안 계속 내린 눈 때문만은 아니었다. 자작나무 숲이 하얗게 이어지며, 하얀나라의 영역을 넓혔다. 자작나무는 나무껍질이 하얗고, 껍질이 종이처럼 벗겨진다. 그런 껍질이 하얀 꽃처럼 예쁘다고 해서 백화白樺란 이름을 가졌다. 문득 어렸을 때 엄마의 목소리가 들렸다.

"기행아! 자작나무를 왜 자작나무라고 부르는지 아네?"

"자작나무라서 자작나무디, 무슨 까닭이 있겠어요?"

"아니디, 이 세상의 이름 있는 모든 것들은 모두 그 까닭이 있디."

"정말이요?"

"그럼 정말이고 말고."

"그럼 백화는 왜 자작나무라는 이름을 갖게 됐나요?"

"이 나무는 기름기가 많아 불에 탈 때 튀면서 자작자작 소리를 낸다고 해서 그런 이름을 가졌디."

"에이, 거짓말 같은데."

"정말이디. 그리고 결혼식을 올리는 것을 '화촉을 밝힌다'고 하는데, 화촉은 자작나무 껍질로 만든 초디. 자작자작하며 타는 자작나무처럼, 남녀 두 사람이 만나 평생 밝고 즐겁게 살라는 뜻을 담은 것이디."

"그렇군요. 그럼 내 이름은 왜 백기행白夔行인가요?"

"글쎄다, 그건 아버지한테 물어보는 게 낫겠구나."

어머니는 잔잔하게 웃으며 슬쩍 비켜섰다. 내 이름이 무슨 뜻인지 알고 있지만, 직접 말하기보다 나중에 아버지에게 물어보라는 뜻이 담긴 듯했다. 그렇게 나의 회상은 아버지와 내 이름으로 이어졌다.

"너는 수원 백씨의 후손이니 성이 백이고, 행은 네 항렬에서 쓰는 돌림자다. 그러니까 너의 진짜 이름은 '기'야…"

"그렇군요. 그럼 기는 무슨 뜻인가요?"

"좋은 질문이다. 그렇게 좋은 질문을 하는 게 새로운 것을 많이 배워 훌륭한 사람이 되는 지름길이다."

아버지는 먼저 나의 기氣를 살려준 뒤, 기夔에 대해 설명해주었다. 어린 나이에 한 번 듣고 이해하기는 매우 까다로운 얘기였다. 그때는 "알겠다"고 고개를 끄덕였지만 진짜 안 것은 아니었다. 훗날 커서 자료를 찾아보니 기는 참으로 알쏭달쏭한 글자였다. 내가 조사한 자료에 따르면 기는 다음과 같았다.

『산해경山海經』〈대황경大荒經〉에 기夔는 동해東海 7000리 안쪽에 있는 유파산流波山에 사는 동물이다. 소처럼 생겼고 몸통은 푸르고 다리가 하나인데, 물 밖으로 나오면 비바람이 불고 눈빛은 해와 달처럼 밝고 울음소리는 우레처럼 크다. 허신이 쓴 『설문해자說文解字』에는 용처럼 생겼고 다리가 하나인 신비로운 도깨비라고 풀어놓았다. 은殷나라 말기부터 청동기 장식에 쓰였는데, 산해경과 설문해자의 모습을 합친 모습이다. 이 무늬를 기룡문夔龍紋이라고 불렀다.

'아버지는 왜 이렇게 신비로운 동물로 내 이름을 지었을까? 그리고 그 깊은 뜻은 무엇일까?'

"네 이름 백기행白夔行은, 흰옷 입은 사람이 조심스럽게 걸어간다, 또는 흰옷 입은 사람이 칼을 들고 비밀스럽게 행동한다는 뜻이다. 그러니 너는 네 이름처럼, 이 험난한 시대를 진중하게 살아야 한다, 이말이디. 알겠느냐?"

　아버지는 내가 조선일보를 그만두고 영생고보 영어 선생이 되어 함흥으로 떠날 때 이렇게 당부했다. 잘 나가는 조선일보 기자를 스스로 그만두는 아쉬움과, 오랜만에 온 가족이 함께 모여 살다가 다시 떨어져야 하는 안타까움과, 일제강점 아래에서 선생으로 살아가야 하는 신산辛酸함에 대한 걱정 등이 어우러진, 복잡한 심경을 이 한마디로 농축시켜 부탁한 것이었다.

　'알겠습니다!'

　나는 그때 아버지에게 했던 대답을 작은 목소리로 되뇌었다. 아버지 말대로 진중하게 처신했다. 이 나라의 독립을 되찾아 모두가 함께 잘 사는 나라를 만들 수 있는 사람을 키우는 데 전력을 기울였다. 하지만 상황은 갈수록 어려워졌다. 게다가 연애와 결혼이라는 개인적인 문제로 방황하다가, 하얀나라에 들어온 것에 대한 부끄러움이 불쑥 떠올랐다. 나는 그런 생각들을 떨쳐내려고 머리를 크게 흔들었다. 백두산 쪽에서 휘몰아치는 칼바람이 온몸을 훑고 지나갔다. 자작나무가 자작자작하는 소리가 아니라 휘이잉, 휘이잉 비명을 질렀다. 살을 에는 추위를 호소하는 듯했다. 그 호소를 들으며 자작나무 시, 〈백화〉를 지었다.

　　산골집은 대들보도 기둥도 문살도 자작나무다

　　밤이면 캥캥 여우가 우는 산山도 자작나무다

　　그 맛있는 메밀국수를 삶는 장작도 자작나무다

　　그리고 감로甘露같은 단샘이 솟는 박우물도 자작나무다

산넘어는 평안도땅도 뵈인다는 이 산골은 온통 자작나무다

— 백석, 〈백화白樺〉 전문, 『조광』, 1938, 3.

나는 〈백화〉를 지으면서 문득 해인사에 보관된 '팔만대장경'을
떠올렸다. 자작나무와 산벚나무를 베어 목판을 만든 뒤, 그 목판을
바닷물에 담가 벌레에 좀 슬지 않게 한다. 그 목판에 불경을 한 자
한 자 새겨 만든 것이 팔만대장경이다. 고려 고종 때인 1236년부터
1251년까지 15년에 걸쳐 8만1352판에 부처님의 말씀을 새겼다. 사
람의 번뇌가 8만4000개에 달해 이런 번뇌에 대해 부처님이 말씀하
신 것을 모두 새긴 것이다. 부처님의 가피加被로 몽고의 침략을 물
리치겠다는 일념으로 만들었다는 얘기를 들었다.

"그건 식민사학자 가운데 하나인 지내굉池內宏(이케우치 히로시)이
만들어 낸 거짓말입니다. 이케우치는 1924년에 〈고려의 대장경〉이
란 논문을 발표해서 몽고의 침공으로 나라가 풍전등화인 상태에서
국방 능력을 잃었던 고려 군신들이 종교상 미신으로 만든 것이라
고 왜곡했지요."

내가 귀주사에서 지주 스님을 만나 "부처님의 법력法力으로 일제
의 침탈을 물리치기를 바란다"고 하자 지주 스님이 한 말이었다.

"8만대장경을 만든 시기가 몽고 침략기와 겹치자, 일제가 대한
제국을 불법적으로 강제병합한 것을 합리화하기 위해 만들어 낸
소설이지요. 사실史實은 당시 선종 불교와 가까웠던 최씨 무신정권
이 교종 불교와 가까웠던 황실 및 귀족들을 끌어들이기 위해 만든
것이 8만대장경입니다. 무신정권에 반발하던 세력을 끌어들임으

로서 항몽抗蒙전쟁에서 승리하기 위한 힘을 극대화하기 위해서였던 것이지요."

주지 스님의 말이 사실이더라도, 나는 팔만대장경에 적힌 부처 님 말씀의 가피를 얻어 이 참혹한 일제강점에서 하루라도 빨리 벗 어나기를 바랐다. 나는 시 〈백화〉에 그런 염원을 담았다. 자작나무 의 군셈과 흰색이 상징하는 배달겨레의 얼을 잊지 말자, 자유독립 의 그날을 위해 함께 나아가자는 뜻이었다. 8만대장경은 자연스럽 게 설악산 오세암에서 머리를 깎은 나사랑을 떠오르게 했다. 이제 원정圓井으로만 살아야 할 나사랑은 아직도 오세암에 있을까. 아니 면 길을 얻으려고 이 넓고 깊은 숲속을 걸어 다니고 있을까.

나는 하양을 무척 좋아했다. 하양을 좋아한 것이 날 때부터였는 지, 동경에서 청산학원대학에 다닐 때부터였는지, 서울에서 조선 일보 기자를 할 때부터였는지, 함흥에 와서부터였는지, 약간 불분 명했다. 하지만 하양을 좋아하게 된 시기가 그렇게 중요한 것은 아 니었다. 오직 언제부터인가 하양이 나의 눈과 가슴에 꽉 차게 스며 들었다는 사실이 소중했다.

겨울방학이 시작되자마자 나는 귀주사 골짜기를 찾았다. 하얀 눈 이 그리웠기 때문이었다. 사람 키보다 많이 쌓인 하얀 눈밭을 푹푹 빠지면서 걸으면, 세상의 모든 잡념을 하얗게 잊을 수 있었다. 그런 하얀나라에서는 내가 사랑하는 나타샤와 함께 더러운 세상을 버릴 수 있었다. 한글을 쓰지 못하게 하고, 머리를 군인처럼 깎으라고 강 제하며, 이름까지 일본식으로 바꾸라고 윽박지르는, 일제가 판치는

266

세상은 버리는 게 나았다. 그런 세상을 버리고 흰옷 입은 사람들이 하얀 축제를 열면서 살 수 있는 하얀 세상을 만들어야 했다.

나는 시 〈백화〉를 지은 뒤에도 계속 앞으로 나아갔다. 어디로 가는지 알 수 없었다. 목적지도 정하지 않았다. 그저 눈보라 속에서 놓친 당나귀 발자국을 다시 찾으려고 걸어갈 뿐이었다. 거센 칼바람이 귓불을 빨갛게 얼린 뒤 감각마저 앗아갔다. 그래도 걸음을 멈추지 않았다. 아니 이제는 돌아갈 수도 없었다. 돌아가기엔 너무 멀리까지 왔다. 거센 눈보라에 눈도 제대로 뜰 수 없었다. 차츰 다리에 힘이 빠져 후들거리기 시작했다. 숨도 거칠어졌다. 눈이 저절로 감겼다. 그저 '여기서 쓰러지면 안된다'고 다짐하면서 한 발 한 발 내디딜 뿐이었다.

'스르륵, 픽…'

비몽사몽 하며 얼마쯤 걷다가 나는 미끄러져 비탈 아래로 굴러 떨어졌다. 얼마나 긴 비탈인지 분간되지 않았다. 오히려 붕 떠서 하늘로 날아오르는 듯한 착각에 빠졌다. 그만큼 나는 모든 힘과 의지를 잃은 채 기진맥진했다. 나는 아래로 굴러떨어진 뒤 일어나지 못한 채 정신을 잃었다.

문득 따듯한 숨결이 느껴졌다. 정신 차리고 눈을 떠보니 하얀 밤이었다. 하얀나라를 걷다가 굴러떨어졌으니 하얀 밤인 건 당연했다. 그런데 이상했다. 박꽃이 하얗게 인사하고 있었다. 박꽃은 6월에서 8월 사이에 칠월칠석을 끼고 하얗게 핀다. 그래서 꽃말은 기다림이다. 사랑하는 사람이 오기를 기다리는 것은 아무래도 저녁인 것을 보여주려는 듯, 박꽃은 해 질 무렵에 피어서 밤을 하얗게 밝히다, 해 뜰 즈음에 진다. 그 기다림을 격려하려고 박꽃을 비추는 달도 하얗다. 하얀 꽃에 하얀 달빛을 먹고 자라서일 것이다. 달빛을 머금은 박도 하얗게 빛난다.

하얀 달님과 하얀 박이 숨바꼭질하는 밤이었을 것이다. 하지의 짧은 밤을 보내고 해가 나날이 짧아지고 밤보다 짧아지기 시작했을 때, 동네에서 과부가 박 아래 서까래에 목을 맸다.

넷 성城의 돌담에 달이 올랐다
묵은 초가집웅에 박이
또 하나 달같이 하이얗게 빛난다
언젠가 마을에서 수절과부 하나가 목을 매여 죽은 밤도 이러한
밤이었다
— 백석, 〈흰밤〉 전문, 『사슴』, 1936. 1.

어린 내가 과부의 자살을 알게 된 것은 엄마와 아버지가 소곤소곤 나눈 대화를 통해서였다.

"그렇게 죽을 것을 왜 그리 아프게 살았을까요?"

"하얀 박과 하얀 달과 하얀 세상 때문이었겠디."

"박이 왜요?"

"박이 열려 익어간다는 것은 곧 가을이 지나고 겨울이 온다는 것 아니겠소?"

"그렇디요."

"길고 긴 겨울밤을 찬 방에서 더는 견디기 힘들었을 거디."

백석의불사착

"그렇겠네요. 여름밤은 짧은 데다 답답하면 훌쩍 일어나 후원이라도 거닐 수 있지만, 길고 긴 겨울밤엔 그럴 수도 없었을 테니까요."

나는 잠자는 체하며 그 얘기를 들었다. 참으로 하얗게 아픈 밤이었다. 수절과부가 목을 맨 그날부터 하양은 내 운명으로 깊게 스며들었다.

하양은 그렇게 슬픔을 한 아름 안고 있었다. 부모나 스승이 돌아가셨을 때 하얀 옷을 입었다. 눈보다 하얀 상복을 갖춘 청상과부는 눈시울을 뜨겁게 했다. 딱딱한 격식으로 마음 놓고 울지도 못했다. 울음을 삼키며 흐느끼는 모습은 처량했다. 초가지붕 위에 살며시 놓인 박처럼.

흰옷은 이순신을 떠올렸다. 선조는 이순신을 죽이려고 했다. 옹졸했던 선조는 한산도에서 왜倭 수군을 궤멸시켜 나라를 구한 공을 치하하지 않았다. 대신 간첩의 거짓 정보를 믿고, 이순신을 체포해 한양으로 압송했다. 아니 민심이 이순신에게로 돌아가는 것을 막으려고 일부러 그랬을 수도 있었다.

"네 죄를 네가 알렸다!"

"무슨 죄를 말씀하시는 것이옵니까? 저는 목숨 내놓고 왜군들과 싸워서 이긴 죄밖에 없사옵니다."

"죄가 없다고? 왜의 수군이 부산으로 몰려온다는 첩보가 있어, 너에게 나아가 싸우라고 명령했거늘, 그 명령에 따르지 않은 것은 죽어 마땅한 죄다!"

"제가 현장에서 점검해본 결과 그 첩보는 왜군이 가짜로 만든 것이었사옵니다. 그 첩보를 믿고 부산으로 출정했다면 우리 수군은 매복에 걸려 참패를 당했을 것이옵니다."

"시끄럽다! 저놈이 지은 죄를 제대로 알지 못하고 있구나. 저놈이 정신을 차릴 때까지 매우 쳐라!"

선조는 친국親鞫에도 불구하고 이순신이 죄를 인정하지 않자 사형시키라고 했다. 이순신을 천거해 임진왜란에 대비하도록 할 정도로 가깝게 지냈던 유성룡마저 선조의 사형 결정을 지지했다. "전에 이순신을 천거한 것은 사람을 잘못 보았기 때문"이라며 변명했다. 그만큼 자신의 목숨이 소중했다. 하지만 정탁과 이원익과 권율 장군 등이 나섰다. 이순신의 목숨을 살리는데 자신들의 목숨을 걸었다.

우의정 정탁은 '이순신의 죄가 없음을 밝혀서 구한다'는 신구차 伸救箚를 올렸다.

"이순신은 큰 죄를 지어 죽어 마땅하오나, 은혜를 베푸시어 목숨을 살리어 백의종군하게 하시옵소서."

이조판서 이원익도 나섰다.

"지금 왜군의 재침으로 나라가 위태로운데 이순신을 죽이면 왜군을 이롭게 할 뿐이옵니다. 목숨만은 살려주어 후일을 도모하시옵소서."

도원수 권율도 선조에게 읍소했다.

"유능한 장수를 죽이기는 쉬워도 키우기는 매우 어렵사옵니다. 이순신에게 백의종군을 명하시어 다시 공을 세울 수 있는 길을 남겨두시옵소서."

미련하고 질투심에 가득 찼던 선조도 마지막에 흔들렸다. 이순신을 죽이고 싶도록 미웠지만, 왜놈들을 물리치는 게 급선무라는 건 삼척동자도 다 아는 일이었다.

"이순신을 백의종군토록 하라!"

백의종군白衣從軍. 참으로 아픈 말이다. 흰옷만 입고 군인으로 싸운다니 얼마나 슬픈가. 조선 수군을 통솔하던 삼도수군통제사에서 하루아침에 계급도 갑옷도 부하도 없이 그저 목숨 걸고 싸워야 한다.

"장군! 억울하지 않으십니까?"

"억울하다니, 그게 무슨 말인가?"

"왜적들과 싸워 이겼는데 상을 주지 못할망정 지독한 고문으로 죽이려 하다, 백의종군으로 내치다니 말입니다."

"그렇지 않다."

"그렇지 않다니요, 장군께서는 배알도 없으시단 말입니까?"

"허허, 배알은 네가 없는 듯하구나."

"제가 배알이 없다고요? 종로에서 뺨 맞고 청계천에서 화풀이하는 건, 이 무슨 경우입니까?"

"때가 되면 깨닫게 될 것이니, 지금은 더 묻지도 말고 보채지도 말고 걸음을 재촉하자꾸나. 남쪽 바다의 사정이 급하구나."

이순신이 흰옷을 입고 남쪽으로 내려가면서 나와 이런 말을 나눌 때, 나는 부전령의 화전민에게 구조돼 그의 집에서 삶과 죽음을 오락가락했다. 죽음보다 깊은 잠에 빠진 나는 이순신의 뒷모습을 물끄러미 바라만 보았다.

이순신은 끝까지 백의종군을 원망하지 않았다. 모진 고문으로 죽이려다, 죽기 바로 직전에 목숨을 살려준 것이 고마운 것이 아니었다. 왜적이 침략했을 때 이미 죽기로 각오한 몸. 죽다 살았다고 기뻐할 일도 없었다. 이순신이 기꺼이 백의종군에 따른 것은 아직 할 일이 남았기 때문이었다. 비록 지금은 언제 어디서 죽어도 기록조차 남기기 힘든 무명 졸개이지만, 머지않아 왜적을 물리칠 때가 올 것을 믿었다.

이순신은 하늘을 보았다. 피투성이가 되어 종로 의금부를 나올 때 문득 손을 들어 하얀 햇살을 가리며 파란 하늘을 보았다. 하늘은 이순신에게 빙그레 웃으며 그의 사명使命을 보여주었다.

'이순신은 죽지 않았다舜臣不死, 반드시 왜적을 물리쳐라必退倭敵!'

이순신은 하늘에서 들리는 소리도 들었다.

'남을 탓하지 마라. 서두르지 마라. 기회는 반드시 온다. 때를 기다려, 왜적을 격퇴하라!'

이순신은 앞을 똑바로 보았다. 두 주먹을 힘껏 쥐고 힘차게 걸음을 재촉했다. 노량露梁 바다의 겨울밤을 하얗게 밝혔던 포탄 소리가 점점 줄어들었다. 발갛게 물들던 동쪽 하늘이 하얗게 밝아오고 있었다. 길을 잘못 잡은 총알이 이순신의 왼쪽 가슴으로 날아들었다. 이순신은 선조가 내릴 죽음 대신 스스로 죽음을 선택했다. 하얀 계절에 흰 새가 되어 노량과 한산도와 명량을 한 바퀴 돌고 하늘로 올라갔다.

"장군님! 장군님! 장군 니이임."

"젊은이! 정신 차림둥."

이순신 장군을 애타게 부르는 나를 초로의 아저씨가 흔들어 깨웠다.

"시인님! 소승을 알아보시겠습니까?"

힘겹게 눈을 뜨자 머리를 하얗게 깎은 스님이 내 손을 잡고, 걱정스러운 얼굴로 나를 바라보며 조용히 말했다.

"뉘신지요?"

"시인님, 접니다. 원정圓井, 아니 나사랑입니다!"

"아, 사랑씨! 아니, 원정 스님이 여기에 어쩐 일로?"

"설악산 오세암에서 머리를 깎은 뒤 가라앉지 않는 마음을 달래려고 전국을 돌아다니고 있습니다. 하얀 눈에 덮인 백두산에 올라 하늘못을 품으면 번뇌도 많이 가실 것으로 여겨 백두산으로 가는 길에 이 집에 들렀지요. 그런데 시인님이 여기에 누워 사경死境을 헤매는 모습을 보고 길을 떠날 수 없었습니다. 인연이 시인님을 여기서 다시 만나도록 만들었네요. 나무관세음보살…"

"나도 꿈속에서 사랑을 보았소. 자작나무가 끝없이 이어진 숲속을 거닐다, 자작나무로 만든 목판에 팔만대장경을 새겼다는 꿈을 꾸었는데, 팔만대장경 옆에 사랑이 빙긋이 웃고 있었소. 부처님이 나를 살리려고 원정 스님을 이곳에 보내주신 듯하오. 스님의 깊은 정성으로 내가 깨어난 것 같소. 고맙소."

"이렇게 깨어나셔서 제가 고맙습니다. 이제 시인님이 건강을 되찾으셨으니 나는 이제 백두산으로 떠나겠습니다."

"눈이 녹기를 기다려 떠나는 게 좋지 않겠소?"

"아닙니다. 흰 눈을 밟고 가는 것도 수행입니다. 다시 만날 인연이 닿을 때까지 강건하세요. 나무관세음보살."

"몸조심해서 다녀오시오."

원정 스님이 떠날 때 문득 멧새소리가 들렸다. 온통 눈으로 뒤덮인 하얀나라에도 멧새는 살고 있었다. 온갖 고통으로 휩싸인 일제 강점에도 살아야 할 이유를 말하고 있었다. 문득 처마 끝에 말리고 있는 명태를 보고 지었던 시, 〈멧새소리〉가 떠올랐다.

처마 끝에 명태明太를 말린다
명태는 꽁꽁 얼었다
명태는 길다랗고 파리한 물고긴데
꼬리에 길다란 고드름이 달렸다
해는 저물고 날은 다가고 볕은 서러웁게 차갑다
나도 길다랗고 파리한 명태다
문턱에 꽁꽁 얼어서
가슴에 길다란 고드름이 달렸다
— 백석, 〈멧새소리〉 전문, 『여성』, 1938, 10.

나는 처마 끝에서 눈보라를 맞으며 말라가는 명태에서, 세상으로부터 버림받은 내 모습을 보았다. 명태는 살을 에는 북관北關의 추위에 몸이 꽁꽁 얼었다. 꼬리에는 고드름을 기다랗게 달고 있었다. 꽁꽁 언 명태는 바로 내 몸이었다. 명태 꼬리에 달린 고드름은 내 가슴에서 크고 있는 상처였다. 나는 그런 명태에 좌절하지 않았다. 대신 희망의 싹을 보았다. 목숨이 떠난 지 오래된 몸은 꽁꽁 얼

백석의 불시착

어붙었다. 하지만 조만간 맛있는 명태국으로 부활해 사람들의 목숨을 살릴 힘을 발휘하는 모습을 느꼈다.

그래서 시의 제목을 '명태'도 아니고, '고드름'도 아니라, '멧새소리'로 붙였다. 먹을 것과 잠잘 곳을 찾기 힘든 하얀 나라에서, 살길이 없다며 울부짖는 대신 어떻게든 살아보자며, 맑고 밝게 노래하는 멧새들의 소리를 들은 것이다. 나는 그런 멧새소리에서 저세상으로 나아가 거친 세파와 맞서 살아야 할 힘과 용기를 얻었다.

나는 하얀나라에서 이레를 보냈다. 이레 중 닷새를 생사의 갈림길을 오가면서 온몸을 감싸고 있던 까망들을 모두 지워냈다. 가슴을 짓누르던 응어리도 함께 씻어냈다. 눈도 귀도 가슴도 하얘지면서 나는 명실상부한 하얀 돌, 백석白石이 되었다. 나는 동경에서 청산학원대학에 다니면서, 글을 쓸 때 필명을 백석이라고 지었다. 흰색은 배달겨레를 상징했다. 우리 민족은 장례 때나 제사 지낼 때 흰옷을 입었다. 일상생활에서도 옷을 하양으로 염색해서 입어 백의민족이라 불렸다. 흰밥과 흰떡과 흰 술을 마셨다. 하얀 돌이라는 뜻의 백석은 일제에게 나라를 불법적으로 빼앗긴 뒤 고통받는 철권통치를 반드시 이겨내겠다는 의지를 담았다.

이제 하얀나라를 벗어나 까만 세상으로 나갈 때가 되었다. 방문을 열자 마당에 흰 사슴이 서 있었다. 흰 사슴은 내 눈과 마주치자 살며시 미소를 보낸 뒤 앞에서 걷기 시작했다. 귀주사를 거쳐 함흥까지, 아니 함흥 넘어 서울과 그 너머에 펼쳐진 세상까지 나와 함께하는 동반자가 되었다.

(1권 끝)

백석의
불시착
❶

초판 인쇄 2025년 2월 8일
초판 발행 2025년 2월 15일

지은이 홍찬선
펴낸이 김상철
발행처 스타북스
등록번호 제300-2006-00104호
주소 서울시 종로구 종로 19 르메이에르종로타운 A동 907호
전화 02) 735-1312
팩스 02) 735-5501
이메일 starbooks22@naver.com

ISBN 979-11-5795-760-6 04810
979-11-5795-759-0 (세트)